Hakusui U Books

# ライ麦畑でつかまえて



J.D.サリンジャー

野崎 孝＝訳

白水 u ブックス

母に捧ぐ

# 1

もしも君が、ほんとにこの話を聞きたいんならだな、まず、僕がどこで生まれたかとか、チャチな幼年時代はどんなだったのかとか、僕が生まれる前に両親は何をやってたかとか、そういった《デーヴィッド・カパーフィールド》式のくだんないことから聞きたがるかもしれないけどさ、実をいうと僕は、そんなことはしゃべりたくないんだな。第一、そういったことは僕には退屈だし、第二に、僕の両親てのは、自分たちの身辺のことを話そうものなら、めいめいが二回ぐらいずつ脳溢血を起こしかねない人間なんだ。そんなことでは、すぐ頭に来るほうなんだな、特におやじのほうがさ。いい人間ではあるんだぜ。だから、そういうことを言ってんじゃないんだ。けど、すごく頭に来るほうなんだな。それに、僕は何も、自叙伝とかなんとか、そんなことをやらかすつもりはないんだからな。ただ、去年のクリスマスの頃にへばっちゃってさ、そのためにこんな西部の町なんかに来て静養しなきゃならなくなったんだけど、そのときに、いろんなイカレタことを経験したからね、そのときの話をしようと思うだけなんだ。つまり、D・Bに話したことの焼き直しだな。D・Bってのは僕の兄貴ってわけだけどさ。今、ハリウッドにいるんだ。ハリウッドは、このいやったらしい町からそう遠くないもんだからね、奴《やっこ》さん、だいたい週末のたんびに、僕んとこを見舞いに来やがんだよ。たぶん来月になるだろうけど、僕が退院してうちへ帰るときには、車で送ってくれることになってるんだ。奴さん、ジャガーを持ってやがんだよ。時速二〇〇マイルばかし出せるイギリスの車さ。兄貴は四〇〇〇ドル近くも払わされたね。金持なんだ、奴《やっこ》さん、今じゃ。昔はそうじゃなかったけどさ。昔、うちにいた時分には、まともな作家だったんだ。兄貴のことは知らんだろうな。『秘密の金魚』っていうすごい短編集があるよ。その中で一番いいのは、「秘密の金魚」っていう奴だ。自分の金魚をどうしても人に見せたがらない子供のことを書いたものなんだ。どうして人に見せたがらないかというと、自分の金で買ったからだっていうんだな。これには参ったね。今の彼は——彼って、つまり、D・Bだけどさ——ハリウッドに身売りしちまった格好だな。僕は、何がきらいって、映画ぐらいきらいなものはないんだ。僕の前じゃ、映画のことは、口に出さないでくれ。

どこから話を始めたらいいか——僕がペンシー高校をやめた日のことから話すことにしよう。ペンシーってのは、ペンシルヴェニア州のエージャーズタウンにある学校なんだ。たぶん、聞いたことがあるだろう。少なくとも、広告ぐらいは見たことがあるんじゃないかな。千ばかしの雑誌に広告を出してんだから。それがきまって、イカシタ子がさ、馬に乗ってからに、障害を跳《と》び越えてる写真なんか出しちゃってさ。まるで、ペンシーじゃ、しょっちゅうポロかなんかやってるみたいな感じなんだな。馬なんて、僕は、いっぺんも見たことなんかなかったよ、学校の界隈のどこを捜したって。おまけに、その馬にのった子の写真の下には、いつだって、こう書いてあるんだ——「一八八八年の創立以来、本校は、常に頭脳明晰にして優秀なる青年を養成してきた」。《養成》がきいてあきれるよ。養成なんかするもんか。その点は、ペンシーだって、他の学校とおんなじさ。それに、頭脳明晰にして優秀なる、とかなんとか、そんなのには、あそこじゃ、お目にかかったことないね。いや、二人はいたか。でも、二人じゃどうしようもないだろう。それに、その二人だって、ペンシーへ来る前から、頭脳明晰にして優秀だったんだよ、きっと。

とにかく、サクソン・ホールとフットボールの試合をやった土曜日のことだ。サクソン・ホールとの対校試合はね、ペンシーじゃ、重大事件ということになってんだな。そいつは一年の中の最後の試合で、もしもペンシーが負けたら、首でもくくらなきゃなんないみたいなんだ。今でも覚えてるけど、その日の午後の三時頃、僕は、トムソン・ヒルのずっとてっぺんまで登ってさ、独立戦争かなんかに使ったイカレタ大砲のそばに立ってたんだ。そっからは、競技場の全体が見えたし、両方のチームが猛烈にぶつかり合ってるのがよく見えた。観覧席はあんまりよく見えなかったけど、叫んでる声は聞こえたな。ペンシーの方は底力があってすごいんだ。なにしろ、僕をのぞいた全校生徒が集まってたんだからな。サクソン・ホールの方は細くってカワイソみたいだった。遠征するほうじゃ、大勢の生徒を引っぱって来るわけにいかんだろう。

フットボールの試合には、いつだって、女の子はゼンゼン少ししかいないんだな。四年生しか女の子を連れて来ちゃいかんっていうんだよ。すげえ学校さ、どう考えたって。僕なら、たまには女の子の姿がちらちら見えるっていう、せめてそれくらいであってほしいと思うよ。腕を掻《か》いたり、洟《はな》をかんだり、あるいはただくすくす笑ったり、なんかそんなことをしてるだけでもいいんだな。セルマ・

サーマーっていう娘《こ》――これは校長の娘だけどさ――こいつが試合のときにはよくやってきてたけど、これがどうも、こっちが燃えてどうにかなっちまうっていうタイプじゃないんだな。でも、なかなかいい娘《こ》なんだぜ。いつか、エージャーズタウンからのバスで隣合わせに坐ったことがあってさ、まあ、話をしたわけだ。気に入ったな、僕は。鼻がでかくて、爪《つめ》をみんな深く嚙んじまってさ、血がにじむみたいなんだ。そして、すごくとび出したブラジャーなんかしてやがんだ。しかし、なんとなく気の毒みたいになっちゃうんだな。僕が彼女のどこが気に入ったかというとだな、彼女、おやじがどんなにすごい有力者かってことを、テンから意識してないんだな。本当はトンマなインチキ野郎だってことを知ってたんじゃないかな。

僕が、競技場へ下りていかないで、トムソン・ヒルのてっぺんなんかに突っ立ってたわけはだ、フェンシングのチームといっしょにニューヨークから戻ったばかしのとこだったんだ。僕はフェンシングのチームのマネージャーをしてたんだよ。たいしたもんさ。その日の朝、マクバーニーとフェンシングの試合をしに、ニューヨークへ乗りこんだんだけどね、ただ、試合はやらなかった。僕が剣や装具やなんかをそっくり地下鉄の中に忘れちまったもんだから。でも、僕のせいばかしじゃないんだよ。何しろ僕は、下りるとこを間違わないように、しょっちゅう席を立って地図を見なけりゃならなかったんだもの。そんなわけで、僕たちは、ほんとなら夕食の時分に帰るところを、二時半頃にペンシーへ帰って来ちまったんだ。チームの奴らは、みんな、途中ずっと列車の中でも僕んとこを村八分にしやがってさ。おもしろかったぜ、ちょっとばかし。

競技場へ下りて行かなかったもう一つのわけはだな、歴史の先生のスペンサーさんに、僕、お別れを言いに行く途中だったんだ。先生は流感やなんかにかかっちゃったんでさ、クリスマスの休暇が始まる前に会うことは、この先もうないだろうと思ったんだ。僕がうちへ帰る前に会いたいという手紙を先生からもらってたのにさ。先生は、僕がもうペンシーへ戻らないことを知ってたんだな。

そのことを言うの忘れてたけど、僕は退学になったんだよ。クリスマスの休暇が終わっても、学校へは戻らないことになってたんだ。四課目おっことしちゃって、しかも勉強する気がない、とかなんとか言いやがんだな。勉強しろという注意はちょいちょい受けてたんだけどね——学期の中頃には特に、両親がサーマーの奴に呼びつけられたりなんかしてさ——ところが僕は勉強しなかった。そこでおっぽり出されたってわけだ。ペンシーじゃよく生徒のとこをおっぽり出すんだよ。とてもいい学校ってことになってんでね、ペンシーは。本当なんだ。

とにかく、十二月かなんかでさ、魔女の乳首みたいにつめたかったな、特にその丘の野郎のてっぺんがさ。僕はリバーシブルのオーバーを着てただけで、手袋も何もしてなかったんだ。その前の週に、ラクダのオーバーを、ポケットに毛皮の裏のついた手袋を入れたまんま、僕の部屋においといたのを、誰かに盗まれちゃったんだ。ペンシーにはかっぱらいがいっぱいいやがんだよ。すごい金持の家の子が大勢いたんだけど、とにかくかっぱらいはいっぱいいやがったな。ぜいたくな学校になればなるほど、かっぱらいも多くなるんだ——本当だよ、ふざけて言ってんじゃない。とにかく、僕は、そのイカレタ大砲のそばに突っ立って、ケツももげそうなくらい寒い中で、下の試合を見てたんだ。といっても、たいして身を入れて見てたんじゃない。どうしてそんなとこにぐずぐずしてたかというと、実は、その、別れの気分といったようなものを味わいたかったからなんだ。今までいろんな学校やなんかをやめて来た僕なんだけど、みんな自分で知らないうちにやめちまったみたいな感じなんだな。そいつがいやなんだよ。悲しい別れでも、いやな別れでも、そんなことはどうだっていいんだ。どこかを去って行くときには、いま自分は去って行くんだってことを、はっきり意識して去りたいんだな。そうでないと、なおさら気分がよくないもんだぜ。

僕はついてたね。そのとき、自分がいまこの学校を出て行くんだってことをしみじみと意識させてくれる出来事が、いきなり思い浮かんだんだからね。それは十月頃のことだったんだ、僕とロバート・ティチナーとポール・キャンベルと三人で、校舎の前でフットボールのボールを投げて遊んでたんだな。二人ともいい奴でね、特にティチナーのほうがさ。夕食の時間まぢかで、外はかなり暗くなってたんだけど、それでもかまわずボールを投げて遊んでたんだよ。そのうちにますます暗くなってきちゃってさ、ボールがろくに見えもしないくらいに暗くなった。それでも止めるのがどうにもいやなんだな。ところがとうとう止めないわけにいかなくなった。生物を教えてる先生で、ザンベジ先生ってのがいてね、これが校舎の窓から顔を出して、もう夕食だから寮へ帰って用意をしろって、そう言ったんだな。こういったことを思い出せればだよ、もういつ別れを告げたって、大丈夫さ——いつだってというのは言い過ぎかもしれないけど、たいていは大丈夫だな。僕は、そいつを思い出すと、すぐさま競技場に背を向けて、その丘の反対側を、スペンサー先生の家のほうへ向かって駆け下りたんだ。スペンサー先生は学校の構内に住んでなかったんだよ。アンソニー・ウェイン街に住んでたんだ。

僕は、正門のとこまでずっと駆けて行ったんだが、そこでちょっと立ち止まってひと息入れた。実をいうと、僕は、じきに息が切れちまうんだよ。一つには、すごい煙草のみだからね——といっても昔のことだけどさ。今は禁煙させられてるんだから。それから、もう一つは、去年、背《せい》が六インチ半ものびちまってね。僕が結核になりかかって、こんなとこへ来てからに、診察とかなんとか受けさせられてるのは、こいつのせいもあるんだよ。ほんとは、病気なんかじゃないんだけどさ。

とにかく、息苦しいのがなおると、僕は、すぐさま駆け出して、二〇四号国道を突っ切った。バカみたいに寒くって、もう少しでぶっ倒れそうだったな。何のために駆けたりなんかしたのか、自分でもよくわかんない——たぶん、なんということもなく、ただ駆けたくて駆けたんだろう。国道を向こう側まで渡ったときには、このまま消えてなくなるんじゃないかという感じだったな。なにしろ、そういう正気の沙汰とは思えないみたいな午後だったんだ。すっごく寒くって、太陽も出てやがらないしさ、道路を横切るたんびに、そのまま消えてなくなりそうな感じがしたな。

いやあ、スペンサー先生の家につくが早いか、いきなり僕はベルを鳴らしたね。本当に身体《からだ》が凍っちまってたんだから。耳は痛むし、指なんか、てんで動きやしない。「早く、早く。誰かドアをあけてくれよ」もう少しで僕は声に出してそう叫ぶとこだった。そのうちに、スペンサー先生の奥さんがドアをあけた。先生とこには女中やなんかいないんで、ドアはいつも、先生か奥さんかが、自分であけるんだ。あんまり金持じゃないからね。

「ホールデン！」奥さんが言った。「ほんとによく来たわねえ！　さあ、入ってちょうだい。まさか、凍死してるんじゃないでしょう？」奥さんは僕が来たのを本当に喜んでたんだと思う。僕に好意を持ってたんだから。少なくとも、僕の見るところでは、好意を持ってたと思うんだ。

いやあ、いきなり僕はとびこんだね。「お変わりありませんか、奥さん？」と、僕は言った。「先生はいかがです？」

「オーバーを脱がしてあげましょうね」奥さんはそう言った。先生はどうかってきいた僕の言葉なんか聞こえやしないのさ。少しつんぼなんだよ、奥さん。

オーバーを玄関の外套かけにかけてもらうと、僕は、手でちょっと髪を撫《な》で上げた。僕は髪はよくクルー・カットに刈ってるんで、あんまり櫛《くし》を使う必要がないんだな。「お変わりありませんか、奥さん？」もう一度、僕はそう言った。ただ、奥さんに聞こえるように、声を大きくしてさ。

「元気ですよ、ホールデン」そう言って奥さんは、外套かけの戸を閉めた。「あなたこそお変わりなくて？」そう言った奥さんのその口ぶりから、僕は、スペンサー先生が奥さんに僕のおっぽり出されたことを話したんだということを、すぐ感づいたね。

「元気です」と、僕は言った。「先生はいかがですか？　もう流感はよろしいですか？」

「よろしいかって！　ホールデン、あの人はまるで、完全な――さあ、なんて言ったらいいんでしょうね……とにかくお部屋にいますよ。入っていらっしゃい」

# 2

先生のとこでは、先生と奥さんと、めいめいが自分の部屋を持ってるんだ。二人とも年は七十ぐらい、あるいはもっといってるかもしれない。でも、けっこうあれで人生に楽しみを見つけてるんだな――もちろん、チンケな楽しみだけどさ。こんなこと言うと、意地が悪く聞こえるのはわかってるけど、意地悪で言ってんじゃないんだ。前には僕、スペンサー先生のことをいろいろと考えたものなんだけどね、あんまり考え過ぎるというと、何のためにこのじいさん、いつまでも生きてるのか、わかんなくなってしまうんだ。だって、腰はすっかり曲がっちまってるしさ、格好なんてひどいもんだ。授業中に、黒板になんか書いてててチョークを落としたりなんかすると、いつも前列の子が立っていって、そいつを拾って手渡してやらなきゃなんないんだぜ。たまんないと思うんだな、僕なら。でも、あんまり考え過ぎないで、適度に考えてると、この先生も、そんなにいやでもなく暮らしてるんだってことがわからなくもないんだ。たとえば、ある日曜日、僕は、他の子何人かといっしょに、先生んとこへ行ってホット・チョコレートをご馳走になったことがあるけど、そのとき、古くなってすりきれたナバホの毛布をみせてくれた。奥さんといっしょに、昔、イェローストーン公園でインディアンから買ったんだって。それを買ったのがどんなにうれしかったか、それがこっちにもわかるんだな。

こういうとこだよ、僕の言うのは。いいかい、スペンサー先生みたいなすごい年よりでもだぜ、毛布を買ってすごく喜んでるんだからな。

先生の部屋のドアは開いてたけど、僕はとにかくちょいとノックしたんだ。それが礼儀ってもんだからな。坐ってるとこもちゃんと見えてたんだけどさ。でっかい革の椅子《いす》に腰かけて、いま言った毛布に、すっぽりくるまってるんだ。僕がノックすると、こっちを見てからに「誰かね？」と、どなりやがった。「コールフィールドか？　入りたまえ、坊や」この先生、いつもどなりやがんだよ、授業中でなくても。ときどき頭に来ちゃうことがある。

中へ入ったとたんに、僕は、来るんじゃなかったと思ったね。先生は『アトランティック・マンスリー』を読んでたが、そこらじゅうに丸薬だの散薬だのがちらばってて、いろんなものがみんな、ヴィックスのノーズ・ドロップみたいな臭いがしやがるんだ。気が滅入《めい》っちゃったよ。だいたい、僕は、病人ってものがどうも好きじゃないんだが、このときの先生は、生まれたときにそいつでくるんでもらったんじゃないかって気がするくらい古ぼけた、情けないバスローブを着てやがったんだ。これでますます気が滅入っちまったのさ。だいたい、僕は、年寄りがパジャマやバスローブを着てるとこを見るのがきらいなんだ。洗濯板みたいな胸が見えるだろう。それから脛《すね》もさ。年寄りの脛って、海辺やなんかで見るけど、きまってなまっ白くって、それに毛が生えてないみたいに、つるんとしてやがるじゃないか。「こんにちは、先生」僕はそう言った。「お手紙、いただきました。ありがとうございました」僕は先生から、これきり学校へ戻って来ないのなら、休暇が始まる前に、お別れにうちへ寄って行かないかという手紙を貰ってたんだ。「でも、わざわざお手紙下さらなくてもよかったんです。どっちみちお別れを言いに伺うつもりだったんですから」

「そこへかけなさい、坊や」先生はそう言った。そこってのはベッドなんだ。

僕はベッドに腰を下ろしたさ。「先生、お風邪《かぜ》の具合はいかがです？」

「いやどうも、もう少し具合が良かったら、医者を呼びにやらなきゃならんところだ」先生はそう言った。そしてこの自分のせりふがすごく気に入ったんだな。気違いみたいに笑いだしたんだよ。いいかげん笑ってから、やっと、身体《からだ》をしゃんと起こすと、こう言ったね。「どうして君は試合を見に行かないんだね？　今日はたしか、サクソン・ホールとの試合がある日と思ったが」

「ええ。行きました。ただ、僕、フェンシングのチームといっしょにニューヨークから戻ったばかしなもんですから」僕はそう言った。チェッ、先生のベッドの堅えのなんのって、まるで石みたいなんだ。

それから先生は、急にすごくまじめになりやがったね。こうなることは最初からわかってたんだ。

「で、君は、学校をやめることになるんだね？」と、おいでなすったよ。

「はあ。そうなるだろうと思います」

先生は、いつものでんで、やけにうなずいた。このスペンサー先生ほどやたらとうなずく人は、ちょっとほかにいないだろう。それが、一生懸命考えてるからそんなにうなずくのか、ケツと肘《ひじ》の区別もつかない耄碌《もうろく》じじいだから、ただうなずいてるのか、そこんとこがどうもわかんないんだな。

「校長先生はなんとおっしゃったかね、坊や？　君はいろいろとお話ししたと思うが」

「はあ、しました。その通りです。二時間ばかり校長室にいたと思います」

「校長先生はなんと言われた？」

「そりゃ……そうですね、人生は競技だ、とかなんとか。だから、ルールに従ってやらなければいけない、とかですね。なかなか、やさしかったですよ、校長先生。つまりその、怒ってどなったりなんか、しませんでした。ただ、人生は競技だとかなんとか、そんなことを話されただけです」

「人生は競技だとも、坊や。たしかに人生は、誰しもがルールに従ってやらなければならない競技なんだ」

「はあ。そうです。わかってます」

競技だってさ、クソくらえ。たいした競技だよ。もしも優秀な奴らがずらっと揃《そろ》ってる側についてるんなら、人生は競技で結構だろうよ——そいつは僕も認めるさ。ところが、優秀な奴なんか一人もいない相手方についてたらどうなるんだ。そのときは、人生、なにが競技だい？　とんでもない。競技でなんかあるもんか。「校長先生はもう君のご両親に手紙を出されたかな？」スペンサー先生はそう言った。

「月曜日に書くつもりだって、おっしゃってました」

「君はおしらせしたのか？」

「いいえ、まだしらせてません。どうせ水曜の夜にうちに帰れば、会うわけですから」

「それにしても、ご両親は、おしりになってどうお思いになるかな?」

「さあ……相当怒るでしょうね。きっと怒りますよ。僕の入った今度がだいたい四つ目の学校ですからね」そう言って僕は首を振った。僕はよく首を振るくせがあるんだ。そして「チェッ!」って言った。「チェッ!」って言うくせもあるんだ。一つには語彙《ごい》が貧弱だからだけど、一つには年の割にときどき子供っぽいことをやるからなんだ。そのときは十六だったんだけどね。今は十七さ。それでいて、ときどき、十三ぐらいなことをやっちゃうんだな。本当に皮肉な話さ。だって僕は六フィート二インチ半もあって、白髪《しらが》が生えてんだから。嘘《うそ》じゃないんだよ。頭の片一方の側は――右側だけど さ――白髪がいっぱい、ゴマンと生えてんだ。子供のときからずっとこうなんだよ。それでいながら、いまでも、ときどき十二ぐらいの子供みたいなことをやるんだからな。みんなからそう言われるんだ。特におやじからね。それも、いくらかはその通りなんだが、しかし、全くその通りってわけのもんじゃない。大人《おとな》ってのは、いつだって、全く自分たちの言う通りと思うものなんだ。こっちは知っちゃいないやね。ただ、年相応にふるまえって大人から言われると、ときどき、退屈しちまうだけさ。ときには僕は、年よりもずっと大人びたことをやることがあるんだ――ほんとだぜ――ところが大人はそれに気がつかない。大人ってのは、なんにも気がつかないんだからな。

スペンサー先生は、また、うなずきだした。それから鼻をほじくりだした。ただ鼻をつまんでるだけのように見せてたけど、実際は、拇指《おやゆび》がちゃんと鼻孔の中に入ってたんだ。部屋にいるのは僕だけなもんだから、そんなことをしてもかまわないと思ったんだろう。かまやしないさ、僕は。ただ、人が鼻をほじくってる図は、あまりカッコイイ見物《みもの》じゃないからな。

そのうちに先生が言ったんだ。「何週間か前だが、君のお母さんとお父さんが、校長先生に会いに来られたときに、わたしはお目にかかった。りっぱな方たちじゃないか」

「はあ、そうです。非常にいい人たちです」

《りっぱ》か！　これこそ僕のきらいな言葉なんだ。インチキだよ。聞くたんびにヘドが出そうになる。

そのとき、不意に、スペンサー先生が、僕に説教するいい材料を見つけたような、鋲《びょう》みたいにチクリと来る奴をぶつけて来そうな気配を見せたんだな。身体《からだ》をもっとしゃんと起こして、ちょっと向き直ったみたいな格好をしたんだよ。しかし、僕の予想は見事にはずれた。先生はただ、膝にのせてた『アトランティック・マンスリー』を取り上げて、ベッドの上の、僕の横んとこへ、ひょいと放り上げようとしただけだった。ところが、それが届かないんだな。ほんの二インチばかししか離れてないんだぜ。それが届かないんだからな。僕は立ち上がって、それを拾って、ベッドの上にのっけたよ。それから急に、僕は、この部屋からとび出したくなったんだ。すごい説教が始まりそうな予感がしたもんだからね。説教されるってことはたいしてなんでもないんだけど、説教されたり、ヴィックスのノーズ・ドロップの臭いをかがされたり、スペンサー先生のパジャマにバスローブという格好を見せられたり、みんないっぺんに重なるんじゃたまんないよ。本当にたまったもんじゃないよね。

ところが、やっぱり始まっちゃった。「君はいったいどうしたのかね、坊や」とおいでなすったね。

しかも、先生にしちゃ、なかなかきつい言い方だった。「今学期は何課目とったんだ？」

「五課目です」

「五課目ね。で、何課目落としたんだね？」

「四課目」僕はベッドの上でちょっと尻《しり》を動かした。こんな堅いベッドって、それまで坐ったこともないほど堅えんだ。「英語はちゃんと通ったんです。というのは、ああいうベーオウルフとかロード・ランダルなんていうのは、フートン・スクールに行ってたときに、みんな習ったんです。つまりですね、英語は、まあ、ゼンゼン勉強しなくてもよかったわけです、ただ、ときどき作文を書くだけで」

先生は聞いてもいないんだな。だいたい、こっちで何か言っても、あんまり聞かない先生なんだ。

「わたしが歴史で君を落第させたのは、君が全然なんにも知っていなかったからだよ」

「わかってますよ、先生。チェッ、そいつはわかってるんです。先生としちゃ当然ですよ」

「全然なんにもだからな」先生はまたそう言った。これをやられると、僕は、頭に来ちゃうんだな。こっちが最初にそうだといってるのに、その上におっかぶせて、こんなふうに二度言うんだからな。おまけに先生は三度言ったんだ。「それにしても、全然なんにもだよ。学期中に一度でも教科書を開いたことがあるか、あやしいもんだと思う。どうなんだね？　正直に言いたまえ、坊や」

「そうですね、二、三度、ざっと目を通しました」僕はそう言った。先生の感情を傷つけたくなかったからね。先生は、歴史となると、まるで気違いなんだ。

「ざっと目を通したっていうんだな？」先生はそう言った——皮肉たっぷりにね。「君の——おう——答案だがね、そこの、わたしの箪笥《たんす》の上にのっている。積み上げてあるの、一番上だ。すまないが、それをとってくれないか」

実にきたないやり方だと思ったけど、僕は立って行って、それを先生のとこへ持って行った。——それよりほかにやりようがないじゃないか。それからまた、例のセメントみたいなベッドに腰を下ろしたのさ。チェッ、さよならなんか言いに寄るんじゃなかったよ。僕がどんなに後悔したか、想像もつくまいと思う。

先生は、僕の答案を、まるでクソかなんかをいじるみたいにいじりやがんのさ。「教室では、十一月の四日から十二月の二日まで、エジプト人のことを勉強したね」先生はそう言うんだ。「選択論文の問題に対して、君は、自分で選んでエジプト人のことを書いている。どんなことを書いているか、ひとつ、聞かせてやろうか？」

「いえ、結構です」と、僕は言ったね。

それでもかまわず先生は読みやがった。先生ってものは、こうしようと思ったら、もう止《と》められるもんじゃないからな。ただ、やっちゃうんだから、かなわないよ。

エジプト人とは、アフリカ北部の一地方に居住した古代のコーカサス人種である。アフリカは、周知の通り、東半球最大の大陸である。

僕はそこに坐って、こういうたわごとを聞いてるより仕方なかったんだ。きたないよ、全く、やり方が。

エジプト人は、様々な理由で、今日のわれわれにとり、きわめて興味深い存在である。エジプト人が、死者の顔を、無慮何世紀にもわたって腐敗しないようにするために、どんな材料を用いて死体を包んだのか、近代科学もなおその秘密を知りたく思うであろう。この興味ある謎は、二十世紀の今日もなお、まさに近代科学に対する挑戦である。

先生は、読むのをやめて、僕の答案を下に置いた。僕はなんだか先生が憎らしくなってきた。「君の、論文は――論文ということになるんだろうな、これでも――とにかく、ここでおしまいだ」皮肉たっぷりな口調で、先生は、そう言った。こんな年寄りが、こんなにも皮肉になるものかと、びっくりするほど皮肉だったな。「ところが、君は」と、先生はさらに言うんだよ。「答案の一番おしまいのところに、わたしにあてて短い手紙を書いている」

「はあ、知ってます」と、僕は言ったね。大急ぎでそれを言ったが、それは、そいつを先生が読みださないうちに、やめさせたかったからなんだ。しかし、やめさせることなんて、できたもんじゃない。先生はカンシャク玉みたいにカッカしてやがったんだから。

スペンサー先生へ〔奴《やっこ》さん、声を出して読み出した〕エジプト人について、僕の知ってるのはこれだけです。僕にはあまり興味の持てる人たちではなさそうに思います。もっとも先生の講義は非常に興味深いのですけれど。でも、僕を落として下すってもいっこうにかまいません。とにかく、英語以外のものはみんな落っこちそうな僕なんですから。敬具。

ホールデン・コールフィールド

先生は、僕の答案の野郎を下に置くと、まるで、ピンポンかなんかで、僕をさんざんやっつけでもしたみたいな顔をして、こっちを見やがった。こんなチャラッポコを僕に読んできかせるなんて、僕は先生を絶対に許すまいと思うんだ。もしも先生がそいつを書いたんだったら、僕なら絶対に読んできかしたりするもんか——嘘《うそ》じゃないよ。第一だね、僕がこの手紙の野郎を書いたのはだよ、先生が僕を落っことすのにあんまり寝ざめが悪くないようにと思って、そのために書いてやっただけなんだからな。

「わたしが君を落第させたのは間違ってると思うかね、坊や」と、先生は言った。

「とんでもない！　そんなこと思うもんですか！」そう言いながら、僕は、さっきから僕を《坊や》といってるその呼び方をやめてもらいたくてたまんなかった。

先生は、僕の答案を読み終わると、そいつをベッドの上に放り上げようとしたが、もちろん、今度も失敗さ。僕は立ち上がって、そいつを拾って、『アトランティック・マンスリー』の上へのせてやらなきゃならなかった。二分おきにこんなことをさせられたんじゃ、たまったもんじゃないよ。

「君がもし、わたしの立場だったら、どうしたと思うかね？」先生はそんなことを言いやがんだよ。「正直に言いたまえ、坊や」

とにかくね、先生が僕を落っことしたことを相当気にかけてるのはよくわかるんだ。それで僕は、一席、よたをとばしてやった。僕は本当に低能で、とかなんとか、そんなごたくを並べたのさ。もしも僕が先生の立場にあったら、僕もやはり全く同じことをやったであろう。教師というのはいかにつらい職業であるか、大部分の人には、そこのところがよくわかっていない、とかなんとか、こういった調子でね。お手のもののデタラメだよ。

ところが、おかしいだろう、そんなよたをとばしながら、僕は頭の中ではほかのことを考えてたみたいなんだ。僕のうちはニューヨークにあるんだが、僕はあの《セントラル・パーク》の池のことを考えてたんだな、あの《南側通り《サウス》》の近くにあるさ。ぼくがうちへ帰るときには、あの池は凍ってるんじゃないかな、なんて、そんなことを考えてたんだ。もしも凍ってるとすれば、あの家鴨《あひる》たちは、どこへ行くのかな？　あの池がみんな氷になってさ、すっかり凍っちまったらだな、あの家鴨たちはどこへ行くのかと思ったんだよ。誰かがトラックでやってきてさ、動物園かどっかへ連れて行くのかな？　それとも、ただ、どっかへ飛んで行っちまうのかな？　そんなことを考えてたのさ。

それにしても僕はついてんだな。スペンサー先生に向かってよたをとばしながら、同時に家鴨のことを考えることができたんだからね。おもしろいよ。先生に向かって話をするときにはだな、あんまり考える必要ないんだな。ところがだよ、スペンサー先生、僕がよたをとばしてるとこへ、いきなり口を入れてきやがった。この先生は、人が話してると、きまって口を入れやがんだ。

「こういうことになって、いま君は、どういう気持でいるのかね、坊や？　わたしはそれが知りたい。ひとつ、聞かせてくれないかね」

「今度のことってつまり、ペンシーからおっぽり出されたことやなんかですね？」そう言いながら、僕は、先生が洗濯板みたいなその胸をかくしてくれないかなあ、なんて思ってたんだ。あんまりきれいな眺《なが》めじゃないからな。

「わたしの誤りでなければ、たしか君は、フートン・スクールでも、それからエルクトン・ヒルズでも、問題があったと思うが」先生はそう言ったけど、これはいやみなだけじゃない、いささかきたないよ、これは。

「エルクトン・ヒルズじゃたいした問題もなかったんです」僕はそう言った。「おっぽり出されたとかなんとか、そういうんじゃないんですよ。まあ、こっちからやめたようなもんです」

「どうしてかね？」

「どうしてっていうんですか？　そりゃ、話せば長いことになるんですがね。つまりその、かなりこみ入ってるんですよ」僕は、先生を相手に、一部始終を説明する気にはなれなかった。やってみたって、先生にはわかりっこないんだし、それにだいたい、先生には関係ないことなんだからな。僕がエルクトン・ヒルズをやめた最大の理由の一つは、あそこの学校がインチキ野郎だらけだったからなんだ。それだけのことなのさ。全くウジャウジャいやがるんだから。たとえばだよ、ハース先生っていう校長がいやがんだけどね、これは僕が臍《へそ》の緒《お》きってからこの方《かた》お目にかかった最大のインチキ野郎だったね。サーマーよりも十倍もひでえや。たとえば、日曜日にだな、ハースの奴、車で学校に乗りつけて来る親たちに、いちいち握手して回るんだ。すごくカッコいいぐらいにしちゃってさ。ただ、それがイカサナイ親だと、違うんだな。僕と同室の子の両親と握手したとこなんか、見せてやりたいくらいだった。つまりだね、生徒のおふくろがでぶだったり田舎《いなか》くさかったりなんかするだろう、あるいはおやじがさ、肩のでっかい服なんか着ちゃって、やぼな黒白コンビの靴なんかはいてるような野郎だとするだろ、そうするてえと、ハースの野郎、ちょっと手を握って、作り笑いなんかしやがって、そのますっと行っちまうんだな。そして、誰か他の子の親たちのとこへ行って、そうだな、半時間もしゃべってやがんだ。こういうのはたまんないね。頭に来ちゃう。こんなのにぶつかると、僕はすっかり気が滅入っちゃって、どうにかなっちまうんだな。あのエルクトン・ヒルズって学校は、僕は大きらいだ。

そのとき、スペンサー先生が何か言ったんだが、僕は聞きもらしちまった。ハースのことを考えてたもんでね。「何ですか、先生？」と、僕は言った。

「ペンシーを去るについて、君は別に、これといった心の呵責《かしやく》は感じないのかね？」

「ああ、そりゃいくらか呵責はありますよ。そりゃあります……しかし、そうたいしてありませんね。今のとこは、少なくとも。まだピンと来ないんだと思うんです。僕はなんでもピンと来るまでに時間がかかるんですよ。さしあたり、水曜にうちへ帰ることを考えるだけで、せいいっぱいなんです。低能ですからね、僕は」

「将来のことについては、全然なんの心配もしてないのかね、坊や」

「ああ、そりゃ少しは将来のことも心配してます。してるな。たしかに、してます」ちょっと、僕は、自分の将来のことを考えた。「でも、たいしてしてないと思いますね。たいしてしてないと思います」

「いまに、いまにするようになる」スペンサー先生はそう言った。「いまにするようになるよ、坊や。しかし、そのときになって心配しても、もう手おくれだ」

こんなふうに言われるのはいやだったね。まるで、こっちが死ぬかどうかしたみたいな感じがしてさ。気が滅入《めい》るったらありゃしなかった。「そうでしょうね、きっと」と僕は言った。

「わたしは、君のその頭の中に、少し分別というものを入れてやりたいんだよ、坊や。君の力になってやりたい。できることなら、君の力になってやりたいんだ」

その言葉に嘘《うそ》はないんだな。それははっきりわかるんだ。しかし、ただ、僕たちはあんまり西と東に離れ過ぎてんだな、そこが問題なんだ。「わかってます、先生」と、僕は言った。「非常に感謝しています。嘘じゃありません。本当にありがたいと思ってます。本当ですよ」そして僕はベッドから腰を上げたんだ。チェッ、堅えのなんのって、ベッドがさ。もう十分も坐ってたら、死んじゃったよ、きっと。「でも、実は、そろそろおいとましなきゃならないんです。家へ持って帰らなきゃならない道具を、体育館に、いっぱい置いてあるもんですから。本当なんです」先生は僕の顔を見て、またうなずきだした。とても深刻な顔をしてね。急に、僕は、先生に対してとても悪いような気がしちゃったけど、でも、お互いがそんなふうに東と西にわかれわかれなんだし、先生はベッドの上に何かを放り上げるたんびにしくじってばかしいるし、なさけないバスローブなんか着ちゃってさ、胸は見えるし、そこらじゅう、べとべとしたヴィックスのノーズ・ドロップの臭いはするし、僕はもう、それ以上そこにぐずぐずしてるわけにいかなかったんだよ。「ねえ、先生。僕のことは心配なさらないで下さい」僕はそう言った。「口先だけで言ってんじゃありません。大丈夫ですよ、僕は。いま、一つの時期を通り抜けようとしてるだけなんです。誰だって、いろんな時期を通り抜けて行くんじゃありませんか?」

「そうさなあ。どういうものかなあ」

こんな答えをされると、僕は、いやになっちゃうんだな。「そうですよ。みんなそうにきまってますよ」僕はそう言った。「いいかげんに言ってんじゃないんです、先生。どうぞ、僕のことはご心配なく」僕はちょいと先生の肩に手をかけたりなんかしちゃってさ「いいですね?」と、言ったんだな。

「ホット・チョコレートを一杯飲んで行ったらどうかね? 家内もたぶん――」

「はあ、ごちそうになりたいんですが、本当にごちそうになりたいところですけど、やっぱりおいとましなきゃならないんです。この足で体育館に行かなきゃなりませんし。でも、ありがとうございました。ほんとにありがとうございました、先生」

それから、僕たちは握手をしたんだな。握手とかなんとか、くだんないことをさ。でも、僕は、すごく寂しくなっちゃった。

「手紙を書きますよ、先生。では、風邪《かぜ》をお大事に」

「さよなら、坊や」

僕がドアを閉めて、居間のほうへ歩きかけたとき、先生は僕に向かってなんとかかとどなったけど、僕にははっきり聞きとれなかった。きっと「幸運を祈るよ！」ってどなったんじゃないかと思うんだが、そうあってほしくないんだな、僕は。絶対にそうであってほしくない。「幸運を祈るよ！」なんて、僕なら誰にだって言うもんか。ひどい言葉じゃないか、考えてみれば。

## 3

僕みたいにひどい嘘《うそ》つきには、君も生まれてから会ったことがないだろう。すごいんだ。かりに雑誌を買いに行く途中なんかでもさ、誰かに会って、どこへ行くんだってきかれるとするだろう。僕は、オペラへ行くって答えかねないんだな。ひでえもんだよ。だからさ、スペンサー先生に、いろんな装具やなんかをとりに体育館へ行かなきゃなんないと言ったのも、あれはまっかな嘘だったんだ。装具だって、僕は、体育館には置いてやしないんだよ。

ペンシーで僕がいたのは、新寮の《オッセンバーガー記念棟》っていうとこなんだ。三年と四年しか入れないんだ。僕は三年さ。同室の奴は四年だった。この棟の名前は、オッセンバーガーっていうペンシーの卒業生の名前をとってつけたんだ。ペンシーを出てから葬儀屋をやってガッポリ金をもうけたんだな。何をやったかというと、家族の誰かが死んだときに、一個五ドルばかしで埋めてもらえる葬儀屋を、アメリカじゅうに開いたのさ。見物《みもの》だぜ、オッセンバーガーって奴は。あれじゃ死体を袋につめて、川にでも放りこむんじゃないかな。とにかく、奴はペンシーにしこたま金をくれたんだ。それで学校では、僕たちのいる棟に奴の名前をつけたってわけさ。一年の開幕のフットボールの試合には、こいつが、でっかいキャディラックに乗って来やがってね、観覧席の僕たちはみんな立ち上がって、ロコモティヴをやらされたよ——ロコモティヴって、機関車みたいに、始めゆっくり、それからだんだん早くしてゆく拍手があるだろう、あれさ。それから、次の日の朝には、礼拝堂でこいつが演説しやがった。それがなんと、十時間ばかしも続いたな。最初に、やぼくさい冗談を五十ばかしも並べやがってね、自分がいかにはなせる男かってことを見せたんだな。たいしたもんだよ。それから今度は、自分が何か、困ったことにぶつかったりなんかしたときには、ひざまずいて神に祈ることを決して恥とは思わないという話をやりだした。僕たちも、どこにおろうと、常に神に祈るべきだ——神と話をすべきだ——なんて言うんだよ。イエスを自分たちの仲間だと思えって言うんだな。自分はいつでもイエスと話をしてるって言うんだ。車を運転してるときでもだってさ。これには参ったね。

あのとんだインチキ野郎がさ、車をトップ・ギヤに入れながら、もう少々死体をお恵み下さいってイエスに頼んでるとこが目に見えるみたいだ。あいつの演説の、たった一つよかったとこはだ、ちょうどまんなかあたりだったな、自分がどんなにすばらしい男か、どんなに優秀な人間か、そいつをいろいろとしゃべってやがったんだ。そのときに、僕の前の列に坐ってた奴が、エドガー・マーサラってんだけどね、いきなりでっかい屁《へ》を一発ぶっ放しやがったんだ。何しろ礼拝堂なんだからな、失敬な話さ。しかし、実に愉快だったな。マーサラの奴。屋根までもぶっ飛ばしそうな勢いだったよ。誰も声出して笑う奴はいないんだな。オッセンバーガーなんざ聞こえないようなふりをしてた。しかし、校長のサーマーの野郎は壇上のオッセンバーガーのすぐ隣に坐ってたんだが、こっちは聞こえたことがちゃんとわかったな。いや、怒ったねえ。そのときはなんにも言わなかったけど、次の日の夜に、僕たちを校舎の自習室につめこんで自習させやがってね、そこへ奴《やっこ》さん、やって来て説教しやがった。礼拝堂であんな騒ぎを引き起こすような生徒は、ペンシーにいる資格がないといってね。僕たちは、サーマーの野郎が説教してるときに、マーサラの奴をつついて、もう一発やらせようとしたが、奴さん、気が乗らねえって言いやがんだ。とにかく、ペンシーで僕がいたのはそういうとこだ。新寮の、オッセンバーガー記念棟。

スペンサー先生のとこを出て、僕の部屋に帰ったとたん、僕はほっとしたな。だって、みんな、試合のほうへ行ってて、部屋には暖房が入ってて、いい気持なんだ。ちょっと快適だったねえ。僕は、オーバーをぬいで、ネクタイをとって、ワイシャツの上のボタンもはずして、それから、その日の朝にニューヨークで買った帽子をかぶったんだ。それは赤いハンチングでね、でっかいひさしがついてやがんの。そいつを僕は、運動具店のウィンドーで見かけたんだ。フェンシングの剣やなんかをみんな失《な》くしちまったことに気がついたすぐ後に地下鉄を下りたときだったな。たったの一ドルだったよ。どんなふうにかぶったかというと、ひさしの奴をぐるっと後ろへ回してかぶったんだな――たしかにそりゃ、幼稚な真似だけどさ。でも、僕はそんなふうにかぶりたかったんだ。そんなふうにかぶった僕の格好、悪くなかったぜ。それから僕は、読みかけの本を持って、椅子《いす》に坐ったんだ。どこの部屋でも椅子は二脚でね、僕が一つ、同室のウォード・ストラドレーターが一つ持ってたんだ。アームはひどいことになってたけどね、何しろみんながしょっちゅうアームに腰かけるもんだから。でもなかなか坐り心地のいい椅子なんだ。

僕の読んでた本は、図書館から間違って借り出した奴でね。係が違う本を渡したんだけど、僕は部屋に帰るまで違う本だってことに気がつかなかったのさ。イサク・ディーニセン（長年東アフリカに住んだデンマークの作家）の『アフリカ便り』という本だ。いやらしい本だろうと思ったが、そうじゃなかったな。とてもいい本だよ。僕は全く無学なんだけど、でも本はいっぱい読むんだ。好きな作家は兄貴のD・B、次に好きなのはリング・ラードナー。兄貴が僕の誕生祝いにリング・ラードナーの書いた本を一冊くれたんだ。僕がペンシーへ行くちょっと前だったな。中に、とてもおもしろい傑作な芝居がいくつかあってね、それから、しょっちゅうスピード違犯をやらかすとってもかわいい女の子と恋をする交通巡査のことを書いた短編が一つあった。ただ、彼は結婚してんだな、その巡査がさ。それでその女の子と結婚とかなんとかできないわけだ。そのうちに女の子が死ぬんだな。だって、しょっちゅうスピード違犯をやってんだもの。この話には、僕も、ちょっと参ったね。僕の一番好きな本は、せめて、所々でこっちを笑わしてくれるような本だ。古典も僕はいっぱい読むよ。『帰郷』とかああいったものをね。古典は好きだな。しかし、戦争ものとかミステリーとか、そういったものもいっぱい読むんだ。でも、こういうのはあまり感動しないな。本当に僕が感動するのはだね、全部読み終わったときに、それを書いた作者が親友で、電話をかけたいときにはいつでもかけられるようだったらいいな、と、そんな気持を起こさせるような本だ。でも、そんな気持になることはめったにないね。イサク・ディーニセンなんかは電話をかけちゃうほうだな。それから、リング・ラードナー。ただ、D・Bにきいたけど、彼はもう死んだそうだ。しかし、あの『人間の絆』ね、サマセット・モームの。去年の夏読んだけどさ。なかなかいい本ではあるよ、でも、サマセット・モームに電話をかけたいとは思わんな、僕は。でも、わかんない。彼は僕が電話をかけたくなるようなタイプじゃないっていう、それだけのことだ。むしろ、トマス・ハーディに電話したいね。あのユーステイシア・ヴァイ（ハーディの『帰郷』の女主人公）、あれは僕、好きだな。

とにかく、僕は、新しい帽子をかぶって、腰を下ろして、その『アフリカ便り』って本を読みだしたんだ。もう前に読みあげてたんだけど、所々をもういっぺん読み返したくなったんだよ。ところがたった三ページばかし読んだとこで、誰かが、シャワー・カーテンをくぐってやって来る音が聞こえたんだ。顔を上げなくたって、それが誰だか、僕にはすぐわかったよ。ロバート・アクリーなのさ、すぐ隣の部屋の男なんだ。僕たちの棟には、二つの部屋の間にみんなシャワー・ルームがあるんだが、アクリーの野郎は日に八十五回くらいも僕のとこへとびこんで来るんだな。寮全体で、この日、競技場へ行かなかったのは、僕をのぞけば、おそらくアクリーだけだったろう。アクリーって奴はどこへだってほとんど行ったためしがない。とにかく変わってやがんだよ。四年生なんだが、ペンシーにまるまる四年もいるっていうのに、誰も奴を《アクリー》としか呼ばないんだからな。同室のハーブ・ゲールでさえ、《ボブ》（ロバートの愛称）とは呼ばないし、《アック》とさえも言わないんだから。もしもあいつが結婚したら、自分の女房からまで《アクリー》って呼ばれるんじゃないかな。猫背で、おっそろしく背の高い奴でね――六フィート四インチぐらいあった――それで歯がきたねえんだ。部屋が隣合わせであった間に、一度だって僕は、奴が歯を磨くのを見たことがなかったな。まるで苔《こけ》でも生えてるみたいな、すげえ歯をしてるんだ。こいつが食堂で、マッシュ・ポテトに豆とかなんとか、そんなのを口いっぱいにむしゃむしゃやってるのを見ると、胸が悪くなって吐きそうになったもんだ。おまけに奴は、ニキビだらけなんだ。たいていの子みたいに、額や顎《あご》だけじゃないんだ、顔じゅうべた一面だからな。そればかしじゃない、性格だってひでえもんよ。ちょっとイヤラシイとこもある奴でね、どうも僕は好きになれなかったな、本当を言うと。

　このアクリーが、僕の椅子《いす》のまうしろにあたるシャワー・ルームの敷居に立って、部屋にストラドレーターがいるかどうか偵察してるのが、僕には気配でわかったんだ。奴はストラドレーターの腹のすわったとこが苦手でね、ストラドレーターがいると、絶対に入って来ないんだよ。ストラドレーターに限らず、誰でも腹のすわった男のことはきらってた、みたいだな、奴《やっこ》さん。

アクリーは、シャワー・ルームの敷居から下りると、部屋に入って来て、「やあ」と言った。こいつはこれを言うとき、いつも、すごくつまんなそうに、あるいはすごくくたびれてるみたいな調子で言うんだな。わざわざ訪ねて来た、とかなんとか、そんなふうに見られるのがいやなんだよ。何かの間違いで入って来ちゃった、ってなふうに見られたいらしいんだから、あきれるよ。

「やあ」僕もそう言ったが、本から顔は上げなかった。アクリーみたいな奴を相手にした場合、本から顔を上げたりしたら、もう負けさ。いずれは負けることになるんだけど、でも早速に顔を上げなければ、すぐ負けなくてもすむからな。

奴《やっこ》さんは、いつものでんで、ひどくゆっくりと部屋の中を歩きだした。机や箪笥《たんす》の上からひとの物をつまみ上げたりなんかしながらね。奴は、いつだって、ひとの物をつまみ上げちゃいちいち見やがるんだ。いやあ、イライラさせられるぜ、ときどき。「フェンシングはどうだった?」奴はそう言った。僕が楽しそうに本を読んでるのが気に入らなくて、それをやめさせるのが狙いなのさ。フェンシングのことなんか、どうだってよかったんだよ。「勝ったのか、どうなんだ?」

「どっちも勝ちゃしねえよ」僕はそう言った。けど、顔は上げなかった。

「なんだって?」と、奴は言った。こいつは、いつも、同じことを二度言わせるんだな。

「どっちも勝ちゃしねえってのよ」僕はそう言うと、こっそり横目をつかって、奴が僕の箪笥の上の何をいじくり回してるのか見てみた。すると、奴さん、僕がニューヨークで昔よくつき合ってた、サリー・ヘイズっていう女の子の写真を眺《なが》めてやがんだよ。奴は、僕がその写真をもらってから、少なくとも五千回は手にとって眺めてやがるはずなんだ。それに、見てしまうと、必ず、前あったとことは違う場所に戻しやがんだな。わざとそうするんだよ。それはちゃんとわかるんだ。

「どっちも勝ちゃしねえって？　そりゃどういうわけだ？」

「おれが、剣やなんかを、地下鉄の中に忘れたからさ」僕はそう言ったが、それでもまだ、顔は上げなかった。

「地下鉄の中へだと！　じゃあ、なくしたってわけか？」

「地下鉄の線を間違えたんだ。おかげでおれは、しょっちゅう立って行って、壁の地図を見なきゃならなかったんでね」

奴は、僕のそばへ歩いて来ると、明かり先に立ちやがった。「おい。おまえが入って来てから、おれは、同じ文章を二十ぺんも読み返してんだぜ」僕はそう言ってやった。

アクリー以外の人間だったら、誰だって、こう言われればピンとわかるはずなんだが、奴《やっこ》さんはだめなんだな。「学校じゃおまえに弁償させると思うかい？」なんて、そんなことを言いやがんだよ。

「どうだかな。どうだっていいや、おれは。おまえ、坐るかどうかしたらどうだ、アクリー坊や？　おれの明かり先に立ってやがんだぜ」奴は、ひとから《アクリー坊や》って言われるのがきらいなんだ。僕が十六で、奴が十八なもんだから、奴はいつも、僕のことを、子供だ、子供だっていいやがんだが、それで僕から《アクリー坊や》って言われると、頭に来ちゃうんだな。

奴は相変わらず突ったったまんま、どきやしない。どいてくれって頼まれるとどこうとしない、そういう男なんだな、奴は。「いったい何を読んでやがんだ?」奴はそう言ったね。

「本さ」

奴は、標題が見えるように、片手でぐいと僕の読んでる本の表紙を押しあげると「おもしろいか?」と言った。

「文章はスゴイね」僕はそう言った。僕は、その気になれば、うんと皮肉なことでも言えるんだ。でも、奴には通じなかったな。奴は、またもや、部屋の中を歩きだして、僕の物や、それからストラドレーターの物も、つまみ上げていやがった。しまいには僕も本を床の上に置いてしまったよ。アクリーみたいな奴がそばにいたんじゃ、本なんて読めやしない。絶対に不可能だね。

僕は、椅子《いす》に深く身体《からだ》を沈めて、アクリーの奴が勝手なまねをしやがるのを眺《なが》めていた。するとニューヨークまで行って来たんで、いささかくたびれたみたいな感じで、あくびが出てきやがった。それから僕は、ちょっぴりふざけだしたんだな。僕はときどき、退屈しのぎに、ふざけ散らすことがあるんだよ。何をやったかというとだな、ハンチングのひさしの奴を前のほうにまわして、ぐっと目の上にかぶさるくらいに深く引っぱったんだ。だから、なんにも見えなくなっちまった。「僕、盲になるのかな」しゃがれた声で、僕は言った。「ママ、ここのお部屋、暗くなってきちゃった」

「馬鹿だな、おまえは。本当に馬鹿野郎だ」アクリーが言った。

「ママ、手をかして。どうして手をかしてくれないの?」

「子供っぽいまねはよせよ」

僕は、盲のように、目の前をあちこち手探りしたが、椅子から立ち上がったりなんかはしなかった。そして「ママ、どうして手をかしてくれないの?」を繰り返してた。もちろん、ふざけてただけなんだが、ときどき、こんなまねがすごくおもしろくなることがあるんだな。それに、アクリーの奴がすごくいらいらするのがわかってたしね。アクリーを見ると、きまって、僕の中にサディスト的なものが生まれて来るんだな。奴に対してサディスト的になることが僕にはよくあるんだよ。でも、しまいにやめたけどさ。帽子のひさしをまた後ろに回して、ぐったり椅子にもたれたんだ。

「こいつは誰んだい?」とアクリーが言った。見ると、同室のストラドレーターの膝あてを手にもってるんだ。このアクリーって奴はなんだって手にとるんだから。ジャック・ストラップという急所を守るためのサポーターがあるだろう。あんなものだって平気で手にとるんだな。僕はそれはストラドレーターのだと言ってやった。すると奴《やっこ》さん、そいつをストラドレーターのベッドの上に放りやがった。前にはストラドレーターの簞笥《たんす》の上にあったんだ。それを今度はベッドの上に放りやがったってわけさ。

奴は、ストラドレーターの椅子《いす》のとこへやって来ると、そのアームの上に坐りやがった。椅子のシートに坐ったことはないんだな。いつだってアームなんだ。「おめえ、どこでその帽子手に入れた?」

奴はそう言った。

「ニューヨークだよ」

「いくらで？」

「一ドル」

「ぼられたな」そう言うと、奴は、マッチの軸で爪《つめ》の垢《あか》をほじくり出した。奴はいつでも爪の垢をほじくりやがんだ。おかしな話さ。歯はいつだって苔《こけ》が生えてるみたいだし、耳はいつだってすごく汚くしてるくせに、爪だけはいつも掃除するんだからな。そうすれば、趣味のいい人間に見えるとでも思ってんだろう。奴は、爪を掃除しながら、もう一度僕の帽子を見やがった。「おれの郷里《くに》のほうじゃな、そんな帽子は、鹿射《う》ちにかぶるんだぜ」奴はそう言った。「そいつは鹿射ちの帽子だ」

「馬鹿をいえ」僕は帽子をぬいで眺めてみた。それから、片目をつぶったぐらいにして、狙《ねら》いをつけるようなまねをしながら「こいつは人間射ちの帽子さ。おれはこいつをかぶって人間を射つんだ」と、言った。

「おまえのうちじゃ、おまえがおっぽり出されたことを、もう知ってんのか？」

「いや」

「それにしても、ストラドレーターは、どこへ行ったんだ」

「グラウンドさ。ガール・フレンドが来てるんだ」僕はあくびをした。めちゃくちゃにあくびが出たね。一つには部屋がやけに暑かったんだ。それで眠たくなったんだ。ペンシーってとこは、凍えて死ぬか、暑くて死ぬか、二つに一つなんだな。

「傑物ストラドレーターか！」アクリーはそう言った。「——よう。ちょっと、おめえの鋏《はさみ》をかしてくんねえか？　すぐ出るだろう？」

「いや。もう荷物の中にしまっちまった。押入れのてっぺんにある」

「ちょっと出してくんねえかよ。さ、さ、くれんとこを切りてえんだ」

奴は、ひとが荷造りしてあろうがあるまいが、押入れのてっぺんに入れてあろうがあるまいが、そんなことはてんでかまわないんだからな。仕方がない、僕は鋏を出してやったさ。おまけに僕は、そのおかげで、死にそうな目にあっちまった。押入れの戸をあけたとたんに、ストラドレーターのラケットが——木のプレスやなんかをそっくりつけたまんま——頭の上へも、ろ、に落っこってきやがったんだよ。ゴ、ツ、ンとでっかい音をたてやがってさ、痛えのなんのって。ところがアクリーの野郎、死ぬほど喜んじまってさ。ばか高いキーキー声を出して笑いやがんの。僕がスーツケースをおろして、鋏を取り出してやる間もずっと笑いづめなんだな。こんなことがあると——誰かが頭に石やなんかをぶつけられたりするとだな——アクリーの奴、ズボンがぬげそうなほどおかしがるんだ。「おまえは実に優秀なユーモアのセンスを持ってるな、アクリー坊や」僕はそう言ってやった。「知ってるかい、自分で？」そう言いながら、僕は、鋏を渡してやった。「おれをおまえのマネージャーにしろよ。きっとラジオに出してみせるぜ」僕はまた自分の椅子《いす》に腰を下ろした。そしてアクリーはでっかい角《つの》みたいな爪《つめ》を切りだした。「テーブルの上やなんかで切ったらどうだ？」と、僕は言った。「テーブルの上で切ってくれよ。今晩、裸足《はだし》で歩いて、おまえのきたねえ爪なんかふんづけるのはごめんだからな」と言ったところが、奴は、平気で相も変わらず床の上で切りやがんだな。下司《げす》な野郎ったらありゃしないよ、全く。

「ストラドレーターのガール・フレンドって誰だい？」奴はそう言った。腹のすわったとこが苦手のくせして、奴はストラドレーターの相手が誰か、いつも気にしてばかしいやがんだ。

「知らんよ。なぜだい？」

「なぜでもないけどさ。チェッ、あん畜生にはがまんならねえや。おれが本当にがまんならねえのはあん畜生だな」

「あいつのほうじゃおまえに夢中なんだぜ。いつかもおまえのことをさ、あいつは王子様だって言ってたっけ」僕はそう言った。僕はふざけるときに、ひとのことをよく《王子様》って言うんだ。そうすると、退屈しのぎかなんかにはなるからな。

「あいつはな、いつだって、自分の方が一段上だって態度をしてやがんだ」とアクリーは言った。「あん畜生にはがまんならねえ。おまえはあいつが——」

「おい、おまえ、テーブルの上で爪を切るのがいやなのか？　おれはもう五十回も頼んで——」

「あいつは、いっつも、自分の方が一段上だっていう態度をしてやがる。おれは、あん畜生なんか頭がいいとも思っちゃいねえが、あいつ、自分じゃそう思ってやがる。あいつは自分ほど——」

「アックリー！　頼むよ。お願いだから、そのきたねえ爪はテーブルの上で切ってくんないか？　おれはもう五十回も頼んでんだぜ」

奴は、やっとテーブルの上で爪を切りだしたね。ほっとしたよ。奴は、なんだって、ひとから大声でどなられなければやらないんだからな。

僕は、しばらく、奴の様子を見守っていた。それから、こう言ってやったんだ。「おまえがストラドレーターに腹を立てるのは、あいつがときどき、歯を磨けなんて、あんなことを言ったからだろう。あいつ、でかい声を出して言ったからって、おまえを侮辱するつもりじゃなかったんだぜ。べつに褒《ほ》めたわけじゃないけどさ、かといって、侮辱するつもりでもなかったんだ。あいつのつもりじゃ、おまえがときどき歯を磨けば、風采《ふうさい》もあがるし、気持もいいだろうって、それだけのことだったんだぜ」

「歯は磨いてるよ。その話はよせ」

「違うねえ。おれはおまえを見てたんだが、おまえは歯を磨きやしない」と、僕は言った。でも、キタナイ根性で言ったんじゃない。むしろ、奴には悪いみたいな気がしたんだ、ある意味じゃ。だって、ひとから、おまえは歯を磨きやしないなんて言われたら、いい気がしないのはあたりまえじゃないか。「ストラドレーターはあれでいいんだ。べつに悪い奴じゃないよ」僕はそう言った。「おまえは奴を知らないんだ。そこが問題なのさ」

「それでもやっぱりあいつはろくでなしだ。うぬぼれ野郎のろくでなしだ」

「うぬぼれではある。しかし、事によっては非常に気前がいい。本当だぜ」と、僕は言った。「いいかい。たとえばだな、おまえの好きなネクタイやなんかを奴がしてたとするな。おまえのすごく好きなネクタイを奴がしてたとするんだ——一つの例を言ってるだけなんだぜ、いいね？　あいつはどうすると思う？　おそらく、そのネクタイをはずしておまえにやるよ。間違いないね。さもなきゃ——

あいつはどうすると思う? おまえのベッドやなんかの上に置いといてやるよ。いずれにしても、そのネクタイをおまえにくれることは間違いない。たいていの奴なら、たぶん、ただ——」

「クソッ。おれだって、あいつぐらいの金があれば、そうするさ」

「いや、違うね」僕はかぶりを振った。「おまえはやらんよ、アクリー坊や。おまえなら、あいつぐらいの金があったら、誰よりもすごい——」

「おれを《アクリー坊や》なんて言うのはよしやがれ。ばかばかしい。おれはおまえのおやじになれるぐらいの年なんだぞ」

「いや、違うねえ」チキショウメ、こいつは、ときどき、ひとんとこを、ほんとに怒らせるようなことをやりやがるんだ。機会さえあれば、相手が十六で自分は十八だってことを感づかせようとしやがるんだからな。「第一、おまえなんか、おれの家族にはごめんだよ」

「とにかく、よしやがれ、おれのことを——」

いきなりドアが開いた。そしてストラドレーターの奴が、大あわてにあわててとびこんできやがった。奴はいつだって大あわてなんだ。なんでもが一大事なんだな。僕のとこへやって来ると、両方の頬っぺたを、ふざけ半分ぺたぺたと二つばかし軽く叩《たた》きやがった——こいつをやられると、場合によっては、すごくイライラすることがあるよね。「あのな」と、奴は言うんだな。「おまえ、今晩、どっかへ出かける予定があるか?」

「さあね。出るかもしれん。外はいったいどんな様子なんだ——雪か?」あいつの上着には雪がいっぱいなんだよ。

「ああ。あのな、もしもおまえに、特にどこって行く予定がなかったらだな、あのおまえのツイードのジャケットを貸してくれないか？」

「試合はどっちが勝った？」僕はそう言った。

「まだ半分だ。おれたちは抜け出すんだよ」と、ストラドレーターは言った。「まじめなはなし、おまえ、あのツイードのジャケット、今夜使うのか使わんのか？　おれのあのグレーのフラノの奴は、きたねえものをこぼしちゃったんだよ」

「使わんけど、おまえの肩やなんかつっこまれると、のびちまうからいやだな」僕はそう言った。僕たちは、背はほぼ同じなんだが、目方は奴のほうが二倍もあるんだな。肩幅がすごく広いんだよ。

「のばしやしないよ」彼は大急ぎで押し入れのとこへ行った。「こんちは、アクリー」奴はアクリーに向かってそう言った。愛想だけはなかなかいいんだよ、ストラドレーターってのは。インチキみたいな愛想のとこもあるんだけど、でもアクリーだろうが誰だろうが、きまって挨拶《あいさつ》はするんだ。アクリーも「こんちは」と言うには言ったが、口の中でごまかすみたいな言い方なのさ。ほんとは返事なんかしたくなかったんだけど、口の中でごまかすにしても、ぜんぜんしないだけの度胸はなかったんだな。それからアクリーの奴、僕に向かって言ったんだ。「おれ、そろそろ帰るぜ。後でまたな」

「ああ」と、僕は言った。べつに部屋へ帰られたからって、こっちががっかりするような相手じゃないからな、奴《やっこ》さん。

ストラドレーターの野郎、自分の上着もネクタイも何もかも、すっかりぬぎだしちゃってさ。「早いとこひげを剃《そ》らなきゃいかん」なんて言いやがんの。ひげは相当に濃いんだよ。ほんとだぜ。

「おまえのガール・フレンド、どこにいるんだ？」と、僕は言った。

「《別館》で待ってんだよ」奴は洗面用具とタオルを小脇にかいこんで、部屋を出て行った。シャツもなんにも着てやがんないのさ。いつも奴は、上半身はだかのまんまで歩き回りやがんだ。自分でもすごくいい身体《からだ》をしてると思ってるからなんだよ。そしてまた、その通りなんだな。そいつは僕も認めないわけにいかない。

## 4

僕は、べつにこれといってすることもなかったから、洗面所へ下りて行って、ひげを剃《そ》ってるストラドレーターを相手に少々ダべったんだ。洗面所には僕たちしかいなかった。みんなはまだグラウンドのほうだからね。すごく暑くて、窓はみんな蒸気でくもってたな。洗面台は十ばかしあってね、みんな壁につくりつけになってんだ。ストラドレーターは、まんなかのを使ってたが、僕はそのすぐ隣の奴に腰をかけてね、栓《せん》をひねって水を出したり止めたりやり出したんだ――こういう落ちつきのない癖があるんだな、僕には。ストラドレーターは、ひげを剃りながら、口笛で『インドの歌』を吹いていた。奴はとても鋭い口笛を吹くんだが、それがおよそ調子はずれなんだな。それなのに、奴ときたら、『インドの歌』とか『十番街の虐殺』とか、うまい奴でもなかなか吹けないような歌ばかしを、いつも吹きたがるんだ。全く歌もメチャメチャさ。

さっき、僕は、アクリーのことを、だらしのない野郎だって言ったのを覚えてるだろ？ ところがストラドレーターもそうなんだな、種類は違うけどさ。ストラドレーターのだらしなさは、もっとひと目につきにくいんだよ。一見したところでは、なんでもないんだ、ストラドレーターってのは。しかし、たとえばだよ、あいつがひげを剃《そ》る剃刀《かみそり》を見てみるがいい。いつもすごく錆《さ》びてってだね、石鹸の泡だとか毛だとかなんとかが、いっぱいくっついてんだ。そいつを掃除したりなんかすることがないんだな。ちゃんと身なりを整えたあいつを見ると、いつだってきれいに見えはするよ。しかし、僕みたいにあいつを知ってる人間にいわせれば、人目につかないながら、やっぱしだらしのない野郎に変わりはないね。あいつがどうしてきちんと見えるように身なりを整えるかというとだな、それはあいつがすっかり自分に惚《ほ》れこんでるからなんだ。自分で西半球第一の美男子と思ってやがんだよ。そりゃなかなかの美男子ではあった——そいつは僕もみとめるさ。しかし、奴はだな、生徒の親たちが、学校の年鑑の写真を見て、「この子は誰？」と、すぐそう言ったりなんかする、そういう種類の美男子なんだな、だいたいにおいて。つまり、年鑑向きの美男子なんだよ、だいたいにおいて。ペンシーには、僕の考えじゃ、ストラドレーターよりもずっと美男子だと思われるのがいっぱいいたけど、そいつらは、年鑑の写真でみると、美男子に見えないんだよ。鼻がでかいように見えたり、耳が突き出してるように見えたりね。そんな経験は珍しくないからな。

とにかく僕は、ストラドレーターがひげを剃ってる隣の洗面台に腰をかけて、水を出したり止めたりやってたんだ。まだ、あの赤いハンチングをかぶったまんまでね、ひさしをぐるっと後ろのほうに回したりなんかしちゃってさ。僕はほんとにこの帽子がすごく気に入ってたんだよ。

「よう」ストラドレーターが口を開いた。「おまえ、ひとつ頼まれてくんないか？」

「なんだ？」と、僕は言った。あんまり気のない声でね。奴は、いつでも、ひとにものを頼みやがるんだからな。まあ、すごい美男子がいるとするね、あるいは自分を優秀な人間と思ってる奴でもいいや、そういう人間は、きまって人に、ものを頼みやがるぜ。自分が自分に惚れてるもんだから、相手も自分に惚れてるものと思ってさ、死ぬほど頼まれたがってると思いこんでやがんだ。なんだかおかしいよね、ある意味で。

「おまえ、今夜、外出するか？」と、彼は言うんだ。

「するかもしれん。しないかもしれん。わからんな。なぜだい？」

「おれな、月曜の歴史の準備で百ページばかし読んどかなきゃならねえんだ。おまえ、おれの代りに作文を書いてくんないか、英語の宿題のさ。月曜までに出さねえと、お手上げなんだ。それで頼むんだよ。どうかね？」

ずいぶん皮肉な話さね。そうじゃないか？

「おれはここをやめて行く人間だぜ。そのおれに、作文を書いてくれって、おまえが頼むのか？」

「そいつはわかってるよ。しかしな、出さないと、おれは、ほんとにお手上げなんだからな。仲よくしようよ。頼むよ。いいだろ？」

僕はすぐには答えなかった。ストラドレーターのような奴には、気をもたせるのが薬になるんだ。

「題は？」と、僕は言った。

「なんでもいい。描写的な文章ならなんでもいいんだ。部屋でも。あるいは家でも。あるいは、おまえが前に住んでたとこやなんかでも——わかるだろ。とにかく描写的な文章でありさえすればいいんだよ」そう言いながら奴は、でっかいあくびをしやがんのさ。これをやられると僕は、盛大に腹が立っちゃうんだな。つまり、ひとに物を頼んでおきながら、その最中にあくびなんかされるとさ。「ただな、あんまりうまく書かないでくれよな」そう彼は言うんだ。「あのハーツェルの野郎は、おまえんとこを、英語は優秀だと思ってやがるし、おまえがおれと同室なことも知ってるからな。だからつまり、コンマだとかなんとかをさ、適切なとこへ打たないでくれよ」

これがまた、僕には、しんから腹の立つことなんだ。つまり、作文が得意な場合に、ひとからコンマがどうとかこうとか言われるのがさ。ストラドレーターは、いつもこれをやるんだ。自分が作文がだめなのは、コンマの打ち場所を間違えるからであって、他に理由はないんだって、そうひとに思わせたいんだな。その点じゃ、奴も、アクリーにちょっぴり似たとこがあったよ。いつか、アクリーと並んでバスケットボールの試合を見てたことがあるんだけど、僕たちのチームには、ハウイー・コイルっていう、すごいのがいてね、コートのまんなかから、ゴールの後ろの板にもなんにも触《ふ》れさせないで、シュートをきめることができるんだ。アクリーは、試合の間じゅう、コイルは体格が全くバスケットボールに向いてんだって言いづめなんだよ。チェッ、こういうのは僕はきらいだね。

そのうちに、僕は、その洗面台に坐ってるのが飽《あ》きてきちゃってね。二、三フィート後ろに下がってタップ・ダンスをやりだした。理由なんか何もあったわけじゃない、ただ、ふざけてそうしただけのことさ。本当は僕は、タップも何もできやしないんだけど、洗面所は石の床だろう、タップ・ダンスには向くんだな。僕は映画で見た奴のまねを始めた。ミュ、ー、ジ、カルで見た奴をね。僕は映画は大きらいなんだけど、まねをするのはおもしろいんだな。ストラドレーターの奴は、ひげを剃《そ》りながら、鏡の中の僕の姿をじっと見てやがったよ。僕はまた、観客さえあればほかになんにもいらない男なんだな。なにしろ自己顕示屋なんだよ、僕は。「おれは知事のせがれでね」と、僕は言った、だんだん調子に乗ってきちゃってさ。むやみやたらとタップをふみながらだぜ。「おやじがタップ・ダンサーにならしちゃくれねえんだな。オックスフォードへ行けって言いやがる。しかし、おれの血の中に入っちまってんだな、タップ・ダンスがさ」ストラドレーターの奴は笑ったね。あいつ、ユーモアのセンスはそう悪くないんだ。「《ジークフェルド・フォリーズ》の初日の夜にね」僕は息切れがしてきた。なにしろすぐ息が切れちまう僕なんだから。「主役が舞台に立てねえんだよ。馬鹿みたいに酔っ払っちゃってさ。そこで誰に代りをやらせたと思う? かく申すこのおれさ。州知事閣下のせがれどのだ」

「おまえ、どこでその帽子を手に入れた?」と、ストラドレーターは言いやがった。例のハンチングのことを言ってんだよ。奴は初めて見たんだからな。ふざけ回るのはやめにした。そして、帽子をぬいで、これででなくても僕は、息が切れたからね、ふざけ回るのはやめにした。そして、帽子をぬいで、これで九十回ぐらいになるだろうけど、また眺《なが》めたね。「けさ、ニューヨークで買ったんだ。一ドルで。気に入ったかい?」

ストラドレーターはうなずいた。「イカスな」そう彼は言ったが、しかし、それはおせじに過ぎなかったのさ、だって、すぐそれにおっかぶせて、こう言ったんだもの。「おい、さっきの作文の話だけどさ、書いてくれるのか? はっきりさしてくれ」

「時間があれば書いてやるよ。なければだめだ」僕はそう言うと、奴の隣の洗面台のとこへ歩いて行って、また腰を下ろした。「おまえのガール・フレンドは誰だ? フィッジェラルドか?」僕はそう訊いた。

「とんでもねえ! 前に言ったじゃねえか、あの豚とはもう手を切ったって」

「そうかい? じゃ、僕に譲れよ、坊や。本気だぜ。あいつはおれ向きのタイプだ」

「あいつはおまえ……おまえじゃ向こうが年上すぎるぜ」

突拍子もなく僕は——ほんとに、ふざけてやりたい気分だったという以外には理由らしい理由はなかったんだが——洗面台からとび下りて、ストラドレーターの野郎を《ハーフ・ネルソン》でしめ上げてやりたくなった。《ハーフ・ネルソン》て知ってるかな、相手の首をおさえつけて、やろうと思えばしめ殺すこともできるレスリングのわざなんだ。で、僕はそれをやったのさ。豹《ひょう》のように奴の上にとびかかったね。

「よせ、ホールデン、よさないか！」ストラドレーターはそう言った。ふざける気分じゃなかったんだな。ひげを剃《そ》ってやがんだからな。「おれをどうしようってんだ――首を切り落とすじゃねえか？」

でも僕は放さなかった。そして、なかなかうまく《ハーフ・ネルソン》をかけてやった。「おれのこの万力《まんりき》のようなしめが、ほどけるものならほどいてみろ」そう僕は言ったね。

「しようのない奴だ」ストラドレーターは、剃刀《かみそり》を下に置いた。そしていきなりぐいと両腕を上げて、僕のかけたわざをほどいちまったね。奴はすごく強いんだ。僕はすごく弱いしさ。「もうこんな馬鹿なまねはよせ」奴はそう言うと、もう一度ひげを剃りだした。いつでも奴は、二度剃るんだな。パリッとした仕上がりを見せるためにね。あのきたねえ剃刀でさ。

「おまえの相手、フィツジェラルドでないんなら、誰なんだよ？」僕はそう言うと、奴の隣の洗面台に、また腰を下ろした。「あのフィリス・スミスって子か？」

「ちがう。そのはずだったんだが、予定がすっかり狂っちまったんだ。今日はバッド・ソーのガール・フレンドと同室の子だ……そうだ。忘れるところだった。その子、おまえを知ってるぞ」

「誰が？」

「おれの相手さ」

「そうかい？　名前はなんていうんだ？」僕はかなり興味をそそられたね。

「いま考えてる……そうだ、ジーン・ギャラハーだ」

チキショウ、それを聞いて僕は、ぶっ倒れそうになったたな。

「ジェーン・ギャラハーだろ」僕はそう言った。ストラドレーターからそいつを言われたとき、僕は洗面台の上でとび上がったくらいなんだ。もう少しでぶっ倒れるとこさ。「その子ならたしかにおれは知ってるよ。おととしの夏、おれんとこのすぐ隣の家に住んでたんだ。でっかいドーベルマンを飼ってたな。それでおれはあの子に会ったんだ。その犬がしょっちゅう、おれのうちに入って来ちゃあ——」

「おまえ、おれの明かり先に立ってるぞ、ホールデン」と、ストラドレーターが言った。「そこに立たなきゃ気がすまんのか？」

チキショウ、興奮したなあ、僕は。ほんとなんだ。

「どこにいるんだ、あの子」と僕は言った。「おれも、こんちはとかなんとか、言ってこなくちゃいかん。どこにいるんだ？　別館か？」

「うん」

「なんで、彼女、おれのことなんか言い出したんだ？　いまはボルティモアへ行ってるのか？　行くかもしれないようなことを言ってたけど。シプレーへ行くかもしれないとも言ってたな。おれはてっきりシプレーへ行ったと思ってた。どうしておれの名前を言ったりなんかしたんだ？」僕はずいぶん興奮したんだよ。ほんとなんだ。

「おれにわかるはずないだろ。どいてくれ。おまえ、おれのタオルに坐ってるじゃねえか」と、ストラドレーターは言った。僕は奴の間抜けなタオルの上に坐ってたんだ。

「ジェーン・ギャラハーか」僕はそう言った。どうしても平気になれないんだよ。「オドロキだなあ」

ストラドレーターの奴は、頭にヴァイタリスをつけてやがった。僕のヴァイタリスをだぜ。

「あの子はダンスがうまいんだ」と、僕は言った。「バレーとかなんとかね。どんなに暑いさかりやなんかでも、毎日二時間ぐらい練習してたな。そのために脚《あし》がいかれちまいやしないかって、心配してた――太ったりなんかしやしないかってね。おれは、いつも、彼女とチェッカーをやったんだ」

「いつも彼女と何をやったって？」

「チェッカーだよ」

「チェッカーをねえ！」

「そうさ。あいつ、自分のキングを絶対動かさないんだ。どうするかというとだね、キングになるだろう、そいつを動かさないんだな。ただ、向こうはじの列に置いとくだけなんだ。キングはみんな、向こうはじの列に並べとくんだな。並べておいて、絶対使わない。向こうはじの列にずらっと並んだ格好が好きなんだな」

ストラドレーターはなんとも言わなかった。こういうことは、たいていの人間に、興味のないものなんだ。

「彼女のおふくろは、うちと同じゴルフ・クラブに入ってたんだ」と僕は言った。「おれは、ときどき、キャディをやったんだけどね、こづかいかせぎにさ。二、三度、彼女のおふくろのキャディをやったこともある。そのおふくろときたら、一七〇ぐらいで回るんだからな、九ホールをだぜ」

ストラドレーターの奴、ほとんど聞いてもいやがらない。自慢の髪に櫛《くし》を入れてやがんだ。

「おれぁ、せめて、こんちはぐらい言って来なくちゃいかんな」と、僕は言った。

「言って来たらいいじゃないか」

「行くよ、も少ししたら」

奴は、髪を分けるのを最初からまたやり直しやがった。こいつときたら、髪をなでるのに一時間ばかしもかかるんだからな。

「あの子のおふくろとおやじは離婚したんだよ。おふくろさんはどっかの飲み助と再婚した。毛むくじゃらの脚《あし》をした痩《や》せっぽちな男とね。今でも覚えてるよ。いつでも半ズボンをはいてんだ。ジェーンの話じゃ、劇作家とかなんとか、そういうことになってるらしいんだが、おれが見たとこじゃ、しょっちゅう飲んだくれて、ラジオのミステリー番組を一つ残さず聞いてるばかしだったな。そして、家ん中を駆けずり回ってんだ、裸で。ジェーンがいたりなんかするのにさ」

「それで?」と、ストラドレーターは言った。奴は本当に興味を持ったんだな、今の話にさ。飲んだくれの野郎が、ジェーンがいるのに、裸で家の中を駆けずり回るっていう話にだよ。ストラドレーターってのは、全く助平《すけべえ》な男なんだ。子供の頃はつらい思いをしたんだぜ。嘘《うそ》じゃないんだ」

「あの子、ところが、こういうことは、あいつの興味をひかないんだな。セクシーな話でなきゃだめなんだ。

「ジェーン・ギャラハーか。驚いたな」僕は彼女のことをどうしても頭から払いのけることができなかった。「こんちはぐらいは言って来なくちゃいけないんだがな、せめて」

「実際に行って来たらいいじゃないか、口でばかりそう言ってないで」と、ストラドレーターは言った。

僕は窓のとこへ歩いて行った。しかし外は見えなかった。洗面所の中が暑いもんだから、蒸気ですっかり曇ってるんだ。「今は気が乗らなくてな」と、僕は言った。それはほんとでもあったんだ。そういうことは気が乗らないとできないもんだからな。「おれは彼女、シプレーへ行ったと思ってたがなあ。そうだとばかし思ってたよ」僕は、しばらくの間、洗面所の中を歩き回った。「彼女、試合をおもしろがってたかい？」と、僕は言った。

「うん、おもしろかったんだろうな。よくわからん」

「僕としょっちゅうチェッカーをやったとかなんとか、そんなこと、言ってたかい？」

「知らんよ。なにしろ、会ったばかりなんだぜ」と、ストラドレーターは言った。奴は、ご自慢の髪に櫛《くし》を入れるのを終わり、きたならしい洗面用具をかたづけにかかっている。

「おい。彼女におれからよろしくって言ってくれよな？」

「いいよ」と、ストラドレーターは言った。しかし、おそらく言わんだろうということは、僕にはわかってた。ストラドレーターのような奴は、ひとのことづてなんか決して伝えないものなんだ。奴は部屋に戻って行ったけど、僕はしばらく洗面所に残って、ジェーンのことを考えていた。それから、僕も部屋に戻ったよ。

戻ってみると、ストラドレーターは、鏡の前でネクタイをむすんでるんだ。まあ、一生の半分ぐらいは鏡の前で過ごす男なんだよ、奴は。僕は自分の椅子《いす》に坐って、しばらく奴のようすを眺めてた。

「おい」と、僕は言った。「おれがおん出されたこと、彼女に言うなよ、いいな？」

「いいよ」

これがストラドレーターのいいとこなんだな。奴にはつまんないことをいちいち説明する必要がないんだ、アクリーの場合のように。たぶん、奴が、ものにあんまり関心を持たないからだろう。ほんとは、そこに原因があるんだ。アクリーの場合は違うんだな。アクリーってのは、なんにでも鼻を突っ込んで来る男なんだ。

ストラドレーターは僕のツイードのジャケットを着やがった。

「おい、いいか、そいつをやたらとのばさんようにしてくれよ」と、僕は言った。なにしろ、まだ、二回ぐらいしか着てないジャケットなんだ。

「大丈夫だよ。おれの煙草はどこへいった？」

「机の上だ」ストラドレーターときたら、なんでも置いたとこがわかんなくなるんだ。「おまえのマフラーの下だよ」奴は煙草をジャケットのポケットに入れた——僕のジャケットのポケットだからな。

　僕は、気分を変えるために、いきなり、ハンチングのひさしをぐるっと前にもって来た。なんだか急に気持がいらいらして落ちつかなくなったんだ。僕はすぐいらいらするたちなんだな。「おい、おまえ彼女とどこでデートするつもりなんだ」僕はそう言った。「もうわかってるのか？」

「さあな。ニューヨークかな、時間があれば。あの子、外出時間を九時半までしかとってないんだ」

　それを言う奴の言い方が気に入らなかったから、僕は言ってやったんだ。「彼女がそうしたのは、たぶん、おまえがどんなにハンサムでチャーミングな奴か、彼女が知らなかったからだろう。知ってたら、たぶん、朝の九時半までとって来たんじゃないかな」

「そうだろうな」と、奴は言いやがった。こいつに皮肉をわからせるのは容易じゃないんだな。なにしろ、しょってやがんだから。「おい、まじめに言うんだけどさ。あの作文、頼むぜ」奴はそう言うんだな。上着も着ちゃってさ、すっかり出かける用意をすましてるのにだよ。「あんまりがんばったりなんかしなくていいんだけど、ただ、うんと描写的に書いてくれよな。いいね？」

　僕は返事をしなかった。返事なんかしたくなかった。ただ「今でもキングをみんな向こうはじの列に並べておくか、彼女にきいてくれ」と、そう言った。

「オーケー」と、ストラドレーターは言った。しかしきいたりなんかするもんか。「じゃ、あばよ」そう言って奴は、勢いよく部屋をとび出して行きやがった。

奴が行ってからも、半時間ばかし、僕はそこに坐っていた。つまり、僕の椅子《いす》に腰を下ろしたまんま、なんにもしなかったんだ。そしてジェーンのことばかし考えていた。それからストラドレーターが彼女とデートしてることやなんかを。僕はすごくいらいらしてきて、気が狂いそうになった。ストラドレーターってのがどんなに助平な野郎か、それはもう話しただろう。

いきなり、アクリーがまたとびこんできやがった。例によって、シャワー・カーテンを突き抜けてさ。僕のやくざな生涯のうちでも、このときだけは、奴が来てくれたのがほんとにうれしかったな。おかげで、もう一方のことから気がまぎれたからな。

奴は、夕食の時間近くまでねばってやがってさ、ペンシーの連中で、図々しくて気に食わない奴らのことを残らず槍玉《やりだま》にあげながら、顎《あご》のとこのでっかいニキビをいびってやがった。ハンケチさえ使わないんだからな。実を言うと、奴《やっこ》さん、ハンケチを持ってるかどうかもあやしいと思うんだ。とにかく、使ってるのは、僕はいっぺんも見たことないからな。

# 5

ペンシーでは、土曜の夜の献立は、いつも同じものにきまってたが、しかも、これが、ステーキが出るというんで、すごいご馳走《ちそう》ということになってたんだ。学校がどうしてこういうことをしたかというとだな、千ドルかけてもいいけど、日曜日に大勢の生徒の親たちが学校へやって来るからなんだ。みんなのおふくろが、愛するせがれに向かって、ゆうべはお食事に何をいただいたの、ってきくだろう。するとせがれは「ステーキ」って答える——サーマーの野郎はそこを狙《ねら》ったにちがいない。下司な根性じゃないか。そのステーキなるものを見せてやりたいよ。ちっちゃくて堅くて汁気がなくて、ろくに切れもしないんだぜ。ステーキの夜には、きまって、つぶつぶだらけのマッシュ・ポテトが出るんだ。そしてデザートはブラウン・ベティ（粗末な茶色のプディング）なんだが、こいつは誰も食わなかったな。あれを食うのはただ、そんなものしか知らない下級学校のちっちゃい奴ぐらいなもんだろう——それからアクリーみたいな野郎か。これはまたなんだって食うんだから。

食堂を出たときには、でも、気持よかったな。地面の上に、雪が三インチばかし積もってさ、しかもまだ、気違いみたいに降ってくるんだ。すごくきれいだったよ。僕たちはみんな、雪投げをやったり、メチャクチャにふざけちらしたんだ。てんで子供っぽいんだけどさ、でも、みんなほんとに喜んでたな。

僕にはデートする相手やなんかいなかったので、僕と、それから、レスリングの選手のマル・ブロッサードっていう友達とで、バスに乗ってエージャーズタウンへ行こうということになった。ハンバーガーを食って、もしかしたら映画でも見てやるかっていうんだ。どっちも、一晩じゅう、だまって坐ってるのはかなわんと思ったんだ。僕はマルにアクリーを引っ張ってってもかまわんかってきいてみた。それを言ったわけはだな、アクリーの奴、土曜の夜には、なんにもしないで、ただ部屋にとじこもって、ニキビをいびったりなんかしてるだけだったからなんだ。マルは、かまいはしないけど、あんまり気乗りもしないと言った。奴はアクリーがそんなに好きじゃないんだな。とにかく、僕たち二人は、支度やなんかしに部屋へ帰った。僕は、オーバーシューズやなんかをはきながら、アクリーの奴に声をかけて、映画を見に行かないかときいてみた。僕の声は、シャワー・カーテン越しに、ちゃんと聞こえたはずなんだが、アクリーの奴、すぐには返事をしないんだよ。すぐには返事をしたがらない奴なんだ、あいつは。でも、しまいに、カーテンを抜けてやって来やがってさ、シャワー・ルームの敷居に突っ立って、僕のほかには誰が行くんだときくんだな。奴は、いつだって、誰が行くかたしかめなきゃ承知しないんだ。あいつは、きっと、どっかで難破した場合でも、ボートで救助してやろうとすれば、そのボートに乗り込む前に、漕《こ》いでるのは誰だって、きくにきまってるぜ。僕はマル・ブロッサードが行くっておしえてやった。「あいつか……よかろう。ちょっと待て」そう奴は言ったね。まるでこっちが恩恵を施されてるみたいな感じなんだ。

奴は、支度するのに、五時間ばかしかかったな。その間に、僕は窓のとこへ行って、窓をあけて、素手で雪球を握ったんだ。握るのにもってこいの雪だったたな。しかし、僕は、そいつを何にもぶっつけなかった。ぶっつけかけはしたんだよ。道路の向こう側に停まってた車にね。ところが気が変わったんだ。その車があんまり白くてきれいでね。次には消火栓《せん》にぶっつけようとした。ところが、これがまた、実に白くてきれいなんだな。それでとうとう、何にもぶっつけなかったのさ。どうしたかっていうと、そのまま窓をしめて、その雪球を、もっと堅く握りしめながら、部屋の中をぐるぐる歩いてただけさ。しばらくたって、僕とブロッサードとアクリーと三人、バスに乗ったときも、まだ僕はそいつを持ってたんだ。運転手がドアをあけて、僕にそいつをすてさせやがった。僕はひとにぶつけるんじゃないって、そう教えてやったんだが、信用しないんだな。大人《おとな》ってのは絶対ひとを信用しないものなんだ。

ブロッサードとアクリーは、そのときやってた映画を二人とも前に見てたもんだから、僕たちはどうしたかっていうと、ハンバーガーを二つばかし食って、しばらくピンボールをやって、それからバスでペンシーへ戻って来ただけだ。とにかく、僕は、その映画を見なくたって平気だった。ケアリ・グラントが出る喜劇とかなんとか、そういうものだったけどさ。それに僕は、前にもブロッサードやアクリーといっしょに映画を見に行ったことがあるんだが、二人とも、おかしくもなんともないとこで、ハイエナみたいに笑うんだな。あいつらと並んで映画を見るのは感心しないんだ。

寮に戻ったのは、まだ、九時十五分前頃なんだ。ブロッサードの奴は、ブリッジ気違いなもんだから、寮中をまわって相手を捜しにかかったね。アクリーの野郎は、気分転換のつもりで、僕の部屋に尻《しり》を落ちつけてしまいやがった。ただ、今度は、ストラドレーターの椅子《いす》のアームに腰かける代りに、僕のベッドに寝っころがったね。僕の枕やなんかにべったり顔をくっつけてさ。そうして、単調きわまる声でしゃべりだすんだな、ニキビをあちこちほじくりながら。僕はそれとなしに千回ぐらいも注意したんだけど、奴をどかすことはできなかった。奴はどうしたかっていうと、その単調きわまる声で、前の年の夏、性的交渉を持ったと称する女の子のことをしゃべるんだよ。その話は、僕は、百回ばかしも聞かされてるんだけど、聞くたんびに違ってるんだ。あるときは、奴のいとこのビュイックの中でやったことになるかと思うと、次のときは、どっかの遊歩道の陰にかくれてやったことになるっていうあんばいさ。みんな嘘《うそ》の塊《かたまり》なんだよ、もちろん。あいつが童貞でなくて、誰が童貞なもんか。おいじりだってやったことがあるかどうかあやしいもんだ。とにかく、僕は最後にはストラドレーターのために作文を書いてやらなければならないことをはっきり口に出して言ってやらなきゃならなかったね。おまえがいては、考えを集中することができないからってさ。奴も、しまいには出て行ったけど、例によって出るまでには時間がかかったな。僕は、あいつが出て行ったとこで、パジャマにバスローブをひっかけて、例のハンチングをかぶったね。そうして作文を書きだしたんだ。

実をいうとだな、ストラドレーターから頼まれたように、なんかを描写しようと思ったって、部屋や家はおろか、なんにも描写すべきものが思いつかない。とにかく、部屋とか家とかいうものを描写するのは、僕は、あんまり好きじゃないんだよ。そこでどうしたかというと、弟のアリーの野球のミットのことを書いてやった。こいつはすこぶる描写向きの材料なんだ。ほんとだよ。弟のアリーはね、ギッチョの野手のミットを持ってたのさ。あいつ、ギッチョだったんでね。しかし、どこが描写向きかというとだな、アリーの奴が、ミットの指のとこにも手を突っ込むとこにも、どこにもかしこにも、いっぱい詩を書いてあったんだ。緑色のインクでね。そいつを書いておけば、自分が守備についてる場合、誰もバッター・ボックスに入ってないときに、読む物ができるっていうんだ。もう死んだんだけどさ、弟は。うちじゅうでメイン州に避暑に行ってたとき、白血病になって死んだんだ。一九四六年の七月十八日。君もきっと好きになったと思うな。僕より二つ下なんだけど、頭は僕の五十倍ほどもいいんだ。頭のよさはこわいみたいだったよ。先生たちがいつもおふくろに手紙をよこしてね、アリーのような子を自分のクラスに持つのはなんたる喜びであるか、なんて言ってくるんだな。それが単なるおべんちゃらを言ってんじゃないんだ。本当にそう思って言ってるんだから。しかし、あいつは家族の中で一番頭がいいというだけじゃないんだな。一番いい人間でもあったんだ、いろんな点で。およそ、ひとに腹を立てたことなんか一度もない。赤い毛をした人間はすぐカッカするっていうけど、アリーは違う。それでいてあいつは、とっても赤い毛をしてたんだぜ。どんなような赤い毛をしてたか、話してやろう。僕はね、たったの十歳でゴルフを始めたんだけどね、今でも覚えてるが、一度、十二ぐらいの年の夏だったな、ティーに乗っけた球をいよいよ打ち出すときにさ、いま急に振り返ったらアリーの姿が見えるなっていう予感がしたんだな。それで僕は振り返ってみたんだ。すると、果たせるかな、アリーの奴が柵《さく》の外に、バイクに腰かけてやがってさ――そのゴルフ場には、ぐるっと柵がまわしてあるんだよ――で、奴《やっこ》さん、一五〇ヤードばかしも離れた後ろのほうなんだけど、バイクに腰かけて、僕が打つのを見てやがったんだ。そういうような赤い毛だったんだよ、あいつのは。いやあ、それにしてもいい子だったな。夕食の食卓で、何かを思い出しちゃ笑いこけて、よく椅子《いす》から転げ落ちそうになったもんだ。僕はまだ、ほんの十三だったんだけどね、みんなが精神分析やなんかを受けさせようとしたんだな、僕がガレジの窓をみんなぶっこわしちまったもんだから。みんなを責めはしないよ、僕は。ほんとだよ。あいつが死んだ夜、僕はガレジに寝たんだけど、拳《こぶし》で窓をみんなぶっこわしてやったんだから。他にわけがあったわけじゃない、ただぶっこわしたかったからぶっこわしたのさ。その夏にうちで買ったステーション・ワゴンの窓もぶっこわしてやろうとしたんだけど、そのときはもう、手がぐちゃぐちゃになっててね、できなかった。そんなことをするなんて、実に馬鹿げたことだとは僕もみとめるけどさ、でもほとんど無意識のうちにやっちまったんだ。それに君はアリーを知らんからな。今でもときどき手が痛むことがある。雨が降ったりなんかするとね。それからほんとの拳固《げんこ》ももうつくれなくなった――ぎゅっと堅く握ったやつはね――しかし、その他はべつにどうってこともないな。つまり、どっちみち僕は、外科医とかヴァイオリニストとかなんかに、なるつもりはないんだから。

とにかく、僕がストラドレーターの作文に書いたのはそういうことなのさ。アリーの奴の野球のミット。ちょうどそのとき僕は、そのミットをスーツケースの中に持ってたもんだからね、そいつを取り出して、そこに書いてある詩を書き写したんだな。ただ、アリーの名前を変えて、その詩が僕の弟の詩で、ストラドレーターの弟のじゃないってことが誰にもわからないようにすれば、それでよかったのさ。そんなことをするのはあまり好きじゃなかったけど、ほかには描写向きの材料って、なんにも思いつかなかったんでね。それに、そのミットのことを書くのは僕の気に入ったんだな。一時間ばかしかかったね。だって、ストラドレーターのぼろタイプを使わなきゃならなくてさ、こいつがひっかかってばかりいやがんだよ。どうして自分のタイプを使わなかったかっていうとだな、僕のは廊下のずっと向こうの部屋にいる奴に貸してあったのさ。

書き上げたのは、たぶん、十時半頃だったな。でも、疲れはしなかったんで、しばらく僕は、窓から外を眺《なが》めていた。もう雪は降ってなかったけど、ときたま、どっかでスタートできないでいる車の音が聞こえたな。それから、アクリーの奴のいびきもね。シャワー・カーテン越しにはっきり聞こえるんだ。あいつ、鼻孔障害でね、寝てるときにスイスイと息ができないんだな。ほとんどなんでも揃《そろ》ってやがんだよ、あいつには。鼻孔障害、ニキビ、きたならしい歯、口臭、垢《あか》のたまった爪《つめ》。いささか気の毒になってくるよ、あのイカレたトンマ野郎もね。

## 6

ものによっちゃ、なかなか思い出せないものもあるもんでね。ストラドレーターがジェーンとデートして戻って来たときのことをいってるんだけど、つまりその、廊下を歩いて来るあの馬鹿野郎の足音が聞こえたときに、僕が何をしてたか、どうもはっきり思い出せないんだな。たぶん、まだ窓から外を眺《なが》めてたと思うんだが、本当いうと覚えてない。心配でたまんなかったんだ、そのためなんだ。僕は、何かが本当に心配になってくると、のんきにしてられなくなるんだな。トイレに行きたくなることさえあるんだ、何かが心配になると。ただ、実際には行かないけどさ。心配のあまり、行けなくなっちまうんだ。行けば心配が中断されそうでいやなんだよ。君だって、ストラドレーターを知ってたら、きっと心配したぜ。僕はあいつとダブル・デートしたことがあるんで、いいかげんなことを言ってんじゃないんだ。慎しみってものがないんだよ、あいつには。ほんとなんだ。

とにかくね、廊下は全部リノリュームかなんかだったんでね、部屋へ帰って来るあいつの足音は、ちゃんと聞こえたんだ。僕は、あいつが部屋に入って来たとき、自分がどこに坐ってたかも覚えてない――窓のとこだったか、僕の椅子《いす》だったか、あいつの椅子だったか。本当に思い出せないな。

あいつはね、表は寒いぞって、ぐちりながら入って来た。それからこう言ったんだ。「みんなはいったいどこへ行ったんだ？　ここはまるで死体置場みたいじゃないか」って。僕は返事もしてやらなかった。そのときが土曜の夜で、みんなは、外出してるか寝ているか、さもなければ週末を過ごしにうちへ帰ってるはずということもわからぬようなトンマになんぞ、わざわざ言ってきかせる気にはなれなかったんだ。奴は着物をぬぎだした。ジェーンのことはひとことも言わずにね。文字通りひとことも言わないんだ。僕も言わなかった。ただ、黙ってあいつのようすを見守ってたんだ。あいつが何をしたかというとだな、僕がツイードのジャケットを貸してやったことに対して礼を言っただけさ。あいつは、そのジャケットをハンガーにかけて、押入れの中にしまいやがった。

それからあいつは、ネクタイをとりながら、僕に向かって、例の作文を書いてくれたかときやがったね。で、僕は、奴のベッドの上においてあると言ってやった。奴はベッドのとこへ歩いて行って、ワイシャツのボタンをはずしながら、そいつを読んでたが、読みながら、裸の胸や腹をなでてやがんだな、いかにも間の抜けた表情を浮かべてさ。あいつはいつも自分の胸や腹をなでるんだ。自分の身《か》体《らだ》に惚《ほ》れてんだよ。藪《やぶ》から棒に奴は言いだしたね。「あきれたな、ホールデン。これあ野球のグラブのことじゃねえか」

「それがどうした？」と、僕は言った。すごくひややかな調子でね。

「どういう意味だ、それがどうしたとは？　おれは、部屋か家か何か、そんなものを書いてくれって言ったじゃないか」

「おまえは描写的な文章を書いてくれって言ったんだぜ。野球のグラブのことだって、どこがどう違うと言うんだ？」

「しょうがねえな」おこったね、奴は。ほんとに腹を立てていやがった。「おまえって奴は、何をやらせても、きまってチグハグなことをやりやがる」そう言って僕のとこを見ながら「この学校をおっぽり出されるのも不思議はないよ」と言いやがった。「たったのひとつだってまともなことはしやがらねえ。おれは本気で言ってんだぞ。たったのひとつもだ」

「いいよ。じゃあ、それ返してくれ」僕はそう言うと、ストラドレーターのとこへ行って、彼の手からその作文をひったくった。そして、ずたずたに引きさいちまった。

「なんだってそんなことをするんだ？」と、彼は言った。

僕は返事もしなかった。ただ、やぶいた紙片を紙屑籠《くずかご》に投げこんだだけさ。それから、自分のベッドに寝っ転がったんだが、僕たちはどちらも長いこと口を開かなかったな。奴は、すっかり着物をぬいでパンツ一枚になったし、僕はベッドに寝っ転がって煙草に火をつけたんだ。寮で煙草を吸うことは許されてなかったけど、夜おそく、みんなが寝るか外出するかして、誰にも煙草のにおいがわからないときだと吸えるんだ。それに、僕が吸ったのは、ストラドレーターをおこらしてやれという気もあったのさ。規則を破ったりすると、奴は頭に来ちゃうんだよ。奴が寮内で煙草を吸ったことなんて一度もない。吸うのは僕だけさ。

いつまでたっても奴は、ジェーンのことを、たったのひとことも言わないもんだから、とうとう僕のほうから言ってやった。「おまえ、彼女が九時半までしか外出署名をしなかったにしては、ずいぶんおそく戻って来たな。帰寮時間におくれさしちゃったのか？」

僕がそれを言ったとき、奴は自分のベッドの端に腰かけて、足の爪《つめ》なんか切ってやがったんだが、「二、三分な」と、そう言った。「土曜の夜に、九時半までなんてサインして来る馬鹿がどこにある？」ってね。チキショウ、癪《しゃく》にさわったな、僕は。

「ニューヨークへ行ったのか？」と、僕は言った。

「どうかしてるな、おまえ。あいつが九時半までと外出署名をして来てるのに、どうしてニューヨークへなんか行けるんだ？」

「おカタイこったの」

奴は、顔を上げて僕を見ると「おい！」と言いやがった。「部屋の中で煙草を吸うつもりなら、洗面所へ行って吸ったらどうだ？　おまえはここから出て行く身かもしれねえが、おれのほうは卒業までずっとここにいるんだからな」

僕はあいつを無視してやった。ほんとなんだ。そして、気違いみたいに煙草を吸い続けたんだ。そしてどうしたかというと、あいつの方へ寝返りを打って、奴が足の爪を切りやがるのを見てたのさ。あきれた学校だよ。誰かが足の爪を切ったり、ニキビをいびったり、いつも、そんなのばっかし見せられるんだからな。

「おまえ彼女に、おれからよろしくって、そう言ったか?」と、僕は言った。

「ああ」

嘘《うそ》をつけ、この馬鹿野郎。

「彼女はなんて言った? いまでもキングをみんな向こうはじの列に置いとくかって、おまえ、彼女にきいたか?」

「いや、きかなかった。おまえ、おれたちが夜通し何をやってたと思ってるんだ?——チェッカーでもしてたと思ってるのか?」

僕は返事もしなかった。いやあ、憎らしかったね、あの野郎がさ。

「ニューヨークへ行かなかったんなら、おまえ、彼女をどこへ連れてったんだ?」しばらくしてから、僕はそう言った。声がひどく震えてくるのを抑《おさ》えることができなかったよ。チキショウメ、すごく興奮してきやがってさ。どっかが狂っちまったみたいな感じだった。

奴は、足の爪を切り終わったもんだから、パンツやなんかだけの格好でベッドから立ち上がると、今度はやたらとふざけだしたんだ。僕のベッドのそばへ寄って来て、上からのしかかるみたいな格好で拳闘のまねをしながら、ふざけ半分に、僕の肩を撲《なぐ》りだしたんだよ。「よせよ」と僕は言った。「ニューヨークへ行かなかったんなら、彼女をどこへ連れていったんだ?」

「どこへも。ただ車の中に坐ってただけさ」そう言って奴は、もう一発、そのふざけ半分のパンチを僕の肩にくらわした。

「よせっていうんだ」と、僕は言った。「誰の車だ?」

「エド・バンキーのさ」

エド・バンキーってのは、ペンシーのバスケットボールのコーチなんだ。ストラドレーターの野郎は、センターをやってたもんだからね、奴の気に入りの一人なんだ。それで、ストラドレーターが借りたいって言えば、エド・バンキーの奴、いつでも自分の車を貸してやってたんだ、生徒が教職員の車を借りることは許されてなかったんだけどね、運動部の連中ってのはみんなが団結するんだな。僕の行ったどこの学校でも、運動部の野郎は団結したね。

ストラドレーターは、僕の肩をめがけて、いつまでも、そのシャドウ・ボクシングを続けやがんだな。手に歯ブラシを持っていたのを、今度は口にくわえてね。「何してたんだ?」と、僕は言った。「エド・バンキーの車の中で彼女とやったのか?」僕の声はすごく震えたな。

「なんてことを言うんだ? 石鹼でその口を洗ってもらいてえのか?」

「やったのかよ?」

「それは職業上の秘密という奴でしてね、オニイチャン」

それから次にどうしたか、そこんとこは、あんまりよく覚えてないんだな。僕の知ってることはだね、洗面所かどっかへ行くようなふりをしてベッドから起き上がったんだ。それから、ありったけの力をこめて、咽喉《のど》もさけよとばかりに、あいつのくわえてる歯ブラシめがけて撲《なぐ》りかかったんだ。ただ、狙《ねら》いが狂っちゃってさ。あたらなかったんだ。せいぜい、あいつの横っつらかなんかを張りとばしただけだった。奴も少しは痛かったろうけど、僕はもっともっと痛い目にあわしてやりたかったんだ。あれだけでも、ほんとならうんと痛い思いをさせられたとこなんだけど、ただ僕は右手でやったからね、右手は堅く握れないだろう、前に話したあの負傷のせいでさ。

とにかく、気がついてみたら僕は、床の上に転がっていて、あいつが顔をまっかにしながら、僕の胸の上に坐ってやがんのさ。つまり、あいつは僕の胸の上に、両膝をのっけてやがったんだけど、重いんだな。あいつは目方が一トンばかしもあるんだから。そうして、僕の手首もおさえやがるもんでね、僕はもう撲ることができない。さもなきゃ殺してやるとこだったんだけどさ。

「いったいどうしたっていうんだ?」あいつは何度も繰り返してそう言った。そしてその阿呆面《あほうづら》がますます赤くなりやがんのさ。

「そのきたねえ膝を、おれの胸からどけやがれ」僕はそう言ってやった。わめいてたと言った方がいいだろうな。ほんとに。「さあ、どかねえか、このクソッタレ」

ところが奴はどくもんじゃない。いつまでも僕の手首を押えてやがんだよ。僕はもう、クソッタレとかなんとか、十時間ばかしもわめきつづけたね。どんなことを言ったか、全部はとても覚えちゃいない。おまえって奴は、自分がやりたきゃどんな女とやってもいいと思ってやがんだろうと、そう言ってやった。女の子がキングをみんな向こうはじの列に置いておこうとおくまいと、そんなことは気にもしないんだ、とも言ってやった。気にしないわけは、とほうもない間抜けの低能野郎だからだって、そう言ってやった。あいつはひとから低能って言われるとおこるんだ。低能はみんな、ひとから低能って言われるとおこるものなんだよ。

「だまれ、ホールデン」奴は、でっかいまっかな間抜け面《づら》しやがって、そう言った。「さあ、だまるんだ」

「おまえは彼女の名前がジェーンかジーンかも知らんじゃないか、この低能め！」

「おい、だまらんか、いいか、ホールデン——警告しておくけどな」——とうとう奴も本気になりやがったね——「もしもだまらなきゃ、一発くらわすからな」

「おれの胸から、おめえのその、きたねえ、くせえ、低能ったらしい膝をどけやがれ」

「もしも放してやったら、だまるか？」

僕は返事もしなかった。

奴はもう一度繰り返したね。「ホールデン。もしも放してやったら、だまるかよ！」

「うん」

奴は僕を放して立ち上がった。それで僕も起き上がったのさ。あいつのきたねえ膝のおかげで胸の痛かったこと。「おめえは全くきたねえ低能の間抜け野郎だ」僕はそう言った。

それで奴は、本当に頭に来ちゃったんだな。でっかいとんまな人さし指を僕の顔の前にふり立てて「いいか、ホールデン、前もって警告しておくぞ。これが最後だ。もしもおまえが黙らなければ、おれは——」

「しゃべってなぜ悪い?」と、僕は言った——怒鳴ったといったほうがいいだろう。「そういうとこが、おまえたち低能の困ったとこなんだ。何事によらず、話し合うということをしたがらない。それで低能かどうかがわかるんだ。何事によらず、知的に話し合——」

とたんに奴は、本当に一発くわせやがったな。僕は、気がついてみると、また床の上に転がってたのさ。ほんとにのびちゃったのかどうか覚えてないけど、たぶんのびちゃったんじゃないだろう。人間、そう簡単にのびるもんじゃないからな、映画の中では別だけど。しかし、鼻からはすごく血が流れてたな。目を上げてみると、ストラドレーターの奴、僕の上に乗っかるみたいにして立ってやがった。例の洗面用具をこわきに抱《かか》えてね。「おれが黙れって言うのに、どうして黙らねえんだ?」奴はそう言うんだよ。少し心配そうな声だったな。僕がぶっ倒れたときに頭蓋骨にひびでも入りゃしなかったかと、びくびくしてたんじゃないかな。入ってなくて残念だったよ。「おまえの自業自得だぞ、チキショウメ」奴はそう言った。いやあ、心配そうな顔だったな。

僕は起き上がるのもめんどくさくって、そのまま、しばらく、床の上に転がっていた。そして奴のことを、低能のろくでなしってどなりつづけていた。僕はすっかり頭に来てたんだ。わめいてたって言うべきだろうな。

「おい。その面《つら》、洗って来い」と、ストラドレーターは言った。「わかったな?」

僕は、おまえこそその低能面を洗って来い、と言ってやった——ちょっと幼稚なせりふだけど、すっかり頭に来ちゃってたからな。そして、洗面所へ行く途中で、ミセス・シュミットのとこへ寄って、彼女といっちょうやったらよかろうと言ってやった。ミセス・シュミットというのは門衛のかみさんなんだ。六十五歳ぐらいなんだよ。

僕がそうやって床の上に坐ってると、ストラドレーターの野郎がドアをしめて、それから廊下を洗面所のほうへ行く音が聞こえた。それから僕は起き上がったんだ。あのハンチングの野郎がどこへ行ったのか、見当たらなかったけど、やっとのことで見つかった。ベッドの下にあったんだ。僕はそいつを頭にのっけると、ひさしをぐるっと後ろに回す、あの気に入りのかぶり方をして、それから鏡のとこへ歩いて行って、僕の間抜け面《づら》を写してみた。前代未聞の血染めの顔だったねえ。口から顎《あご》から、パジャマやバスローブにいたるまで、一面に血だらけなんだ。いささかぎょっとしたけど、同時にいささか得意でもあったな。その血やなんかのおかげで、いかにもたくましそうに見えたからな。生まれてからこの方、僕は、たったの二度ばかししか喧嘩《けんか》したことがないんだけど、二度とも敗けちゃってね。あんまり強くないんだよ、僕は。平和主義者なんだ、実を言うと。

僕は、アクリーの野郎にいまの騒ぎはおそらく聞こえたろうし、奴《やっこ》さん、目をさましてんじゃないかという感じがした。そこで、奴が何をしてるか見てやろうと思って、シャワー・カーテンを通り抜けて、奴の部屋へ入って行った。それまで奴の部屋へなんかほとんど行ったことなかったんだけどね。

いつだってへんな臭いがしてんだもの、あいつがあんまりだらしのない男だからさ。

# 7

シャワー・カーテンやなんかのすき間を通して、僕たちの部屋の明かりがかすかにさしこんでたもんだからね、僕には奴の寝てる姿が見えたんだ。目をさましてるのもちゃんとわかったな。「アクリー？」と僕は言った。「起きてるな？」

「ああ」

ずいぶん暗いんで、僕は床においてあった誰かの靴をふんづけて、頭からつんのめりそうになっちゃった。アクリーはベッドの上に起き上がるぐらいにして、肘《ひじ》をつきやがったね。顔に白いものをいっぱい塗ってやがんのさ。ニキビの薬にちがいない。暗い中だから、まるで幽霊みたいだったな。

「いったい何してんだ？」と、僕は言った。

「何してんだとはなんだ？　こっちが眠ろうとしてるとこへ、おまえたちがあの騒ぎをおっぱじめたんじゃないか。いったい何がもとで喧嘩《けんか》なんかしたんだ？」

「電燈はどこだ？」電燈が見つからなくて、壁一面を手さぐりしながら僕は言った。

「電燈なんかつけてどうするんだ？　……おまえの手のすぐそばにあるじゃねえか」

そのうちにスイッチが見つかったんで、僕はひねって電燈をつけた。アクリーの野郎、まぶしそうに手をかざして、明かりをさえぎりやがったね。

「わあっ！」と彼は言った。「それはいったいどうしたんだ？」奴は血やなんかのことを言ってんだよ。

「ストラドレーターとちょいと撲《なぐ》り合いをやったんでな」と、僕は言った。そして床の上に坐りこんだんだ。こいつの部屋には椅子《いす》のあったためしがないんだよ。椅子をいったいどうしちまったのか、僕には見当もつかないね。「おい」と、僕は言った。「ちょいとキャナスタをやらんか？」奴はキャナスタ気違いなんだよ。

「まだ血が出てるじゃないか。何かつけたほうがいいぜ」

「いまにとまるよ。おい。おまえ、いっちょう、キャナスタをやらんか、どうだ？」

「キャナスタだと？　おまえ、今が何時か知ってんのか？」

「まだおそくはないさ。やっと十一時か、十一時半ぐらいだろう」

「やっとだと？」とアクリーは言った。「いいか。おれはな、明日《あす》の朝、起きてミサへ行かなくちゃならないんだ。おまえたちは夜の夜中にどなったり喧嘩《けんか》したりしやがるけど――それにしても、いったい、なんで喧嘩したんだ？」

「話せば長くなるからな。おまえを退屈させるにしのびないよ、アクリー。おまえのためを思って言ってんだぞ」僕はそう言った。僕はこいつと一身上のことなんか一度も話したことがない。第一、こいつはストラドレーターよりももっと間抜けなんだから。アクリーのそばへ持っていけば、ストラドレーターなんか天才さ。「おい」と、僕は言った。「今晩、おれ、エリーのベッドに寝てもいいだろ？あいつは明日の晩まで戻って来ないんじゃないか？」エリーが戻って来ないことは、僕もよく知ってたんだ。あいつは、だいたい、週末のたんびにうちへ帰るんだから。

「エリーがいつ戻るか、おれは知らんよ」アクリーはそう言った。

チキショウメ、これには僕もおこったね。「どういうんだ、あいつがいつ戻るか、知らんというのは？　エリーは日曜の夜より前に戻ったことなどいっぺんもないだろうが」

「そりゃそうだけど、しかし、あいつのベッドだもの、他の奴に、寝たいなら寝ていいって、おれの口からは言えないよ」

これには僕も参ったね。僕は、床に坐ったまま腕をのばして、軽くあいつの肩を叩《たた》きながら「おまえは王子様だよ、アクリー坊や」と言ってやった。「知ってるか、自分で？」

「いや、真面目に言ってるんだ――おれの口からは言えないじゃないか、誰かがあいつのベッドに――」

「おまえはほんとの王子様だ。紳士であり、学者であるよ、坊や」僕はそう言った。事実またそうなんだからな。「ところでおまえ、煙草を持ってるか？　――《ない》と言え。《ある》なんて言われたら、こっちがぶっ倒れて死んじまうからな」

「うん、ないよ、実際に。それにしてもおまえ、いったいなんで喧嘩《けんか》したんだ？」

僕は返事をしなかった。何をしたかというとだな、立ち上がって、窓のとこへ行って、外を見たんだ。急に僕は、とても寂しくなっちゃった。死んじまいたいくらいだった。

「とにかく、なんで喧嘩したんだよ？」アクリーがまた言った。これで五十回目くらいかな？こういう点、こいつは全くうんざりなんだよ。

「おまえのことでだ」と、僕は言った。

「おれのことで？」

「ああ。おれはおまえの名誉を守ってやったんだぜ。ストラドレーターがおまえのことを品性が下劣だって言うからさ。そんなことを言わせて黙ってるわけにいかなかったんだ」

それを聞くとあいつ、興奮しちゃってね。「あいつが言ったんだな？嘘《うそ》じゃないな？あいつがそう言ったんだな？」

僕は冗談だと言ってやった。それからエリーのベッドのとこへ行って横になったんだ。チキショウ、いやな気持だったなあ。とっても寂しい気持だった。

「この部屋、くさいな」と、僕は言った。「こっからでもおまえの靴下のにおいがするぞ。おまえ、靴下を洗濯屋へ出したことあるのか？」

「この部屋が気に入らなかったらどうしたらいいか、わかってるだろう？」とアクリーは言った。気のきいたことを言いやがるよ、全く。「明かりを消したらどうだ？」

でも、僕は、すぐには明かりを消さなかった。そしてそのままエリーのベッドに横になって、ジェーンやなんかのことを考えたんだ。彼女とストラドレーターが、どこかに停めた、あの太っちょのエド・バンキーの車の中にいたのかと思うと、僕はほんとにもう、すっかり頭に来ちまったんだ。そのことを思うたんびに、窓から飛び下りたくなったな。君はストラドレーターを知らないけど、僕は知っている、問題はそこなんだよ。ペンシーのたいていの奴らは、女の子と性的交渉を持ったなんてしょっちゅう言うけど、それは言うだけなんだ――たとえば、アクリーみたいにさ――ところが、ストラドレーターの奴は、実際にやるんだから。僕は、あいつがやった女の子を、少なくとも二人は直接知ってるんだ。本当なんだ。

「おまえのすてきな人生の話でも聞かしてくれよ、アクリー坊や」僕は、そう言った。「明かりを消したらどうなんだ？　おれは明日《あす》の朝、ミサに起きなきゃならないんだぜ」

僕は、アクリーのしあわせを願いながら、起きて行って明かりを消した。それから、また、エリーのベッドに横になった。

「おまえ、どうするつもりなんだ――エリーのベッドに寝るつもりなのか？」と、アクリーが言った。チキショウメ、全く申し分のないご主人さまなんだよ。

「寝るかもしれん。寝ないかもしれん。ま、心配するな」

「心配なんかしてやしないよ。ただ、おれはすごくいやなんだ、もしもエリーが不意に戻って来て、誰かが自分のベッドに――」

「安心しろよ。おれはここに寝やしない。おまえの親切を裏切るようなまねはせんよ」

それから二、三分もしたら、もう奴は、気違いみたいにいびきをかいてやがったよ。しかし、僕は、そのままその暗闇《くらやみ》の中に寝転がっていた。そしてエド・バンキーの車の中にいたジェーンとストラドレーターのことは、つとめて考えまいと努力した。でも、それは、ほとんど不可能だった。困ったことに僕は、あのストラドレーターって奴のテクニックを知ってんだよ。だからいっそういけないんだ。一度僕たちは、エド・バンキーの車の中で、ダブル・デートしたことがあるんだ。そのときストラドレーターは、あいつのガール・フレンドといっしょに後ろの席にいて、僕は僕の相手と前の席にいたんだけど、あいつのテクニックって、すごいんだな。どうやるかっていうと、始めはとてもおだやかな、誠意のある声でやさしく相手を誘いこんで行くんだな——奴が、すごい美男子なだけじゃなくて、いかにもおとなしい誠意のある人間でもあるみたいにね。僕は、聞いてて、へどが出そうになったよ。相手の子は「だめよ——おねがい。おねがいだから、よして。おねがい」って言ってるんだ。ところが、ストラドレーターの奴は、リンカーンみたいな誠意のこもった声でくどくのをやめないんだよ。そして、しまいに、後ろの席はしーんと静まり返っちまうんだ。ほんとにやきもきしちゃったな。あの夜はあの子とやらなかったと思うけどさ——でも、そのすぐ近くまでは行ったな。ほんのすぐ近くまで。

僕が、そうして考えまいと努力しながら、そこに転がってると、ストラドレーターが洗面所から帰って来て、僕たちの部屋へ入って行く音が聞こえた。あのきたならしい洗面用具やなんかをかたづけたり、窓を開けたりするのが、音でちゃんとわかるんだ。あいつは新鮮な空気の気違いなんだよ。それから、しばらくすると、奴は電燈を消しやがった。あたりを見回して、僕がどこにいるかをたしかめようともしないんだぜ。

表の通りは気が滅入《めい》りそうな感じだった。自動車の音さえ、もう聞こえないんだ。あんまり寂しくてやりきれなくなったんで、アクリーを起こしてやれという気になったくらいなのさ。

「おい、アクリー」僕は、シャワー・カーテンの向こうにいるストラドレーターに聞こえないように、小さな声でそう言った。

ところがアクリーには聞こえないんだな。

「おい、アクリー!」

それでも奴には聞こえない。石みたいに眠ってやがんだよ。

「おい、アクリー!」

今度は聞こえたようだった。

「いったいどうしたっていうんだ?」と、奴は言ったね。「おれは寝てたんだぞ」

「あのな。修道院に入るにはどうしたらいいんだ?」そう僕は言った。僕は修道院に入ることをなんとなく考えてみてたんだよ。「カトリックやなんかにならなきゃいけないのか?」

「きまってるじゃないか、カトリックにならなきゃだめさ。馬鹿野郎、おれを起こしたのはそんなくだらねえことをきく——」

「わかった、わかった、さあ寝ろよ。とにかくおれは入りゃしない。とかく運には恵まれねえおれのこった、入ってみたら、うまの合わねえ修道僧ばっかしだった、てなことになりかねないからな。とんまな下司野郎《げす》ばっかしでさ。あるいはただの下司野郎か」

僕がそう言うと、アクリーの奴、ベッドの上にがばと起き上がったね。そして「おい」と言うんだな。「おれやなんかのことなら、なんと言われようとかまやしないが、しかし、おれの宗教のことをツベコベ言いやがったら――」

「気にしない、気にしない、誰もおまえの宗教なんかツベコベ言いやしないよ」僕はそう言って、エリーのベッドから下りたんだ。そしてドアのほうへ歩きだしたんだ。それ以上そこの間抜けな空気にひたっておれなくなったんだな。でも、途中で足をとめると、アクリーの手をとって、盛大にインチキな握手をしてやった。奴は握られた手を抜きとって「どういうことだ、これは？」と、言いやがったね。

「べつにどってことないさ。おまえがすてきな王子様なんで、感謝の意を表したいと思っただけさ」そう僕は言った。それを僕は実に誠意のある声で言ったんだ。「おまえはまさにエースだよ、アクリー坊や。おまえ、自分で知ってるか？」

「キイタふうなことを言うな。そのうち誰かにその――」

僕は耳をかさなかった。そのままドアをしめて廊下に出ちまったんだ。

誰も彼も、寝てるか外出してるか、あるいは週末を過ごしにうちへ帰ってるかしてたんで、廊下はしーんと静まり返って、気が滅入りこむような空気だった。リーイとホフマンの部屋のドアの外に、コリノスの歯磨きの空箱がころがっていた。僕は、階段のほうへ廊下を歩きながら、羊革の裏のついたスリッパで、その空箱を蹴《け》とばして行った。そのとき僕がどうするつもりだったかというと、階下《した》へ行って、マル・ブロッサードが何をしてるか、見てみようと思ったんだ。が、急に気が変わってね。急にあることを決心したんだな。ペンシーから飛び出してやれ――そのまま、その夜のうちに飛び出してやれ――そう僕は決心したんだ。つまり、水曜日なんかまで待ってないでさ。それ以上そこに、ぐずぐずしていたくなかったんだよ。あんまり寂しくて孤独でやりきれなかったのさ。それでどう決心したかというと、ニューヨークへ行ってホテルに部屋をとる――どっかうんと安いホテルやなんかにね――そうして、水曜になるまでのんびりする、こう決心したわけだ。そうして水曜日になったら、すっかり休養して、いい気分で、うちへ帰って行く。僕が退学になったというサーマーの奴の手紙は、火曜か水曜まで、両親の手に届くまい、そう僕はふんだんだ。親たちがその手紙を受け取って、すっかり胸におさめるかどうかしてからでなければ、うちへ戻りたくなかったのさ。親たちがそいつを受け取ったばかしのとこになんか、行き合わせたくなかったんだ。おふくろはすごくヒステリックになるほうだからね。でも、十分に納得がゆくと、そんなにひどいこともないんだ。それに、僕もいくらか休暇がほしかったし。神経がすり切れちまってたんだもの。ほんとだよ。

とにかく、僕がやろうと決心したのは、そういうことなんだ。そこで僕は、自分の部屋に帰ると、明かりをつけて、荷造りやなんかをやりだしたのさ。いろんなものはもうそれまでに荷造りしてあったんだ。ストラドレーターの奴は、目をさましもしなかったね。僕は煙草に火をつけ、身支度をすませると、僕の持ってる二つの旅行鞄《グラッドストーン》に品物をつめた。これは二分ぐらいですんじまったな。僕は荷物をつめるのがとても早いんだ。

ひとつだけ、荷造りしながら、憂鬱《ゆううつ》になったことがある。おふくろがつい二、三日前に送ってよこしたばかしのパリパリのスケート靴を荷物に入れなきゃならなかったことさ。これは憂鬱だったな。おふくろがスポールディングの店に入っていって、店員に間抜けなことをゴマンと質問してるとこが目に見えるんだよ――そこへ、また僕が退学させられるんだからな。これには僕もいささかシュンとなっちまった。おふくろは見当違いのスケートを買ってよこしたんだけどさ――僕は競走用のスケートがほしかったのに、おふくろはホッケー用のを買ってよこしたんだ――しかし、それにしてもやっぱり悲しくなっちまった。僕はひとから贈物をもらうと、しまいには、そのためにたいてい悲しい思いをさせられることになる。

荷造りを全部終わると、僕は金を勘定した。そのときどれだけあったか、今は正確に覚えてないけど、かなりの金を持ってたことはたしかなんだ。一週間ばかし前に、ばあさんが大金を送ってくれたばかりでね。僕にはすこぶる金ばなれのいいばあさんがいるんだよ。もう少々モウロクしてててね――なにしろすごい年なんだもの――これが年に四回ばかし誕生祝いだといって金を送ってよこすんだな。とにかく、僕はかなりの金を持ってたけど、臨時出費が二、三ドル、いつ必要にならないともかぎらないと思ったんだ。実際、わからんもんだからね。そこでどうしたかというと、廊下の向こうのフレデリック・ウッドラフのとこへ行って叩《たた》き起こしたんだ、僕がタイプライターを貸した奴さ。僕はいくらで買うかきいてやった。奴は相当な金持なんだ。奴《やっこ》さん、わからんと言ったね。大して買いたいとも思わんと言うんだ。が、しまいには買ってくれたよ。九十ドルばかしした品物だけど、奴が払ったのは二十ドルさ。僕に起こされたんで、機嫌が悪かったんだ。

出かける用意がすっかり整って、カバンやなんかもそろったとこで僕は、階段の横のとこにしばらく立ちどまると、最後にもう一度、廊下を端まで見渡したね。泣きそうな気持だったな。なぜだかわかんないけど。僕は例の赤いハンチングをかぶり、僕の好きなようにひさしをぐるっと後ろへ回し、それからありったけの声を張り上げてどなったんだ——「ガッポリ眠れ、低能野郎ども！」ってね。あの階にいた奴らはみんな目をさましたに違いないと思うな。それから僕はとび出したのさ。どっかの間抜け野郎が階段一面に南京豆の殻《から》をちらかしてあったもんだから、もう少しで首の骨をおっぺしょるとこだったよ。

## 8

電話をかけてタクシーやなんかをよぶにはおそすぎたんで、僕は、駅までの道を歩いて行った。あんまり遠くはなかったけど、すごく寒くてね。雪のために歩きにくいとこへもってきて、旅行鞄がゴツゴツ脚《あし》にぶつかりやがんだな。でも、空気やなんかはちょっと気持よかった。ただ、弱ったのは、寒さのために鼻が痛くてね。それからストラドレーターの野郎に一発くらわされた上唇の裏のとこが。あいつ、唇が歯にかぶさってるとこを撲《なぐ》りやがったんだ。そこが相当痛かったな。でも耳はけっこうあったかかった。僕の買った帽子には耳かくしがついてたんで、僕はそいつを利用したんだ――格好なんかへいちゃらさ。第一その辺に人はいないんだから。みんなベッドに入ってたんだ。

駅へ行ってみると、僕は全くついてててね、たったの十分ばかし待てば汽車が来ることになっていた。僕は、待ってる間に雪を摑《つか》んでね、そいつで顔を洗ったんだ。まだ相当血がついてたんでね。

いつもなら僕は汽車に乗るのが好きなんだ。ことに夜の汽車が。電燈がついて、窓が暗くって、売り子が通路を通りながらコーヒーやサンドイッチや雑誌を売りに来るだろう。僕は、いつも、ハム・サンドと雑誌を四冊ばかし買うんだ。夜の汽車に乗ってるときなら、そういう雑誌にのってるイカレタ小説を読んでも、たいてい、へどを吐かずにすむよ。わかるだろ。デーヴィッドという名前の顎《あご》のほっそりしたインチキ野郎や、リンダとかマーシアとかいう名前のインチキ娘がいてさ、その娘がまた、デーヴィッドって野郎のパイプに、しょっちゅう、火をつけてやろうとしたりして、そんなのばかし出て来る小説さ。僕は、そんないやらしい小説でも、夜の汽車でなら読めるんだな、いつもならね。ところが、このときは別だ。ぜんぜん読む気がしないんだな。僕は、まあ坐ってるだけで、なんにもしなかった。したことといえば、ただ、ハンチングをぬいで、ポケットにしまっただけだった。

それから突然トレントンで、女のひとが乗って来たんだな。そして、僕の隣に坐ったんだ。車室はほとんどがら空きなんだよ。ずいぶんおそい時間なんだからな。ところがそのひとは、あいてる席へ行かないで、僕の隣に坐ったんだ。それは、そのひとが大きなカバンを持っていて、僕がとっつきの席に坐ってたからなんだ。そのひとはその大きなカバンを通路のまん中においとくんだな。車掌だって誰だってつまずかないともかぎらないよ。そのひとは、大きなパーティかなんかに行って来たみたいに、蘭《らん》の花をつけてたな。年は四十か四十五ぐらいだろう。でも、とってもきれいだった。女には弱いんだよ、僕は。ほんとなんだ。過剰性欲とかなんとか、そういう意味じゃないんだぜ——もっとも、ずいぶん助平《すけべえ》ではあるけどさ。つまり女が好きなんだよ。女って、きまってカバンを通路のまん中にほっぽり出しておくね。

とにかく、僕たちはそうやって坐ってたんだが、いきなりそのひとが話しかけてきてね「失礼ですけど、あれは、ペンシー高校のラベルじゃありませんの？」そう言って、網棚《あみだな》にあげておいた僕の旅行鞄を見上げたんだ。

「ええ、そうです」と、僕は言った。そのひとの言う通りなんだ。僕は一方の旅行カバンにペンシーのラベルを貼りつけてあったんだ。実にやぼなまねだけどさ。

「まあ、あなた、ペンシーへ行ってらっしゃるの？」彼女はそう言った。それがいい声なんだな。電話向きのいい声だったよ、全く。こういうひとは電話を携行すべきだと思うね。

「ええ、そうです」と、僕は言った。

「まあ、なんてすばらしいんでしょう！　じゃあ、あなたは、うちの息子をご存じですわね——アーネスト・モロウ、ペンシーへ行ってますのよ」

「ええ、知ってます。僕のクラスです」

彼女の息子というのは、ペンシーの生徒の中でも、あそこのいやらしい校史はじまって以来、最大の下司野郎《げすやろう》なんだ。シャワーをすませて廊下を戻って行くときに、いつも、びしょびしょのぬれタオルでひとの尻《しり》をひっぱたいて行きやがんだから。また、いかにもそういうことをやりそうな男なんだよ。

「まあ、よかったこと！」そのひとはそう言った。しかし、ちっともやぼくさくないんだな。全くいい感じなんだ。「あなたとお会いしたことをぜひアーネストに言ってやりますわ。お名前はなんとおっしゃいますの？」

「ルドルフ・シュミットです」僕はそう言った。自分の身の上話なんかきかせたくなかったからね。ルドルフ・シュミットというのは僕たちの寮の門衛の名前なんだ。

「あなた、ペンシーはお好き？」彼女はそう言った。

「ペンシーですか？　そう悪くないですよ。天国とかなんとか、そんなんじゃありませんけど、でも、たいていの学校にひけはとりませんね。先生の中にも、なかなか良心的な人がいますし」

「アーネストは、もう、絶賛してますのよ」

「それはそうでしょうね」僕はそう言うと、続いて、いささかおべんちゃらを振りまきだしたんだ。「彼はなんにでもうまく順応して行きますからね。ほんとですよ。つまり、自分を順応させるすべをよく知ってるんです」

「まあ、そうでしょうかしら？」彼女はそう言った。すごく興味をそそられたような口ぶりだったな。

「アーネストですか？　そうですとも」と、僕は言った。それから、彼女が手袋をぬぐのを見てたんだ。あきれたねえ、宝石だらけなんだ、その手がさ。

「あたくし、爪《つめ》をいためましてね、タクシーを降りるときに」彼女はそう言うと、僕を見上げて微笑した。その微笑がすごくいいんだよ。ほんとなんだ。たいていの人は微笑なんてものの持ちあわせがないか、あっても、ほとんど、いやらしいもんだろう。「主人もあたくしも、あの子のことではときどき心配になることがありますの」彼女はそう言った。「あの子はどうもつきあいがあまり得意じゃないのじゃないかって、そういう気のすることがときどきありますのよ」

「とおっしゃいますと？」

「そうね。あの子はとても敏感な子供でしてね。これまで、他のお子さんたちとうまくおつき合いができたことってほんとはないんですの。年の割にものごとを少し深刻にとりすぎるんだと思いますわ」

敏感か！　これには参ったね。モロウが敏感なら、トイレの腰掛け板だって敏感だろう。

僕はそのひとの顔をつくづくと眺《なが》めたね。しかし、抜けてるようには全然見えないんだよ。自分の息子《むすこ》がどんな下司《げす》野郎であるかをちゃんとわきまえてる母親って顔なんだな。しかし、わからんもんだからね——人の子の母親ってものはさ。母親ってものは、全部、ちょっとばかし狂ってるものなんだ。でも、実をいうと、モロウのおふくろは気に入ったな。このひとなら大丈夫だ。「煙草をいかがですか?」と、僕は言った。

彼女はあたりを見回していたが「ここは喫煙車じゃなさそうですよ、ルドルフさん」と、言った。ルドルフさんだってさ。これには参ったね。

「かまいませんよ。ギャアギャア言われたらやめればいいんです」僕はそう言った。彼女は僕のさし出した煙草を一本ぬきとった。僕は火をつけてやった。

煙草を吸う彼女もいい感じだったね。煙を吸いこむことは吸いこむんだけど、彼女の年頃の女がよくやるように、がむしゃらにのみこむようなまねはしなかった。実に魅力の多いひとなんだな。正直いうと、性的魅力もたっぷりあった。

彼女はけげんそうな顔をして僕を見ていたが「あたくしの見まちがいかもしれませんけど、あなた、鼻血が出てるんじゃありませんの?」と、そう言うんだな、いきなりね。

僕はうなずいてハンケチを取り出した。そして「雪球があたったんです」とそう言った。「すっかり凍ったみたいなやつだったもんで」彼女になら本当のことを言ってもよかったんだけど、しかし言うとなると、あんまり長くなるしね。でも、彼女は気に入ったな。ルドルフ・シュミットだなんて嘘《うそ》を言ったのが、少々くやまれてきたよ。「アーニーのことですけどね」と、僕は言った。「彼、ペンシーじゃ、一番人気のある生徒の一人ですよ。ご存じですか?」

「いいえ、存じませんでしたわ」

僕はうなずいた。「実際、誰でも彼という人間を知るにはずいぶん長い時間がかかったんです。彼はへんな男ですからね。変わってますよ、いろんな点で——おわかりですか、僕の言う意味？　たとえば、僕が彼にはじめて会ったときがそうなんだな。僕は、彼にはじめて会ったときですね、こいつ少々きどり屋だなと思ったんです。そう思ったんですよ、僕は。ところがそうじゃない。彼は非常に独自な個性を持ってるんで、彼を知るには少し暇がかかるんですね」

モロウ夫人はなんとも言わなかったけど、しかしその顔は見せたかったな。僕は彼女を座席に釘づけにしちまったね。誰の母親でもおんなじだけど、母親ってものは、自分の息子《むすこ》がどんなに優秀な人物であるかということこそ聞きたいものなんだよ。

それから僕は、本当におべんちゃらを振りまいた。「彼から選挙のことはお聞きになりましたか？」と、僕は言った。「クラスの選挙のこと」

彼女はかぶりを振った。なんだか僕のせいで催眠状態におちいったみたいだったな。ほんとだよ。

「実はですね、僕たち仲間の者がですね、アーニーに級長になってもらおうとしたんです。つまり、彼を選出することはみんなの一致した意見だったわけです。つまり、級長の仕事を本当にやれるのは、彼しかいないわけなんです」僕はそう言った——チェッ、われながら吹いたもんさね——「ところが、別の生徒がですね——ハリー・フェンサーというんですが——これが選ばれたんです。どうして彼が選ばれたかというとですね、理由は簡単明瞭、アーニーがどうしても僕たちに指名させないからなんです。彼は実に内気だし謙遜《けんそん》だししますからね。拒絶したんですよ、彼は。……いやあ、ほんとに内気だからなあ。あの点を克服するようにお母さんが彼に努力させるべきじゃないでしょうか」そう言って僕は彼女の顔を見たんだ。「その話、彼からお聞きになりましたか？」

「いいえ、ちっとも」

僕はうなずいた。「そこがアーニーなんだな。彼なら言わないでしょうよ。そこが彼の唯一の欠点ですね――あまりにも内気で謙遜なんだ。ときにはのんきな気持を持つように、お母さんからしむけるべきだと思いますね、本当に」

ちょうどそのとき、車掌が回ってきて、モロウ夫人の切符をしらべたので、それを機会に僕はおべんちゃらを言うのをやめたんだ。でも、しばらくの間でもあれを言ってよかったと思うんだ。いつもひとの尻《しり》をタオルでひっぱたくモロウのような奴を考えてみろよ――本気で痛い目にあわせてやろうと思ってやりやがんだからな――あんなのは子供のときだけろくでなしというんじゃない。一生ろくでなしで終わるんだ。でも、僕のおべんちゃらを聞かされたおかげで、モロウ夫人は、あいつのことを、僕たちが級長に推薦しようとしても承知しないような、とても内気でつつましい男と今は考えてるに違いない。多分考えてると思うよ。わからんもんだから。母親っていうのは、こういうことには、あまり鋭くないものなんだ。

「カクテルでも召し上がりませんか？」僕は彼女にそう言った。僕自身が飲みたいような気分だったんだ。「社交車《クラブ・カー》へ行けばいいでしょう。いかがです？」

「あなた、お酒なんか注文してよろしいの？」彼女はそう言った。しかし、失敬な感じはしなかった。なにしろ、とても魅力やなんかがあるもんだから、失敬な感じなんかしないんだな。「ええ、そりゃよくはないんですけどね、でも僕はこんなに背が高いでしょう、おかげでいつもできちゃうんです。それに白髪《しらが》がいっぱいあるし」そう言って僕は、横を向いて彼女に白髪を見せたんだ。彼女、すっかり感心していたね。「さあ、ごいっしょしましょう、いいじゃありませんか?」と、僕は言った。彼女といっしょだったら、さぞ楽しかったろうと思うよ。

「あたくしはよしたほうがよさそうですわ。でも、ほんとにうれしいのよ、あなた」彼女はそう言った。「それに、社交車《クラブ・カー》はきっとしまってますわよ。ずいぶんおそいんですもの」その通りなんだ。僕は何時かってことをすっかり忘れてたんだ。

それから彼女は僕の顔を見ていたが、訊《き》かれるんじゃないかと思ったことを、果たして訊いてきたんだな。「アーネストの手紙ですと、あの子、水曜日にうちへ帰るって言ってましたけどね。クリスマスの休暇は水曜日からだって」そう言うんだよ。「まさか、あなた、おうちの方がご病気で、急にお帰りになるんじゃないでしょうね?」そう言いながら、本当に心配そうな顔をしてるんだ。ただのせんさく好きじゃない、それははっきりわかるんだ。

「いいえ、うちの者はみんな元気です」と、僕は言った。「問題は僕なんです。手術を受けるんです」

「まあ! それはたいへんねえ」と、彼女は言った。それが口先だけでなくて、ほんとにたいへんだと思ってんだよ。僕はすぐ、言わなきゃよかったと思ったけど、もうあとのまつりさ。

「でもたいしたことはないんです。脳にちっちゃな腫瘍《しゅよう》ができてるだけなんです」

「まあ、ほんと！」そう言って彼女は、口もとに手をあげちゃった。

「なに、なんでもないんですよ。外側からすぐ近いとこなんです。それにごく小さい奴なんですから。二分ぐらいで取り出せるそうです」

それから僕は、ポケットに入れていた時間表を読みだしたんだ。嘘《うそ》をつくのをやめるためにね。僕はいったん嘘をつきだすと、その気になれば、なん時間でも続けられるんだ。嘘じゃないよ。なん時間でもなんだ。

それからは、どっちも、あんまり話をしなかった。彼女は持って来ていた『ヴォーグ』を読みだしたし、僕はしばらく窓から外を眺《なが》めてた。彼女はニューアークで降りたけど、手術やなんか、うまく行くようにと、しきりと言ってくれた。最後まで僕をルドルフと言ってね。それから、夏休みには、マサチューセッツのグロースターに行ってるから、アーニーを訪ねて来てくれと招待してくれた。家は浜辺にあって、テニス・コートやなんかもあると言ったが、僕はそれに対してお礼を言って、祖母といっしょに南米へ行くことになっていると、そう言った。こいつは実に傑作なんだ、だって、ばあさんは、マチネーかなんかに行くことはあるかもしれないけど、それ以外は、家の外へだってほとんど出たことがないんだから。それにしても、あのモロウの奴のとこへなんか、たとえやけくそになってるときだって、世界じゅうの金をくれると言われたって、絶対に僕は行きやしないよ。

# 9

ペンシルヴェニア・ステーションに降りて、まっ先に僕が何をしたかというとだな、まず電話ボックスに入ったんだ。誰かに電話したいと思ったんだ。カバンは見えるように電話ボックスのすぐ外に置いたけど、中に入ってみて、さて誰に電話をかけたらいいか、すぐには思い浮かばないんだな。兄貴のD・Bはハリウッドだった。小さい妹のフィービーは九時頃には寝床に入る――だから、彼女に電話するわけにはいかなかった。彼女は僕に起こされても文句を言いはしなかったろうが、困るのは、最初に電話に出るのは彼女じゃないだろう、ということなんだ。おやじかおふくろが出るにきまってんのさ。だからこれも問題にならない。次には、ジェーン・ギャラハーのおふくろさんに電話して、ジェーンの休暇がいつからか、それをきき出すことを考えたけど、どうもこれもいやだった。それに、電話をかけるには少しおそすぎたしな。次には、前によくいっしょにつき合ってた、サリー・ヘイズって子、この子に電話しようかと思ったんだ。だって、彼女の学校がもうクリスマス休暇に入ってることを僕は知ってたんだもの――彼女から長いインチキな手紙が来て、クリスマス・イヴやなんかに、クリスマス・ツリーの飾りつけを手伝いに来ないかと誘ってきてたからさ――でも、電話には彼女の母親が出そうな気がしてね。彼女の母親は、うちのおふくろの知り合いなんだよ。彼女の母親があわてて電話のとこへとんでって、うちのおふくろに、僕がニューヨークにいるってしらせるようすが目に見えるようなんだ。それに僕は、電話でヘイズ夫人と話をするのがどだい気が進まなかったしね。前に一度、彼女はサリーに僕のことをデタラメだって言ったことがあるんだよ。デタラメで、人生の方針を持ってないって言ったんだ。それから僕は、僕がフートン・スクールに行ってた時分にやはりそこへ行ってたカール・ルースって奴に電話をかけようかと思った。しかし、こいつはあんまり好きじゃないんだな。そこで結局、誰にもかけずじまいに終わったわけさ。僕は、二十分かそこら電話ボックスに入ってたあげくにそこを出ると、カバンを持って、タクシーがいるあのトンネルまで歩いて行って、タクシーに乗った。

僕はすっかりぼうっとなってたんだな、いつもの習慣やなんかから、運転手に、うちのほんとの所番地を言っちまったんだよ——つまり、二、三日ホテルにしけこんで、休暇が始まるまでうちに戻らないつもりにしてたことをきれいに忘れてたんだ。僕がそれに気がついたときには、車はもう《公園》のまん中へんまで来てしまってた。そのとき僕は言ったんだ。「ねえ、回れるとこがあったらバックしてくれないかな? 行き先を間違えて言っちゃった。ダウンタウンへ引き返したいんだけど」

運転手はかしこい男らしくてね。「ここじゃ回れないな、旦那。ここは一方通行なんだ。ここまで来ればもう九十丁目まで行っちまわなきゃだめだな」

僕は議論なんか始めたくなかったから「いいよ」と、言った。それから、急に思いついたことがあってね。「ねえ、君」と、運転手に声をかけたんだ。「《セントラル・パーク・サウス》のすぐ近くにあるあの池に家鴨《あひる》がいるだろう？　あの小さな湖さ。つかぬことをきくけど、もしかしたら君、あいつらが、あの家鴨がさ、池がみんな凍っちまったとき、どこへ行くか知らないかな？　へんなことをきくようだけど、知らないかな？」言いながら僕は、知ってる可能性は百万分の一しかないと思ったね。

運転手は後ろを振り向くと、気違いでもみるような顔をして僕を見やがった。「どんなつもりでそんなことをきくんかね、あんた」と、彼は言った。「おれをからかうつもりか？」

「とんでもない――興味があったからさ、それだけだよ」

彼はそれ以上なんとも言わなかった。それで僕も黙ってた。そのうちに車は、公園を抜けて九十丁目に出た。そこで運転手は「さあいいぜ、旦那。行き先は？」と、言った。

「あのね、実は僕、イースト・サイドのホテルには泊まりたくないんだ。知ってる奴にぶつからないとはかぎらないんでね。僕はおしのびの身なんだよ」僕はそう言った。「おしのび」なんていうやぼなことを言うのは大きらいなんだけど、やぼな人間といっしょのときは、きまって僕もやぼになるんだな。「ときに君、《タフト》や《ニューヨーカー》にはいま誰のバンドが出てるか知らないかなあ？」

「知らないね、旦那」

「それじゃと――《エドモント》へ行ってもらおう」と僕は言った。「途中で車をとめて、カクテルをつき合わないかね？　僕がおごるよ。金はもってんだ」

「だめだよ。旦那。悪いけど」たしかに結構な道連れだったよ。いやはや、見上げた人物だった。

車はエドモント・ホテルに着いて、僕はそこに泊まることにした。車の中では、なんということなしにあの赤いハンチングをかぶってたんだけど、フロントで記帳する前にこいつはぬいだよ。変人やなんかに見られちゃいやだからね。実はこれが皮肉なんだな。そのときは知らなかったけど、このホテルには、変態や低能がいっぱいだったんだ。そこらじゅうが変人だらけなんだよ。

僕にあてがわれたのは、すごくきたない部屋で、窓からは同じホテルの向こう側しか見えないのさ。たいして気にはしなかったけどね。あんまり気が滅入《めい》っちまって、眺めのよしあしなんてどうでもよかったんだ。僕をその部屋へ案内したボーイは六十五ぐらいのえらい年よりだった。これには部屋よりももっと気が滅入ったね。はげをかくすために頭の毛を片側から片側へきれいになでつけてる奴がいるだろう、このボーイもそれなんだな。僕なら、あれをやるよりは、むしろ、はげてるほうがいいと思うな。それはとにかく、六十五にもなりそうな人間がやるにしては、いかにも豪華な仕事じゃないか。ひとのカバンを運んで、チップをくれるのを待ってるなんてさ。あんまり頭がいいとかなんとかいうんじゃないと思うが、それにしてもすさまじいもんだったな。

ボーイが行っちまってから、僕は、窓から外を眺めた。オーバーやなんか着たまんまでね。他にすることといったってなんにもないんだもの。そのとき向こう側の部屋でどんなことがおっぱじまってたか、君は驚くだろうと思うんだ。日よけをおろしもしてないんだぜ。一人の男が、白髪《はくはつ》でなかなかれっきとした人みたいな顔をしてるんだがね、パンツ一枚になってさ、何をしてたと思う。言っても君は信じないだろう。その男ね、まずスーツケースをベッドの上に置いたんだ。それから、女の着物をそっくりとり出すと、そいつを着たんだよ。ほんとの女の着物だぜ——絹のストッキングに、ハイ・ヒールの靴に、ブラジャー、それから紐《ひも》がいくつもぶら下がったりなんかしてるコルセット。その上に今度はぴったりした黒のイーヴニング・ドレスを着やがったね。誓ってもいいよ、嘘《うそ》じゃないんだから。それから奴《やっこ》さん、部屋の中を行ったり来たり歩きだしたもんだ。女がやるように小またでちょこちょこと、煙草を吸い吸い、鏡に映《うつ》る自分の姿を見ながらね。そいつも全くの一人ぽっちだった。もっとも誰かがトイレにでも入ってれば別だけどね——そこまでは僕も見られなかったよ。それから、そいつの部屋のほとんど真上にあたる窓からはね、男と女が口から水を吹いて、お互いにかけっこしてるのが見えたんだ。水じゃなくて、たぶんハイボールだったろうけどさ、グラスの中味まではわからなかった。とにかく、はじめに男が一口ぐっとふくんで、そいつを女に吹きかけると、次には女が男に向かってそれをやる——かわりばんこにやるんだよ。見物《みもの》だったぜ。世の中にこんなおもしろいものはないってなようすで、ヒステリーでも起こしたみたいになって続けるんだ。嘘じゃないよ、あのホテルには変質者がうじゃうじゃしてたんだ。おそらくあそこで正常な人間は僕だけだったろう——そういっても言い過ぎじゃないな。もう少しで僕は、ストラドレーターの奴に電報を打って、一番列車でニューヨークに来いって、言ってやるとこだったね。あいつならあのホテルの王者になれたよ、きっと。

ただ困ったことはだな、この種の悪ふざけは、くだらんと思っても、見ずにはおれない魅力みたいなものを持ってるものなんだ。たとえば、顔じゅうに水を吹きかけられてたあの女、これがなかなかの美人なんだな。つまり、そういうとこが僕の大いに困った点なんだ。僕は、頭の中では、おそらく類を見ないほどの色情狂なんだろう。機会がないからやらないだけで、すごくいやらしいことを考えることだって、ときどきあるんだから。女の子がいてさ、そいつとお互いの顔に水かなんかを吹きかけっこするというの、これが、いやらしいほうの意味でずいぶんおもしろいだろうということも察しがつくんだな、二人とも酔っ払ったりなんかしてたらさ。ただ僕は、そういうことを考えるその意識がきらいなんだ。分析してみれば、鼻もちならないよ。本当に好きでない女の子なら、いっしょにふざけたりすべきでないし、本当に好きなのなら、そのときはその顔が好きなはずだし、顔が好きなら、その顔に対して、水を吹きかけるようないやらしいまねをするのは慎重であるべきだと思うんだな。そんなにいやらしいことが、ときにとてもおもしろかったりするというのは、全く困りもんだよ。それにさ、こっちがあんまりいやらしいことはしまいと努力しはじめるときにだな、本当にいいものは傷つけまいと努力しはじめるときにだよ、女の子ってのが、これまたあまり頼りにならないからな。二年ばかし前につき合ったある女の子なんか、僕よりもっといやらしかったよ。いやあ、いやらしかったな、彼女！　ところが、その女の子のおかげで僕は、しばらくの間、とってもおもしろく過ごしたんだからな、いやらしいほうの意味で。セックスっていうのは、どうも僕にははっきりわからないんだ。何がなんだかわけがわからなくなっちまうんだな。僕は自分でセックスの規則をしょっちゅう作るんだけど、すぐまた破ってしまうんだ。去年なんか、心の底ではムカムカするほどいやな女の子とは遊ばないことという規則を作ったくせに、それを作ったその週のうちに破っちまったんだからな

——実をいうと、作ったその日の夜に破ったんだ。その夜僕は、アニー・ルイス・シャーマンっていうすごくイカレタ女の子と、一晩じゅう抱き合って過ごしたんだよ。セックスっていうものは、どうも僕にはわからない。神に誓っていうけど、わかんないなあ。

僕はそのまま部屋の中に立ちながら、ジェーンの奴に電話をかけようかかけまいかと、ちらちら考えだしたんだ——つまり、彼女のおふくろに電話をかけて、彼女がいつうちへ帰って来るかをきいたりするかわりに、彼女が行ってるボルティモアへ長距離電話をかけようかというわけさ。夜おそく生徒に電話なんかかけないもんだけど、その点はあらかじめちゃんとうまく考えておいたんだ。誰が電話に出るにしても、こっちは彼女のおじだと言うつもりだったんだ。彼女のおばが自動車事故で死んだので、すぐに彼女と話をしなければならないと、そう言うつもりだったのさ。やればうまく行っただろうと思うんだが、それを実行しなかった理由はたったひとつ、僕が気のりしなかったからなんだ。そういうことは、気のりがしないと、ちゃんとやれないものなんだよ。

しばらくして僕は、椅子《いす》に腰を下ろすと、煙草を二本ばかし吸った。かなりセクシーな気分だったな。そいつは自分でも認めないわけにいかない。そのとき、ふと、ある考えが浮かんだんだ。僕は紙入れを取り出すと、去年の夏、あるパーティで会ったプリンストンへ行ってる男、こいつがくれたアドレスを捜しにかかったんだ。そしたらそれがようやく見つかったんだな。紙入れの色がついてへんな色になってたけど、それでも字はまだ読めるんだ。それはある女のアドレスで、その女ははっきり淫売《いんばい》とかなんとか、そういうんじゃないけど、たまにはそんなことも平気でやる、とまあ、そのプリンストンの男から聞いてたわけだ。一度彼は、その女をプリンストンのダンス・パーティへ連れてったところが、そんな女を連れて来たというんであやうくみんなから放り出されそうになったというんだな。前にはストリッパーかなんかをしてたんだそうだ。とにかく、僕は、電話のとこへ行って、その女のとこへ電話をかけたんだ。女は名前をフェイス・キャヴェンディシュといって、住所はブロードウェイ・六十五丁目のスタンフォード・アームズ・ホテル。はきだめみたいなとこだろ、きっと。

しばらくは、留守かなんかなのかな、と僕は思った。いつまでたっても誰も電話に出ないんでね。そのうちにとうとう誰かが受話器を取ったんだな。

「もしもし」と、僕は言った。女から年やなんかを疑われないように、わざと太い声を出しちゃってさ。だいたい僕の声はかなり太いほうなんだけどね。

「はい」と女の声が聞こえたよ。あんまり愛想のいい声じゃなかったね。

「フェイス・キャヴェンディシュさんですか？」

「だあれ、あんた？　誰なのさ、こんなとほうもない時間に電話をかけてよこしたりして」

これには僕もいささかおそれをなした。「あのね、おそいことは承知なんですがね」僕はそう言った、うんと大人《おとな》っぽい声なんか出しちゃってさ。「あんたは許してくれるだろうと思って。とにかくあんたと連絡をとりたくてたまらなかったんですよ」すごくものやわらかな口調で僕はそう言った。本当だよ。

「いったい誰なのよ」彼女はそう言った。

「実はね、あんたのご存じない者でね、エディ・バードセルの友達なんですよ。彼が僕にね、いつかニューヨークへ行くことがあったら、ぜひあんたとカクテルを一、二杯やったらいいって、すすめてくれたもんですからね」

「誰? 誰の友だちだって?」いやはや、まるで虎さ。雌の虎と電話してるみたい。てんでどなられてるようなんだ。

「エドマンド・バードセル。エディ・バードセルですよ」僕はあいつの名前がエドマンドだったか、エドワードだったか思い出せなかった。たった一度、間抜けなパーティで会っただけなんだもの。

「知らないよ、そんな名前の人なんて。こんな夜の夜中におこされて、あたしがうれしがってるとでも——」

「エディ・バードセルですよ。プリンストンの」と、僕は言った。

女は、頭の中やなんかで、その名前をしきりと捜してやがんだよ。それが気配でわかるんだ。

「バードセル、バードセル……プリンストンの……プリンストン大学校ね?」

「そうですよ」と、僕は言った。

「あんたもプリンストン大学校?」

「ええ、まあね」

「そうか……どうしてて、エディ?」と、彼女は言った。「でも、こんな時間にひとに電話をかけるなんて、全くヘンチクリンだよ。あきれたね」

「あいつは元気ですよ。あんたによろしくと言っていた」

「そう、そりゃどうも。あたしからもあの人によろしくって言っといてよ」と彼女は言った。「あの人はりっぱな人だわ。いまあの人なにしてんの？」彼女は、急に、すごくしたしげになってきた。

「そりゃ、あんた知ってるでしょう。相変わらずですよ」僕はそう言った。彼が何をしてるか、どうしてこの僕が知ってるもんかね？ ろくすっぽ知らない人間なんだもの。まだプリンストンに入ってるかどうかも知らなかったんだ。「あのね」と、僕は言った。「どっかで会って、カクテルでも飲みませんかね？」

「いま何時かあんた、知ってるの？」と、彼女は言った。「それはそうと、あんた、お名前はなんていうの？」急に、彼女は、イギリス人みたいなお上品な口調になりやがったね。「少しお若い方のようだけど」

僕は笑って「それはどうもありがとう」と、言った。すごくものやわらかにね。

「ホールデン・コールフィールドっていうんです」インチキな名前を言えばよかったんだが、そのときは思いつかなかったんだ。

「じゃあね、コーフルさん。あたしはね、夜の夜中にお約束なんかする習慣はないんですよ。勤めを持ってる身ですからね」

「明日《あす》は日曜ですよ」僕はそう言った。

「まあ、とにかくね、あたしも美容のために睡眠をとらなきゃいけませんし。ご存じでしょう、どういうことだか」

「いっしょにカクテルを一杯ぐらいはいいんじゃないかと思ったもんで。まだそんなにおそくはないんだし」

「まあ、そういっていただくのはうれしいのよ。どこから電話かけてるの？　とにかく、いまどこにいらっしゃるの？」

「僕？　電話ボックスですよ」

「まあ」と、彼女は言ったが、それから長いこと言葉がとぎれた後で「あのね、コーフルさん、そのうちにぜひお会いしたいと思うわ。あんた、とても魅力的な感じなんですもの。とても魅力的な方のようだわ。でも、今夜はほんとにおそくって」

「あんたのとこへ行ってもいいけどね」

「ええ、ふだんならね、それはステキって言うとこなんだけど。つまり、あんたがカクテルを飲みに寄ってくださったらほんとにうれしいんですけどさ、でも、同じ部屋にいる友達がいま病気なのよ。今晩は彼女、ずっと一睡もしてなかったの。それが、ついさっきまぶたを閉じたばかりなのよ。ほんとなの」

「ほう。それはいけませんね」

「あんた、どこに泊まってらっしゃるの？　明日《あした》なら、たぶん、カクテルのおつき合いができると思うけど」

「明日《あす》は僕がだめなんだな。つごうがつくのは今夜しかないんですよ」僕はなんという馬鹿だったのかね。こんなこと言わなきゃよかったんだ。

「そう。それじゃ、ほんとに残念だけど」

「エディによろしくと言っておきましょう」

「言って下さる？　あんたもニューヨークのご滞在を楽しくお過ごしなさいな。ここはすばらしいとこよ」

「それは僕も知ってます。ありがとう。おやすみ」そう言うと、僕は、受話器をかけた。

チェッ、これでほんとにだめにしちゃったのさ。せめてカクテルかなんかを飲むぐらいのとこまでは、うまくやるべきだったんだ。

## 10

まだかなり早かった。何時だったかははっきりしないけど、そんなにおそくなかったことはまちがいない。何がきらいといって僕は、疲れてもいないのにベッドにはいるくらいきらいなことはないもんだから、まずは旅行カバンを開いてきれいなワイシャツを取り出し、それからバスルームに入って顔を洗って、ワイシャツを着替えたんだ。何をしようと思ったかというとだな、階下へ行って、《ラヴェンダー・ルーム》がどんなようすか見てやろうと思ったんだ。そのホテルには、《紫の間《ラヴェンダー・ルーム》》というナイト・クラブがあったのさ。

ところが、ワイシャツを着替えてる間に僕は、小さい妹のフィービーにもう少しで電話をかけそうになった。電話であいつと話がしたくてたまらなかったんだ。誰かこの、センスのあるやつとさ。しかし、危険をおかしてあいつに電話をかけるなんてまねはできなかった。なにしろ、あいつはまだほんの子供で、電話の近くにいるかいないかをべつにしても、起きてるはずはまずないんだからな。おやじかおふくろが出たらすぐ受話器をかければいいじゃないかとも考えたけど、それもどうもうまくいきそうにないんだ。僕だってことがわかっちまいそうなんだよ。おふくろはいつも僕だってことに気がつくんだから。精神の感応力が強いんだな。それにしても、フィービーとなら、しばらく平気でおしゃべりしたにちがいないと思う。

フィービーは一見の価値があるぜ。あんなにかわいい、あんなに利口な子は、君も生まれてから見たことがあるまいと思う。ほんとに利口なんだから。つまりね、学校へ行くようになってからずっと、全部Aばっかしなんだ。実を言うと、うちの連中の中で、愚鈍なのは僕だけなのさ。兄貴のD・Bは作家やなんかだし、前に話した死んだ弟のアリー、これは天才だった。僕だけが本当の馬鹿なんだな。それにしても、フィービーにはあってみるといい。アリーの髪にちょっと似た赤い髪の毛をしてね、夏にはうんと短く切ってあるんだ。そいつを夏には耳の後ろにはさんでてね。その耳がまた、きれいなかわいい耳なんだな。でも冬にはかなり長くのばしてる。ときにはおふくろがおさげに編んでやることもあるし、編んでやらないこともあるが、それがまた実にいいんだよ。まだ十なんだ。僕に似て痩《や》せてるんだけど、感じのいい痩せ方なんだ。ローラー・スケート向きの痩せ方だ。一度僕は、彼女が公園へ行くので五番街を突っ切って行くとこを窓から見てたことがあるんだが、あれがフィービーなんだな、ローラー・スケート向きの痩せ方っていうのはあの感じなんだ。たぶん君の気に入ると思う。つまりね、フィービーの奴になんかの話をするとするね、するとあいつは、こっちが言おうとしてる通りにわかってくれるんだな。それに、どこへ連れてっても困ることはないしさ。たとえば、つまんない映画に連れて行けば、それがつまんない映画だってことがわかるし、なかなかいい映画に連れて行けば、なかなかいいってことがわかるんだ。いつか、D・Bと僕とで、『パン屋の女房』っていうフランス映画を見に、彼女を連れてったことがあるよ、レイミュの出るね。これには彼女も感心してた。しかし、彼女の気に入りは、ロバート・ドーナットの出る『三十九夜』なんだ。この映画は、はじめからしまいまで、彼女、暗記してるよ。僕が十回ばかしも見に連れてったからね。たとえば、ロバート・ドーナットが警官やなんかからのがれて、スコットランドの農家へやって来るとこになると、フィービーは、映画の最中に大きな声で言うんだよ。「あんた、鰊《にしん》が食えますかな?」ってね――映画の中のスコットランドの警官といっしょにさ。せりふを全部、そらで覚えてんだな、あいつ。それから、映画の中のあの教授、これが実はドイツのスパイなんだけど、まん中の関節のとこが少しなくなってる小指を突っ立てて、ロバート・ドーナットに見せるとこがある。そこへ来るとフィービーの奴、先回りしやがんだよ——教授よりも先に、暗い中で自分の小指を僕に突っ立てて見せるのさ。僕の鼻先にね。あいつなら心配ない。おそらく君は好きになるよ。ただ一つだけ困るのはだね、あいつ、ときどき、ちょっぴり愛情をかけすぎることがあるんだな。とても情にもろいんだ、子供にしては。ほんとなんだ。ほかにどんなことがあるかというとだな、あいつはしょっちゅう本を書いている。ただ、書き上げはしないけどね。それがみんなヘイズル・ウェザフィールドっていう子供の話なんだ——もっとも、フィービーはヘイズルの綴りをHazelと書かずにHazleと書いてるけどね。ヘイズル・ウェザフィールドというのは女の子の探偵なんだな。みなし子ということになってるけど、彼女のおやじさんがしょっちゅう出て来るんだよ。そのおやじさんは、いつも、「年は二十ぐらいの、背の高い、チャーミングな紳士」なんだ。これには僕も参ったね。フィービーの奴！神に誓って言うけど、きっと君の気に入るよ。ほんとにちっちゃな子供のときから頭がよかったね。まだほんとにちっちゃな子供だった頃、僕とアリーとで、よく公園へ連れてったもんだ、特に日曜日にね。アリーはおもちゃの帆船を持ってて、日曜日にはよくそれで遊んだもんだから、僕たちはよく、フィービーもいっしょに連れてったんだ。あの子は白い手袋をして、僕たち二人の間を、まるで貴婦人かなんかのように歩いて行くんだ。そして、アリーと僕が、一般的な問題で話をしてると、フィービーの奴は耳をすまして聞いてるんだ。ときにはあいつのいるのを忘れることだってあるじゃないか。なにしろほんの小さな子供なんだから。ところがあいつはそうさせないんだな。しょっちゅう、話にわりこんで来るんだ。アリーか僕をつつくかどうかしてね、「誰が？　誰がそう言ったの？　ボビー？　それともその女の人?」って言うんだな。そして僕たちが、誰がそう言ったのか教えてやると、あいつは「そう」って言って、また黙って聞いてやがんだよ。アリーもあいつには参ってたね。参ってたって、つまり、好きだったっていう意味だよ。今じゃ十だから、もうそんなちっちゃな子供じゃないけど、でも、まだ、誰だってあの子には参るだろう——とにかく、センスのある人なら誰だって。

とにかくあいつは、いつだって電話をかけてみたくなる相手なんだ。しかし、僕は、どうもおやじかおふくろが電話に出そうな気がしたし、そうなれば、僕がニューヨークにいることや、ペンシーをおっぽり出されたことやなんかをかぎつけられそうで心配だったんでねえ。とにかくワイシャツを着ちまったんだ。それから、すっかり身支度を整えたとこで、エレベーターに乗って、ロビーがどんなようすか見に下りて行ったんだ。

ロビーは、男娼《だんしょう》みたいな男が二、三人と、淫売《いんばい》みたいな女が二、三人いるだけで、ほとんどからっぽだったな。しかし、《ラヴェンダー・ルーム》からはバンドの演奏が聞こえて来る。そこで僕は、そこへ入って行ったわけさ。たいしてこんではいなかったのに、僕が案内されたのは、とにかく、ひどい席だったよ——ずっと奥のほうのね。ヘッド・ウェイターの鼻先で一ドル札でもふりまわしてやりゃよかったんだ。ニューヨークでは、金がほんとにものを言うんだからな——嘘《うそ》じゃないんだよ。

バンドは鼻もちならなかった。バディ・シンガーだけどね。とても派手なんだけど、いい意味の派手じゃなくて、田舎《いなか》くさい派手さなんだな。それにまた、その部屋には僕ぐらいの年格好の人間はほとんどいないんだ。実をいうと、一人もいないんだよ。たいていが、女連れの、得意然とかまえた年よりばかしなんだ。ただ、僕のすぐ隣のテーブルだけが例外で、この僕のすぐ隣のテーブルには、三十かそこらぐらいの女が三人坐ってた。その三人が三人とも相当なブスでね、見てすぐニューヨークの人間じゃないなってわかるような帽子を、みんなかぶってんだよ。ただ、その中の一人、ブロンドのは、これはそんなに悪くなかった。ちょっとかわいい顔をしてたよ、そのブロンドのはね。そこで僕は、彼女にちょっと色目をつかってみたんだな。ところが、そこへ、ウェイターが注文をききに来やがった。僕はスコッチ・アンド・ソーダを注文して、まぜないで持って来てくれとそう言った――すらすらとね。だって、少しでも言いよどんだりしようもんなら、二十一歳以下に見られて、酒類はいっさいだめだとくるだろう。ところが、それでもやはり、うまくはいかなかった。「失礼ですが」と、ウェイターの奴が言いやがんだよ。「お年を証明できるものをお持ちでございましょうか？ 運転免許証か何か？」

僕は、ひどい侮辱でも受けたみたいに、冷然とにらんでやったね。そして「僕が二十一以下に見えるかね？」と、言ってやった。

「申しわけございませんが、てまえどもではその――」

「わかった、わかった」と、僕は言った。勝手にしやがれといった気持だったね。「コカ・コーラを持ってきてくれ」そう言うと、ウェイターは行きかけたけど、僕はそれを呼び戻して「そいつにちょっぴりラムかなんかを落としてくんないかな？」と、そう言った。すごく愛想よくしちゃったりなんかして頼んだのさ。「こんなやぼなとこに、しらふじゃ坐っておれないだろう？ そいつにちょっぴりラムかなんかを落としてくれよ」

「まことに申しわけございませんが……」そいつはそう言うと、逃げて行っちまいやがった。でも僕は、そいつをうらみはしなかった。未成年者に酒を売ってるとこを見つかったらくびになるんだし、僕はたしかに未成年者なんだからな。

僕は、隣のテーブルの三人の鬼婆たちに、また色目を使いだした。といっても、目あてはブロンドなんだけどね。他の二人はぜんぜん食欲を起こさせないんだから。でも、露骨にやったわけじゃない。三人全部に、涼しいまなざしかなんかを投げてやっただけなんだ。ところが、奴らはどうしたかというとだな、僕のそれを見ると、三人が三人とも、低能みたいにくすくす笑いやがんだよ。僕のことを、まだひとに目まぜをする年じゃないとでも思ったんだろう。これには僕も腹が立ったねえ――奴らと結婚しようとかなんとか言ってるわけじゃないのにさ。こんな態度に出られたんだから、当然こっちもつんと無視してやるべきとこだったんだけど、困ったことに僕は、たまらなくダンスがしたかったんだ。僕はときどき、とてもダンスがしたくなるんだけど、このときがそれなんだな。そこでいきなり身を乗り出したぐらいにして、言ったのさ。「どなたか、ダンスしませんか?」ってね。決してぶしつけな言い方やなんかじゃなくて、実際、とてものやわらかにきいたんだ。ところが、チキショウメ、これがまた奴らにはオドロキだったんだな。またもや、くすくす笑いだしやがんのさ。嘘《うそ》でもなんでもない、奴らは三人とも本物の低能だったねえ。「さあ」と、僕は言った。「一人ずつ順ぐりに踊りましょう。いいでしょう? どうですか? さあ!」僕はしんからダンスがしたかったんだよ。

とうとう、ブロンドの女が立ち上がって、いっしょに踊ることになった。だって、僕が話しかけてるのは、本当は、彼女なんだってことが見え見えだったんだものな。で、僕たちはダンス・フロアのほうへ歩いて行ったわけさ。それを見ると、あとの二人の馬鹿娘は、ヒステリーを起こしそうになったね。あんなのを相手にするなんて、僕はよっぽど飢えてたに違いない。

ところが、それだけの値打ちがあったんだな。ブロンドはなかなかの踊り手なんだよ。それまでに僕が踊った中で、一番うまい一人だったな。嘘じゃないけど、とっても馬鹿な女の子の中に、ダンス・フロアに立たせると、本当に感心させられるようなのがいるものなんだ。それが本当に頭のいい女の子の場合だと、踊ってる間の半分ぐらいは、逆にこっちをリードしようとするんだな。さもなきゃてんで下手くそだったりさ。そんなのが相手のときは、テーブルから立たないで、いっしょに飲んで酔っ払うのが一番だよ。

「あんたはほんとにダンスがうまいね」僕はブロンドにそう言ってやった。「プロのダンサーになるべきだな。ほんとだよ。一度プロと踊ったことがあるけど、あんたのほうが二倍もうまい。マーコとミランダっての、聞いたことある？」

「ええ？」と、彼女は言った。僕の言うことなんか聞いちゃいないんだ。あたりを見回してばかしいるんだよ。

「マーコとミランダっての、聞いたことがあるかって言ったんだ」

「知らない。ええ、知らないわ」

「そう、ダンサーなんだ。女のほうがダンサーなんだ。もっとも、あまりうまくはないけどね。なんでもひと通りは踊れるんだけど、でもそんなにうまくはないんだな。女の子のほんとにダンスがうまいっての、どんなんだか知ってる?」

「ええ? なあに?」と、彼女は言った。僕の言うことなんか聞いちゃいないんだよ。気持は周囲のほうへ行っちまってるんだ。

「女の子のね、ほんとにダンスがうまいっていうの、どんなんだか知ってるかって、言ったんだ」

「あ、そう」

「あのね——僕がこう君の背中に手をあてるだろう。そのとき、僕の手の下にはなんにもないっていう——お尻《しり》も、脛《すね》も、足も、なんにもないっていう——そんな感じがしたら、そういうときこその子はほんとにダンスがうまいんだよ」

そう言ってもしかし、彼女はやはり聞いてなかったね。それで僕は、しばらくの間彼女を無視することにしたんだ。そして二人でダンスだけ踊ったのさ。いやあ、その馬鹿女が、ダンスだけはイケるんだなあ。バディ・シンガーとそのいかれた楽団とは『恋も数ある中で』を演奏してたけど、こんな連中がやってもあの歌は聞けるんだな。あれはすばらしい歌だよ。僕は踊りながら、曲芸みたいなまねはぜんぜんやらなかった——だいたい、ダンス・フロアでこれ見よがしの曲芸みたいなまねをふんだんに入れる奴は、僕は大きらいなんだ——でも、相手をくるくると、ずいぶん振り回しはしたんだぜ。それでも彼女はちゃんとついて来るんだな。おかしな話だけど、僕は、彼女のほうでも結構楽しんでるんだと思ったな。そこへいきなり、彼女はこんなトンマなことを言いだしたんだよ。「あたしとあのガール・フレンドたちはね、昨夜、ピーター・ローレを見たのよ」ってね。「ほら、映画俳優の。実物よ。新聞買ってたわ。イカスわね、あの人」

「そりゃついてたね」と、僕は言った。「あんたはほんとに運のいい人なんだ。知ってる、自分で？」

彼女は本物の低能だったねえ。しかし、ダンスはすばらしい。僕は、そのからっぽな頭のてっぺんの――ほら――髪の分け目やなんかのあるあすこんとこ、あすこに接吻したい気持をおさえられなくなった。それで接吻したところが、彼女、怒りやがってね。

「ちょっと！　なにすんのよ！」

「別に。なんにもしやしない。あんたはほんとにダンスがうまいよ」僕はそう言った。「僕には一人ちっちゃい妹がいるんだけどね、まだ小学校の四年生なんだ。あんたはその妹に負けないくらいうまいな。死んだ人まで入れても、あの妹よりダンスのうまい人って、他にいないんだけどねえ」

「へんなこと言わないでよ、悪いけど」

チェッ、とんだ貴婦人だったよ。いや女王様だな。

「あんたたち、どっから来たの？」と、僕は言った。

しかし、彼女は返事をしなかった。おそらく、ピーター・ローレが現われはしないかと、見回すほうに忙しかったんだろう。

「あんたたち、どこから来たの？」と、僕はまたきいた。

「ええ?」と、彼女は言うんだな。

「あんたたちはどこから来たの? 答えたくなければ、答えなくたっていいんだぜ。無理してもらっちゃ困るから」

「ワシントン州のシアトルよ」と、彼女は言った。それだけ教えてもらうのでも、こっちは大いに恩に着なければならないような口ぶりなんだ。

「あんたはまったく会話の名手だな」僕はそう言ってやった。「それ、自分で知ってる?」

「ええ?」

僕はもうやめにした。言ったところで、この女の頭じゃ無理なことなんだから。「速い曲を演奏したら、少しジルバを踊らない? やぼなジルバじゃなくさ、とんだりはねたりするんじゃなくて——きれいな無理のないやつを。速い曲になれば、みんな坐っちまって、年とった奴や太った奴だけになるよ。だからスペースはたっぷりあるさ。いい?」

「あたしはどうだっていいわよ」と、彼女は言った。「ねえ——あんた、いったい、いくつなの?」

そういわれると僕は、なんとなく腹が立ったんだな。「何を言うんだ! つやけしなことはよせよ」と、僕は言った。「実は十二歳さ。年のわりに身体《からだ》が大きいんだ」

「ちょいと。さっきも言ったでしょ。そんな言い方、きらいよ」と、彼女は言った。「あんたがそんな言い方をするつもりなら、あたしはダンスなんかやめて、お友達のとこへいったっていいのよ」

僕は気違いのようになってあやまったね。というのは、そのときバンドが速い曲をやりだしたからなんだ。彼女は僕といっしょにジルバを踊りだした――といっても、やぼなのではなく、きれいな、無理のないやつを。ほんとにうまかったな。こっちはただ、彼女にちょっとさわってやりさえすればいいんだ。そして、彼女がくるっと回るときに、そのきれいなかわいいお尻《しり》がいい具合にゆれるんだな。感激しちゃったね、僕は。ほんとだよ。ダンスをやめて席に戻ったときには、半分くらい彼女に惚れてたくらいだ。女の子のここが問題なんだよ。女の子が何かきれいなことをやるたんびに、それが見られた子じゃなくても、おつむが多少いかれていても、こっちは半分がた惚《ほ》れこんじまう。そうするともう、それから先は何がなんだか、わけがわかんなくなっちまう。女の子か！　たいしたもんだ。こっちをカッカさしちゃうんだからな。ほんとだよ。

彼女たちは自分たちのテーブルに来ないかと僕をよびはしなかった――それはものを知らないのがおもな原因なんだ――が、かまわず、僕は、そこへ腰を下ろした。僕が踊ったブロンドは、バーニスなんとか――グラブスとかクレブスとか――いう名前だった。顔のまずいほうの二人はマーティにラヴァーン。僕は、思いつくままに、ジム・スティールだと言った。それから僕は、三人をいくらか知的な話に引っぱり込もうとしてみたが、それは、まず、不可能というものであったね。奴らの腕をねじ上げでもしたらできたかな。三人の中でどれが一番馬鹿か、優劣もつけがたかったね。そしてその三人が三人とも、しょっちゅう部屋の中を見回してばかしいるんだ。いまにも映画スターの一団があらわれはしないかと期待してるみたいにね。映画スターは、ニューヨークへ来ると、いつも《ラヴェンダー・ルーム》にいるものと思ってんだろう。《ストーク・クラブ》や《エル・モロッコ》やなんかじゃなくてさ。とにかく、彼女たちがシアトルのどこで働いたりなんかしてるのかを聞き出すのに半時間ばかしもかかっちゃった。彼女たちは、三人とも、同じ保険会社に勤めてたんだ。僕は仕事がおもしろいかってきいてみたけど、そんな馬鹿ぞろいだからな、知的な返事がきけるはずなんかないやね。顔のまずい二人、マーティとラヴァーンは姉妹《きょうだい》だろうと僕は思ったんだけど、そうきいたところが二人ともひどく憤慨しちゃってね。お互いに、こんなのに似てたまるかと思ってんだな。それも無理ないことだけどさ、それにしてもなかなかおもしろかったぜ。

僕は彼女たちみんなと――三人全部と――踊ってやった、一人一回ずつね。顔のまずいほうでも、ラヴァーンのほうは、そう下手《へた》でもなかったけど、もう一人のマーティってのは、まさに殺人的だったな。まるで《自由の女神》を抱いて引きずり回してるみたいなんだ。彼女を引きずり回しながらいくらかでも楽しい気持を味わおうと思えば、自分で楽しむ工夫をするしかなかったね。それで僕は、いま向こうに、映画スターのゲーリー・クーパーの姿を見かけたと言ってやったんだ。

「どこに？」と彼女は言うんだな――すっかり興奮しちゃってさ。「どこによ？」

「ああ、ちょっとのとこで見られなかったな。いま出て行ったんだ。僕が言ったとき、なぜすぐ見なかったんだい？」

彼女はてんでダンスをやめたみたいにしちゃってさ、ゲーリー・クーパーが見つからないかと、みんなの頭ごしに捜しはじめたんだな。「ああ、くやしいッ！」彼女はそう言った。まるで失恋でもしたみたいなのさ――ほんとだよ。僕はからかうんじゃなかったと思ってすごく後悔した。中にはからかっちゃいけない人間もいるんだよ、それがたとえ、からかわれたって仕方のない人間であってもだ。

ところが、それから、すごく滑稽《こっけい》なことがあったんだな。テーブルに戻ると、マーティの奴が、他の二人に、いまゲーリー・クーパーが出て行ったと、そう言ったんだよ。いやあ、それを聞いたときのラヴァーンとバーニスといったら、自殺でもしかねないようすだったね。すっかり興奮しちゃってさ、見たのかどうしたのかって、マーティにきくんだ。マーティは、ちらとだけ見たと言ったね。これには僕も参ったな。

バーはそろそろカンバンに近づいたので僕は、その前に、みんなに二杯ずつ酒を取りよせ、自分の分としてコカ・コーラをもう二つ注文した。テーブルはグラスでごちゃごちゃになっちまった。顔のまずいほうの一人のラヴァーンは、僕がコーラばかし飲んでると言って、しょっちゅう僕をからかったけど、全くごりっぱなユーモアのセンスだよ。彼女とマーティの奴はトム・コリンズを飲んでたんだ――十二月のさなかだというのにさ。それだけの頭しかないんだよ。ブロンドのバーニスの奴は、バーボンに水をわって飲んでいた。それもまさにグイ飲みという奴だったな。そして三人が三人とも、しょっちゅう映画スターばかし捜してやがんだよ。ろくに話もしないでさ――お互い同士もだぜ。マーティの奴が中では一番しゃべってた。でも、トイレのことを《おトイレ》なんて言ったりして、やぼで退屈な話ばっかしなんだ。そして、バディ・シンガーの気の毒みたいなやつれた年よりのクラリネット吹きが立ち上がって、へなちょこのアドリブを二回ばかし吹いたときに、そいつをほんとにすてきだと思ってやがんだな。おまけにそのクラリネットのことを、通ぶりやがってまあ、あの《リコリス・スティック》なんて言いやがんのさ。もう一人の顔のまずいほうのラヴァーン、これは、自分をウィットに富む人間だと思ってんだな。僕に向かって、おやじに電話をかけて、今夜おやじが何をしてるかきいてみろといってきかないんだ。誰かとデートしてんじゃないか、たしかめてみろってさ。四回は言ったな——全くウィットに富む女だったよ。ブロンドのバーニスはほとんどなんにも言わなかった。こっちが何かきくたびに「ええ?」って言いやがんだ。しまいには頭に来ちゃったよ。

彼女たちは、酒を飲み終わると、僕がまだ坐ってるのに、急に三人がいっせいに立ち上がって、もう寝なければならないからと言いだした。朝早く起きて、ラジオ・シティのミュージック・ホールの早朝興行を見に行くと言うんだ。僕はもう少しひきとめておこうとしたけど、承知しないんだな。そこで《さよなら》てなことになったわけだ。僕は、いつかシアトルへ行ったら訪ねて行くと言ってやったよ。もしも行ったらだけど、行くかどうかはあやしいもんだ。行ったら、訪ねて行くことに嘘《うそ》はないんだけどさ。

煙草やなんかまで含めて、勘定は十三ドルぐらいになったな。僕は、彼女たちが、僕の加わる前に自分たちで飲んだ酒の代金は自分たちで払うと、せめて言うだけは言ってしかるべきだと思うんだ——そう言ったからって、僕は、もちろん、彼女たちに払わせはしなかったろうけど、しかし言うだけは言うのが本当だろう。でも僕は、たいして気にかけなかったけどね。なにしろ、あんなに無知なんだし、あんな悲しくなるみたいな珍無類の帽子なんかをかぶる連中なんだから。それにあの、ラジオ・シティのミュージック・ホールの早朝興行を見るために早起きしなければならないという話、あれが僕を憂鬱《ゆううつ》にしたんだ。誰でもいいけど、たとえば、珍妙な帽子をかぶった女の子がだよ、はるばるとニューヨークまで――ワシントン州のシアトルくんだりからだな――やって来てだよ、結局何をするかというと、ラジオ・シティのミュージック・ホールの早朝興行を見るための早起きだ。僕は、すっかり気が滅入《めい》って、たまんなくなるよ。あんなことさえ聞かしてくれなかったら、あの三人みんなに、百杯でも酒をおごってやったかもしれないよ。

彼女たちが出て行って間もなく、僕も《ラヴェンダー・ルーム》を出ることにした。でなくても、もう閉まるとこだったし、バンドの連中はとっくの昔にいなくなってしまってた。第一、踊りのうまい相手でもいるか、コカ・コーラなんかじゃなしに、ほんとの酒でものましてくれるかするんでなかったら、とてもいられた場所じゃないんだよ。世界じゅうのどんなナイト・クラブだって、長時間坐ってることなんかできるもんじゃない、せめて酒でも買って酔っ払いでもしなければ。あるいは、ほんとにグッとくるような女の子を連れてでもいなければ。

## 11

ロビーへ出て行く途中、ふいにまたジェーン・ギャラハーのことが頭に浮かびやがってね、一度思い浮かべたら、もう払いのけることができなくなった。僕は、ロビーの、へどが出そうな椅子《いす》に腰を下ろして、あのエド・バンキーの野郎の車の中に、ストラドレーターと坐ってる彼女のことを考えたんだ。ストラドレーターと彼女が最後のとこまで行ったはずはない。それはかなり自信があった——僕はジェーンの奴をよく知ってるんだから——そうは思うものの、やっぱし、彼女のことが頭から離れないんだな。僕は彼女をよく知ってるんだ。それはほんとなんだ。つまりだな、彼女はチェッカーのほかにあらゆるスポーツがとても好きで、彼女と知り合うようになってからは、夏の間じゅう、午前はテニス、午後はゴルフと、ほとんど毎日のように遊んでたんだ。それで僕は、本当にとても親しく彼女を知るようになったんだよ。といっても、肉体的にとかなんとか、そんな意味で知ったというんじゃない。そうじゃなくて、彼女とはしょっちゅう顔を合わしてたんだよ。なにもセクシーな関係を結ばなくたって、女の子を知ることはできるからね。

どんなふうにして彼女とあったかというと、彼女のうちで飼ってたドーベルマン、これが始終うちの芝生《しばふ》に来て排泄をやるんだな。それでうちのおふくろがひどく腹を立てたんだ。そしてジェーンの母親に電話して、さんざん文句を言ったんだ。うちのおふくろってのは、そういうことだと、どうどうと文句が言えるんだな。それからどうなったかというと、二日ばかし後に、クラブで僕は、ジェーンがプールのそばに腹ばいになってるのを見かけたんで、こんちはと言ったんだ。彼女が隣の家に住んでることは知ってたけど、まだ話をしたことも何もなかったんだ。ところがその日、僕がこんちはと言うと、彼女はつんとそっぽを向きやがんのさ。彼女の犬がどこで排泄をしようと、僕自身はこれっぽっちも気にかけやしないということを彼女に納得させるのに、えらい時間がかかったよ。たとえ居間の中でやったって、僕はかまわないってね。とにかく、そのことがあった後で、彼女と僕は友だちやなんかになったんだ。その同じ日の午後には、彼女とゴルフをやったけどね、彼女がボールを八つなくしたのを今でも覚えてる。八つだぜ。彼女に、ボールを打つときに、せめて目だけはあけてるようにさせるのに、えらく時間がかかったな。でも、僕のおかげで彼女はとてもうまくなった。僕はゴルフの腕は優秀なんだ。何ショットで一周するか言ったら、おそらく信じてもらえないだろう。一度もう少しで短編映画に出そうになったことがあったけど、いよいよというときになって気が変わってね。僕ぐらい映画のきらいな人間でありながら、平気で短編映画に出るなんてインチキだと、そう思ったんだ。

彼女はおかしな子だったよ、ジェーンって奴は。厳密な意味では美人といえないと思うけどね、でもイカしたな。彼女の口は、いわば多角的な口っていうかな、つまり話をしてるときに、なんかで興奮すると、口が、唇から何から、五十くらいもの方向に動くんだよ。これには僕も参ったね。そしてそれをぴったり閉じてることはないんだな。それをって、口をだぜ。いつも、ちょっとばかし開いてんだ。特にゴルフでスタンスをとったときとか、本を読んでるときとかはなおさらね。本ていえば、彼女はいつも何かを読んでたな。しかも、とても良い本を読んでるんだ。詩とかなんかをどっさりね。僕が、アリーの野球のミットを、そこに書いてある詩から何からそっくり見せてやったのは、うちの者たちを除けば、彼女だけだった。彼女はアリーに会ったりなんかしたことはないんだけどね。彼女がメイン州で夏を過ごしたのはその年がはじめてだったんだから。それまではケープ・コッド（マサチューセッツ州にある半島）に行ってたんだ。でも、アリーのことは彼女にいっぱい聞かしてやった。彼女はそういうことに興味を持つ女なんだ。

おふくろは彼女にあまり好意を持たなかった。つまり、ジェーンもジェーンの母親も、おふくろに挨拶《あいさつ》しないもんだからね、自分を鼻であしらってるとかなんとか、そんな風に見てたんだ。おふくろは、また、村でジェーン親子とよく顔を合わしたんだよ。ジェーンが、彼女のうちのラサールのコンヴァーチブルを運転しながら、母親と連れ立ってよく買物に行ってたからね。おふくろはジェーンのことをきれいだとさえ思ってなかったな。でも、僕はきれいだと思ったね。彼女のようすが好きだという、それだけのことだったけどさ。

僕は今でもあの日の午後のことを覚えてる。そのときだけ僕は、ジェーンと抱擁の一歩手前というとこまで行ったんだ。それは土曜日で、外はジャカスカ雨が降っていて、僕は彼女の家のヴェランダに行っていた――彼女の家には日よけで囲った大きなヴェランダがあったんだ。そのとき僕たちはチェッカーをしててね、彼女がキングを向こうはじの列から動かそうとしないもんだから、僕はときどきからかったけど、でも、そうたいしてからかったわけじゃない。ジェーンが相手だと、そうひどくからかう気がしないんだな。僕は、女の子を、機会さえあったらとことんからかうのが好きなはずなんだけど、それがおかしいんだな。僕の一番好きな女の子はみんな、あんまりからかいたい気持を起こさせない奴らばかしなんだ。女の子のほうだって、からかわれるのが好きだろうと、ときどき僕は思うんだ――いや、思うどころか、そうなことを実はちゃんと知ってんだよ――ところが、かなり長いことつき合っていながら、一度もからかったことのない相手だと、いまさら簡単にからかえないんだな。それはともかく、ジェーンと僕が抱擁一歩手前というところまで行ったあの日の午後のことに話を戻そう。すごく雨が降ってたけど、僕たちが彼女の家のヴェランダにいると、そこへ突然、彼女の母親がいっしょになったあの飲んだくれが出て来て、家のどこかに煙草はないかってジェーンにきいたんだ。この男のことは、僕はあまりよくも何も知らないんだけどね、見たとこ、何かほしいものでもあるときでなきゃ、人に話しかけたりしないタイプの男みたいだった。いやな野郎さ。とにかくジェーンは、煙草のありかを知らないかってきかれても、返事をしなかった。そこでそいつはまたきいたんだな。ところがジェーンはそれでも返事をしない。チェッカーから顔を上げさえしないんだ。しまいにそいつは家の中へ引っ返して行ったけどね。そいつが中に入ったとこで、僕は、いったいどうしたんだと、ジェーンにきいたんだ。ところが、ジェーンは僕にさえ返事しないんだな。チェッカーの、次に打つべき手やなんかを、一心に考えてるようなふりをしてんだよ。そのうちに、いきなり涙がひとつ、チェッカーの盤の上に、ポツンと落ちたんだ。赤い桝目《ますめ》の上にね――チキショウ、今でも目に見えるようだな。彼女はそれを指で盤にすりこんじまった。どうしてだか知らないけど、それで僕はすっかりあわてちゃったんだ。そしてどうしたかというと、立って行って吊《つ》り椅子《いす》に坐ってるジェーンを少し横にどかして、その隣に並んで腰かけたんだ――ほんとを言うと、彼女の膝の上に坐ったみたいなもんだったな。すると彼女は、本当に泣き出したんだ。そして僕は、気がついてみると、彼女にいっぱい――ところかまわず――目や、鼻や、額や、眉毛《まゆげ》や――顔一面、耳にまでも、接吻してたんだ。ただ、口やなんかにだけはしなかった。彼女には、なんかこう、僕を口に近づけないとこがあったんだよ。とにかく、僕たちが抱擁に一番近いとこまで行ったのは、こんなだったのさ。しばらくすると、彼女は立ち上がって家の中へ入って行くと、赤と白のセーターを着て来た。それがまたイカシたけど、それから二人で映画に行ったんだ。途中で僕は、カダヒさんが――カダヒってのがあの飲んだくれの名前なんだけど――なんか彼女にへんなまねでもしたのかって、きいたんだ。彼女はまだ若いけど、すごくいい身体《からだ》をしてたから、あのカダヒの野郎だったらあやしいもんだと思ったのさ。でも彼女は違うと言った。僕には何がどうしたのかわからずじまいだったな。女の子の中には、どうしたのかこっちでたしかめようのないのがいるもんだよ。

僕たちが一度もいちゃついたり、きわどいことをしたりしなかったからといって、彼女のことを氷の女とかなんとか、そんなふうには考えてもらいたくないね。事実、違うんだから。たとえば僕は、彼女とはいつだって手をつないでたんだ。手をつなぐぐらい、なんでもないように聞こえるだろうさ。ところが彼女は、手をつなぐのにすばらしい相手なんだ。たいていの女の子は、手を握り合うと、その手が死んでしまう。さもなきゃ、まるでこっちを退屈さしちゃいけないとでも思ってるみたいに、しょっちゅうその手を動かしてなきゃいけないように考える。ジェーンは違うんだ。映画館やなんかに入ると、さっそく僕たちは手を握り合う。そして映画が終わるまで放さないんだけど、それでいて、姿勢を変えたりとかなんとか、大騒ぎするわけじゃないんだ。相手がジェーンだと、こっちの手が汗んだ。ほんとなんだ。あるのはただ幸福感だけなんだ。ほんとなんだ。

もうひとつ、思いついたことがある。映画館の中で一度、ジェーンが僕をうならせるようなことをやったんだ。ニュース映画かなんかが写ってたんだが、不意に僕は、首の後ろのとこに誰かの手がかかったのを感じたんだ。それがジェーンの手だったんだな。そんなことをするなんておかしいよね。つまり、彼女はまだとても若いのにさ、女がひとの首の後ろに手をかけたりするのは、たいてい、二十五か三十ぐらいの女だろう。しかも普通は自分の亭主か小さい子供にやるもんじゃないか――僕だって、ちいちゃい妹のフィービーには、ときどきやるよ。しかし、まだ若かったりする女の子がさ、そんなふうにすると、とってもきれいで、こっちはもう参っちまいそうになるぜ。

とにかく、ロビーのあのへどの出そうな椅子《いす》に坐って、僕は、そんなことを考えてたわけだ。ジェーンの奴のことをね。そして、彼女があのエド・バンキーの野郎の車の中に、ストラドレーターといっしょにいるとこへ考えが行くたんびに、気が狂いそうになったんだ。彼女はストラドレーターに一塁を踏ませるようなことはしないとわかってたんだけど、それでもやっぱし気が狂いそうになったな。本当をいうと、このことは、話すのもいやな気持なんだ。

もはやロビーはほとんど人影もなくなった。あの淫売《いんばい》みたいな金髪の女さえ、みんな姿を消しちまっていた。そして僕は、急にそこから飛び出したくなったんだ。あんまりみじめな雰囲気だったからね。それに僕はくたびれたりなんかしてなかったしさ。そこで、部屋へ行ってオーバーを着たんだよ。あの変質者どもがまだやってるか見てやれと思って窓から外を覗《のぞ》いてみたけど、今はもう、明かりやなんかが消えてたね。僕はまたエレベーターで下へおりると、タクシーを拾って、アーニーの店まで やってくれと運転手に言った。アーニーの店というのはグレニッチ・ヴィレジにあるナイト・クラブで、兄貴のD・Bが、ハリウッドへ行って身売りする前に、よく行ってたとこだが、兄貴は、ときどき、僕をも連れてってくれたんだ。アーニーってのは、ピアノを弾く、大きな太った黒人だけど、すごく気どってやがって、一流人か名士かなんかでなきゃ口もきかないんだけど、ピアノはほんものなんだ。実際、やぼだと言いたいくらいうまいんだな。この意味は、自分でも正確につかめないけど、でもそんな感じなんだ。彼の演奏を聞くのは、僕はたしかに好きなんだけど、でもときどき、あいつのピアノをひっくり返してやりたくなることがあるんだよ。それはたぶん、あいつの演奏を聞いてると、一流人でなければ話しかけようとしない男っていう、そんな感じがにおうからじゃないかと思う。

## 12

僕の拾った車は、中で誰かがへどを吐いたみたいな臭いのする、ひどく古ぼけた奴だった。夜おそくどっかへ行こうとすると、僕は、きまったように、こんなへどの臭いのする車にぶつかるんだ。おまけに、土曜の夜だというのにさ、町は静まり返っていやにもの寂しいんだな。通りにはほとんど人影も見えなかったな。ときどき、男と女がお互いの腰に腕をまわしたぐらいにして道を横断してゆくかと思うと、よた者ふうの男たちとその連れの女どもの群れが、おかしくもなんともないものを、ハイエナみたいな声をあげて笑ったりしてたな。ニューヨークというとこは、夜おそくなってから街なかで笑ったりすると、すごいんだ。なんマイル四方にも響き渡るからな。それがいやにもの寂しくて、気が滅入《めい》っちまうんだよ。僕は、うちに帰って、フィービーとしばらくでもおしゃべりしたいと思いつづけていたけど、そのうちに、なんということもなく運転手と会話をはじめちまったんだ。彼は名前をホーウィッツといって、前の運転手よりもずっといい男だった。とにかく僕は、この男なら例の家鴨《あひる》のことを知ってるかもしれないと思ったんだな。

「ねえ、ホーウィッツ君」と、僕は言った。「君は、セントラル・パークのあの潟《かた》のそばを通ったことがあるだろう? セントラル・パーク・サウスの近くのさ」

「なんのそばだって?」

「潟だよ。あそこのあの、小さな湖みたいなやつ。家鴨がいる。知ってるだろう?」

「ああ、それがどうした?」

「うん、あそこに家鴨が泳いでるよね? 春やなんかにさ。ひょっとしたら、君、あれが冬にはどこへ行くか知らないかな?」

「どこへ行くって誰がだよ?」

「家鴨がさ。知らないかな、君? つまりだね、誰かがトラックかなんかでやって来て、どっかへ連れて行くのかね、それともひとりでどっかへ飛んで行くんだろうか——南のほうかどっかへさ」

ホーウィッツの奴は、くるっと後ろを振り向いて僕の顔を見たね。彼はひどく短気なタイプの男だったんだ。でも、悪い男じゃなかったよ。「おれが知るわけねえじゃねえか？」と、彼は言った。「そんなアホなことを知ってるわけねえだろう？」

「まあまあ、そう腹を立てなさんな」と、僕は言ったよ。奴《やっこ》さん、腹を立てたみたいだったからさ。

「誰が腹を立ててるんだ？　誰も腹なんか立てちゃいねえよ」

僕はこんなことでそんなにむきになっちまうんならと思ってね、彼と話をするのはやめにした。ところが、今度は、彼のほうから同じ話題をむしかえしてくるんだな。「魚はどこへも行きやしねえぞ。あいつらは、てめえたちがいるとこから動くもんじゃねえ、魚って奴はな。湖の中から動きやしねえよ」

「魚か――そいつは別さ。魚は別だ。僕は家鴨《あひる》のことを言ってんだよ」

「どこが違う？　なんにも違いやしねえじゃねえか」ホーウィッツはそう言った。彼の場合、何を言っても何かに腹を立ててるみたいに聞こえるんだな。「魚のほうが、家鴨よりもよっぽどつれえんだぞ、冬やなんかにはよ。頭を使いな、頭を」

僕はしばらく黙ってたけど、そのうちにこう言ったんだ。「わかったよ。ところで、あの小さな湖がさ、べた一面に氷の塊《かたまり》になって、みんながその上でスケートやなんかをするときには、奴らはどうするのかな、その魚たちはさ？」

ホーウィッツはまた後ろを振り向いた。「どうするって、どういうこったい？」彼はそうどなるみたいに言うんだな。「てめえたちがいるとこに、そのままいるだけじゃねえか」

「でも、奴らだって氷を無視するわけにはいかないだろう。氷を無視するわけにはいかんよ」

「誰が無視するってんだ？　誰も無視なんかするもんか！」ホーウィッツはそう言うんだな。すっかり興奮したりなんかしてるもんだから、車を街燈やなんかにぶっつけやしないかと僕は心配になったね。「奴らは氷の中にいながら生きてんのさ。奴らはそんなふうにできてんじゃねえか。冬の間じゅう、おんなじ格好で、氷の中にじっとしてんだがな」

「そうかな。じゃあ、何を食うんだい？　つまり、氷の中に堅くとじこめられちまったら、泳ぎ回って餌《えさ》やなんかを捜すことができないだろう」

「身体《からだ》ってものがあるじゃねえかよ——どうしたんだ、おめえ？　奴らの身体が栄養やなんかを取るんだよ、氷の中にある海藻だとかなんかからさ。奴らはずっと毛穴をあけっぱなしなんだ。奴らはそうできてんだよ。わかったか？」そう言って彼は、ぐるっと振り返って僕の顔を見た。

「そうか」そう言って僕は、話をうち切った。車をぶつけるかどうかしやしないかと、心配でならなかったんだ。それに、そんなに短気な男なもんだから、話をしてもちっともおもしろくなかったし。「どっかで車をとめて、いっしょに一杯やらないかな？」僕はそう言った。

ところが、彼は返事をしなかった。きっとまだ考えてたんだろう。しかし、僕はもう一度誘ってみた。彼はなかなか良い男なんだ。とてもおもしろいとこやなんかがあってさ。

「おれは酒を飲んでるひまなんかねえよ、旦那」と、彼は言った。「それによりあんたはいったい、いくつなんだ？　どうして家で寝てねえのかね？」

「疲れてないからさ」

アーニーの店の前で車を降りて、料金を払ったとき、ホーウィッツの奴は、また魚のことを言いだした。気になってしかたがなかったんだな。「いいかね」と、彼は言うんだよ。「もしもあんたが魚だったらだな、《母なる自然》があんたの面倒《めんどう》をみてくれるはずのもんじゃねえか？　そうだろ？　あんただって、冬になったら魚は死んじまうなんて、そうは思わねえだろ？」

「それはそうだが、しかし」

「いや、そうならそれでいいんだ」ホーウィッツは、そう言うと、地獄の蝙蝠《こうもり》みたいに車をぶっとばして行っちまった。あんなに短気な男って、僕はまだ会ったことがない。こっちで言うことにいちいち腹を立てるんだから。

時間はとてもおそかったのに、アーニーの店はすごくこんでいた。たいていは、高校か大学の奴らだったね。世界じゅうのたいていの学校が、僕の行く学校よりは、クリスマス休暇を早くはじめやがったんだよ。オーバーをあずけることもできないほどこんでたけど、でもずいぶん静かだった。それはちょうどアーニーがピアノを弾いてたからなんだ。彼がピアノに向かったら、これはもう、何か神聖なものということになってたんだな。これほどうまい人間はほかにいないんだから。僕のほかにも、テーブルがあくのを待ってる二人連れが三組ばかしいたけど、こいつらはみんな、アーニーの演奏してるとこを見ようとして、押しこくったり爪立《つまだ》ちしたりしてるんだ。アーニーの奴、ピアノの前にでっかい鏡を備えつけててね、自分にでっかいスポットライトをあてさして、演奏してる自分の顔が誰にでも見えるようにしてやがったな。でも、演奏してる指は見えないんだ――でっかい年とった顔だけなんだ。たいしたもんさ。僕が入って行ったとき弾いてたのが、なんていう名前の歌か、よくは知らないけど、しかし、なんという歌にしろ、彼がそれをすっかりいやったらしいものにしてたことには間違いない。高音を弾くときに、自慢たらしく漣《さざなみ》みたいな馬鹿な音を入れたり、その他にも、聞いてていらいらして来るような曲芸めいた弾き方をいろいろとやってみせるんだ。でも、弾き終わったときの聴衆のさわぎは聞かせたかったよ。君ならきっとへどを吐いたろう。まるで気違いなんだ。映画を見ながらおかしくもないとこでハイエナみたいに笑う低能がいるけど、あれと全く同じだったね。神に誓って言うけど、かりに僕がピアノ弾きか俳優かなんかであったとして、あんな間抜けどもからすばらしいなんて思われるんだったら、むしろいやでたまんないだろうと思うね。拍手されるのだっていやだろうよ。拍手ってものは、いつだって、的外れなものに送られるんだ。僕がピアノ弾きなら、いっそ押入れの中で弾くな。ま、それはとにかく、アーニーの演奏が終わって、みんなが頭がすっとぶほどの勢いで喝采《かっさい》すると、アーニーの奴、回転椅子《いす》に坐ったまんま、くるりとこっちを向いて、いかにもつつましやかにインチキきわまるおじぎをしやがった。まるで彼が、すばらしいピアノ弾きであるばかりでなく、非常につつましい人間でもあるみたいにね。あんなのすごいインチキなんだ――あいつは、本当は、たいへんなキドリ屋なんだから。でも、おかしな話だけど、僕は、演奏が終わったとき、アーニーが少し気の毒になったんだな。あいつは、自分の演奏がそれでいいのかどうかも、もうわかんなくなってんじゃないかと思うんだ。それは彼だけの罪じゃないんだな。一部分は、頭がすっとぶほどに喝采するああいう間抜けどもの責任でもあるんだ——あいつらは、機会さえ与えられれば、誰をだってだめにしちまうんだから。とにかく、おかげで僕はまた気が滅入《めい》って、いやな気分になっちまった。そして、もう少しでオーバーを受け取ってホテルへ帰っちまうとこだった。でも、時間はまだ早すぎるし、それに一人になるのはどうも気が進まなかったんでね。

　そのうちに僕は、やっとテーブルに案内されたけど、それがまた壁ぎわで、柱の後ろで、なんにも見えないというひどい場所なのさ。しかも、狭い窮屈な席で、隣のテーブルの人たちが立ち上がって通してくれなきゃ——奴らはまた絶対にそんなことしてくれやしないけどさ——こっちはテーブルの上に這い上がりでもしないと自分の椅子まで行けやしないんだ。僕はスコッチ・アンド・ソーダを注文した。フローズン・ダイキリの次には、こいつが僕の愛好の飲み物なんだ。アーニーの店では、たとえ六歳ぐらいの子供だって酒が飲めるんだよ。店が暗かったりなんかする上に、誰もひとの年なんか気にする者はいないんだな。かりに麻薬常用者だって誰もなんとも思いやしないだろうよ。

　僕のまわりはイカレた奴らばかしだったな。嘘《うそ》じゃないよ。僕のすぐ左隣——というより僕の頭の上といいたいぐらいだったけど——ここの小さなテーブルには、おかしな顔の男の子とおかしな顔の女の子がいて、年はどちらも僕ぐらいか、あるいは僕よりほんの少し上だったかもしれない。おかしかったよ。奴ら、最少限の酒を、あんまり早く飲んじまわないように細心の注意を払ってるのがよくわかるんだ。二人の話を僕はしばらく聞いてたんだが——だって、他にすることがないんだもの——男のほうが女の子に、その日の午後に見たプロ・フットボールの試合の話をしてるんだ。それもいいけど、その試合のひとつひとつのプレイをいちいち話してきかしてるんだからな——嘘《うそ》じゃないんだよ。あんな退屈な話をする野郎って、僕は初めてだったね。相手の女の子がそんな試合なんかになんの興味もないことは見え見えなんだけど、この女の子がまた男に輪をかけておかしな顔をしてたから、彼女、聞かないわけにいかなかったんじゃないかな。ほんとに顔のまずい女の子というのはつらいものなんだ。ときどき僕はそういう女の子が気の毒でたまんなくなる。顔を見られないことさえあるな。ことに、フットボールの試合のことをいちいちみんな話してきかせるような馬鹿といっしょにいたりすると、なおさらさ。ところが、僕の右手から聞こえる会話、こいつはもっとひどかったねえ。右手には、グレーのフラノのスーツに、小意気なタタサルのヴェストを着た、見るからにエールの学生みたいな感じの男がいたんだけど、こういうアイヴィ・リーグ（ハーバード、エール、プリンストンその他、アメリカ東北部の一流大学）の連中っては、みんな同じような格好をしてるからな。うちのおやじは、僕を、エールか、さもなければプリンストンに行かせたがってるんだが、僕は死んだって、そんなアイヴィ・リーグの学校へなんか行くもんか。それはともかく、そのエールっぽい感じの男の子は、すごい美人を連れて来てたんだ。いやあ、美人だったねえ。ところが二人の会話たるや、これが聞きものなんだな。第一、二人はどっちも少々酔っ払ってたね。そして男のほうはどうしてたかというと、テーブルの下で、おいじりをやってやがんだよ。そして同時に、自分の寮にいた男が、アスピリンを一瓶《びん》全部飲んで自殺しそうになった話をして聞かしてんだな。女の子は「まあ、こわい……よしてよ、あなた。お願い、よして。ここじゃだめよ」なんて、そんなことばかし言ってるんだ。考えてみろよ、女の子においじりをやりながら、同時に自殺しかかった男の話をしてるんだぜ！　これには僕も参ったね。

しかし僕は、次第にいらいらして落ちつかなくなってきた。全くの一人ぼっちでそんなとこに坐ってたんだからね。煙草を吸って酒を飲むよりほかにすることもないんだ。そこでどうしたかというと、ウェイターをつかまえて、アーニーの奴に僕んとこへ来ていっしょに一杯やる気はないかきいてくれと頼んだんだ。こっちはD・Bの弟だとアーニーに伝えてくれと言ってね。しかし、あのウェイターは、僕の伝言をアーニーに伝えもしなかったろうと思うんだ。ああいう連中は、ひとの伝言は絶対に伝えないからな。

そこへ突然、一人の女が僕のとこへやって来て「まあ、ホールデン・コールフィールドじゃない！」と、言ったんだな。リリアン・シモンズという女だった。以前、兄貴のD・Bがしばらくつき合ってた女なのさ。とてもでっかいオッパイをしてるんだ。

「やあ」そう言って僕は、もちろん立ち上がろうとしたんだが、そんなとこだから、立ち上がるのが一仕事なんだ。彼女は棒でも飲んだみたいにしゃっちょこばった海軍の将校を連れてたね。

「なんてすてきなんでしょ、あんたに会えるなんて！」彼女はそう言った。絶対にインチキなのさ。

「お兄さんどうしてて？」ほんとはそいつがききたかったにきまってるんだ。

「元気ですよ。ハリウッドにいます」

「ハリウッドですって？　すてきだわ！　何してらっしゃるの？」

「さあね。なんか書いてますすよ」と、僕は言った。僕はその話はしたくなかったんだ。兄貴がハリウッドにいるというだけで、彼女がそれをたいしたことのように思ってるのが見え見えなんだよ。ほとんどの人がそうなのさ。たいてい兄貴の小説なんか読んだこともない人たちだけどね。でも、僕にはそれが頭に来ちゃうんだな。

「すばらしいわ」リリアンはそう言った。それから僕をその海軍の奴に紹介した。そいつは、ブロップ中佐とかなんとかいったが、握手をするときには相手の指を四十本ばかしもへし折るぐらいでなきゃ男らしくないと思ってるのがいるだろう、そいつもそれなんだ。そういうのは僕は大きらいさ。「あんた、一人なの？」と、リリアンがきいた。彼女は通路をふさいじまって、ぜんぜん人が通れなくなってるんだけど、そんなふうに自分が人を通れなくしてるってのが彼女にはいい気持なんだな。はっきりわかるんだ。ウェイターが彼女のどくのを待ってんだけど、彼女のほうじゃウェイターなんかに目もくれやしない。おかしかったよ。ウェイターが彼女にいい感じを持ってないのがわかるんだ。そう言えば、その海軍さんだって、自分のデートの相手だっていうのに、あまり好感を寄せてないのがわかるんだよ。そこへもって来て、僕はもちろん、彼女なんか好きじゃない。好きな者は誰もいないってわけだ。少し気の毒に思わずにはいられなかったよ、ある意味で。「あんた、お連れはいないの？」と、彼女はきいた。そのときはもう僕は立ち上がってたんだけど、彼女は坐れとは言わないんだ。「この人ハンサムじゃなくって？」彼女は海軍さんにそう言うんだ。「ホールデン、あんた、一分ごとにハンサムになっていくわ」海軍さんが彼女に行こうと言った。自分たちが通路をふさいでることも注意した。すると、リリアンが言ったんだな。「ホールデン、あたしたちのとこへいらっしゃい、あんたの飲み物を持って」

「僕はいま出ようとしてたとこなんですよ」と、僕は言った。「人に会わなきゃならないんで」彼女があ言ったのは、僕にあいそよくしておこうというつもりからやったにすぎないことはわかってたんだ。それが僕の口からD・Bに伝わることを期待してね。

「そう。なかなかうまいこと言うじゃない。もう、あんたなんかしらないから。兄さんに会ったらね、あたしが大きらいだと言ってたって、そう言ってちょうだい」

そう言うと、彼女はさっさと行っちまった。海軍さんと僕は、お互いに、お目にかかれてうれしかったと挨拶《あいさつ》をかわした。これがいつも僕には参るんだな。会ってうれしくもなんともない人に向かって「お目にかかれてうれしかった」って言ってるんだから。でも、生きていたいと思えば、こういうことを言わなきゃならないものなんだ。

リリアンに向かって、人に会わなきゃならないと言った以上、僕もそこを出て行くよりほかに仕方がなくなった。そこにねばって、アーニーの半分くずれた演奏を聞いてることさえ、できなくなったし、かといって、リリアン・シモンズとあの海軍さんのテーブルに仲間入りして、死ぬほど退屈な思いを味わうのはまっぴらだった。そこで僕はそこを出たわけさ。でも、オーバーを受け取りながら、腹が立ってたまんなかった。こっちのやろうとすることは、いつもひとからめちゃめちゃにされちまうんだからな。

# 13

僕はホテルまでの道をずっと歩いて帰った。結構な通りを四十一ブロックもだぜ。そんなことをしたのは、歩きたかったからとかなんとか、そんなんじゃない。むしろ、またもやタクシーに乗ったり降りたりするのがめんどくさかったからなんだ。タクシーに乗るのも、ときにあきるもんでね。エレベーターに乗るのにあきてくるのとおんなじことさ。突如として、どんなに遠いとこでも、どんなに高いとこでも、歩いて行くのでなければ気がすまなくなるんだな。子供の時分僕は、アパートのうちの部屋まで、よく歩いて上がって行ったもんだ。十二階まで。

雪が降ったとは思えなかったね。歩道の上にも雪の姿はほとんどないんだな。しかし身も凍るほどに寒かった。それで僕は、ポケットからあの赤いハンチングを出してかぶったんだ――格好なんか、どうだって平気だった。耳あてまでおろしたくらいさ。僕は、ペンシーで僕の手袋をかっぱらった奴は誰か、知りたいと思ったね。だって、手が凍りそうなんだもの。でも、そいつが誰だかわかったにしても、べつにたいしたことはしなかったろう。僕はとても意気地《いくじ》がないんだから。努めて外にはそう見えないようにしてるけど、実はそうなんだ。たとえば、ペンシーで僕の手袋を盗んだ奴がわかったとする。僕はたぶんその犯人の部屋まで出かけて行って、「さあ。あの手袋を渡したらどうだ？」

って言うだろう。すると盗んだ相手は、狐にでもつままれたみたいな格好をして「手袋って、なんのことだ？」ってきくにきまってる。すると僕はどうするかというとだな、奴の押入れに入って、どっかから、手袋を見つけてくる。たとえば、オーバーシューズかなんかの中に隠してあった奴をさ。そいつを取り出して、相手に見せながら、僕は言うだろう「こいつはおまえの手袋なんだろうな？」ってね。すると相手は、何も知らんといったインチキ面《づら》をしやがって「そんな手袋は始めて見るぞ。おまえのだったら持って行けよ。そんなもの、おれは用はねえや」って言うんじゃないか。それから僕は、五分間ばかしもそこに黙って立っている。手袋を手にしっかと持ったぐらいにしてんだけど、腹の中じゃ、こいつの顎《あご》に一発くらわすかどうかすべきとこだ――こいつの顎を砕いてやるべきとこだ、なんて思ってんだな。ただ、そいつをやるだけの度胸がないってわけだ。黙ってそこに突っ立って、すごんで見せるのが関の山。すごく辛辣《しんらつ》できたないことを言って、相手のむかっ腹を立てさせるぐらいはやるかもしれない――顎に一発くらわすことができない埋め合わせにさ。とにかく、もし僕が何か辛辣できたないことを言えば、相手はおそらく立ち上がって僕の前へやって来て「おい、コールフィールド。おまえ、おれを盗人《ぬすっと》呼ばわりするつもりか？」って言うだろう。そう言われて、僕はどう答えるか――「その通りだ、この、きたならしいゲジゲジ野郎め！」とでも言うべきとこだが、そうは言わずに、こんな具合にでも答えるんじゃないかな「おれが言ってるのはただ、おれの手袋がおまえのオーバーシューズに入ってたって、それだけのことさ」ってね。すると、とたんに相手は、僕が奴を撲《なぐ》りはしないことを見てとって「おい。このかたをつけようじゃねえか？　おまえ、おれを泥棒だと言うのか」って言うだろう。すると、僕はたぶん「誰も泥棒だなんて言ってやしない。おれはただ、おれの手袋がおまえのオーバーシューズに入ってたって、そう言ってるだけだ」と言う。こんな具合にして、この言い合いは何時間も続きかねないね。でも、結局のところ僕は、相手を撲りもしないでその部屋を出て行くことになるだろう。そしておそらく、洗面所へ行って、こっそり煙草を吸いながら、すごんだ格好を鏡に写して眺《なが》めたりするんじゃないだろうか。とにかく、ホテルへ帰る途中ずっと、僕はそんなことを考えてたんだ。意気地《いくじ》がないってのはイカさないもんさ。ひょっとしたらこれで、からきし意気地がないわけじゃないかもしれないんだが、自分じゃよくわかんない。たぶん、意気地なしのとこもあり、また、手袋なんかなくしてもたいして気にしないタイプの人間でもあるというわけじゃないかな。これは僕の困った点の一つなんだけど、僕という人間は、物をなくしてもあんまり気にしないんだな——それで、子供の時分、おふくろをよくおこらしたもんさ。中には、なくした物を、何日もかけて捜してる奴がいるだろう。僕は、なくして気になるような物なんて、持ったためしがないような気がする。僕に意気地なしなとこがあるのは、ひょっとしたらそのせいかもしれない。といっても、言いわけしてんじゃないぜ。ほんとに、言いわけなんかじゃないんだ。意気地なしなんかこれっぽちだっていけないよ。顎に一発くらわすべき事情があってさ、そうしてやりたい気になったときには、ぜひそれをやるべきだよ。ところが僕は、そいつが苦手なんだな。僕には顎に一発くらわすよりも、むしろ窓から放り出すか、そいつの首を斧《おの》でちょん切るほうがまだやりいいんだ。拳《こぶし》での撲《なぐ》り合いってのは大きらいなんだよ。盛大に撲られるのはかまわないんだ——もちろん、好きじゃないけどさ——でも、撲り合いで一番いやなのは相手の顔なんだ。僕は相手の顔を見ていられないんだな、これが困るんだ。どっちも目隠しかなんかしてやれるんなら、そうこたえないかもしれない。考えてみれば、おかしな意気地なしさ。でも、意気地なしには違いない。自分をごまかすつもりはないよ。

僕は、その手袋と自分の意気地なしとを考えれば考えるほど、ますます気が滅入《めい》ってきた。それで、歩きながら、どっかへ寄って一杯やってやろうと心にきめたんだ。アーニーの店では三杯しか飲まなかったし、おまけに最後の一杯は飲み残して来たからな。僕にも一つ得意なものがあってね、それはすごく酒に強いことなんだ。夜明かしで飲んだって、その気になれば、顔に出さないことだってできる。いつか、フートン・スクールでのことだけど、レイモンド・ゴールドファーブっていう奴と二人で、スコッチの一パイント入りを買って来て、土曜の夜に、礼拝堂で飲んだことがある。あそこなら誰にも見つからないからね。奴はぐでんぐでんに酔っ払っちゃったけど、僕は顔にもろくに出なかった。いたって落ちついて平気なもんさ。寝る前にへどを吐きはしたけど、それだって吐かずにおれなくて吐いたんじゃない——無理に吐いたんだ。

とにかく、ホテルまで行かないうちに僕は、見るからにチャチなバーを見つけて入りかけたところ、中から、めちゃくちゃに酔っ払った男が二人出て来て、地下鉄はどっちだってきくんだな。一人はキューバの人間らしかったが、道順を教えてやる僕の顔に、くさい息を吐きかけどおしなのさ。結局僕は、そこのバーの野郎に入らずじまい、そのままホテルに帰っちまった。

ロビーはからっぽだったな。そして、葉巻きの吸いがらを五千万本ぐらい集めたみたいな臭いがした。ほんとだよ。僕は眠くもなんともなかったけど、なんだか気分が悪かった。気が滅入《めい》ってしようがないんだな。いっそ死んじまいたいくらいだった。

それから僕は、藪から棒に、えらいへまをやらかしちゃったんだよ。

まずね、エレベーターに乗ったところが、エレベーター・ボーイが僕に言ったんだな。「旦那、いっちょう楽しむ気はねえですかい？　もうおそすぎますかね？」

「なんのことだ？」と、僕は言った。奴がなんのことを言ってるのか、僕にはぜんぜん見当がつかなかったんだ。

「今夜、ちょいと女の子とどうですね？」

「おれが？」僕はそう言った。実に間抜けな返事には違いないけど、いきなり顔を合わせた相手からそんなことをきかれたら、どぎまぎしちまうからな。

「いくつですね、旦那？」エレベーター・ボーイはそう言うんだ。

「なぜだい？」と、僕は言った。「二十二だよ」

「なるほど。で、どうですかい？　楽しむ気はねえですかね？　一回なら五ドル。オール・ナイトは十五ドルだ」そう言って奴は腕時計を見ると「正午までだな。一回は五ドル、正午までなら十五ドル」

「いいよ」と、僕は言った。そんなことをするのは僕の主義やなんかに反するんだけど、なにしろ気が滅入《めい》っちまって、考えることさえできなかったんだ。これがそもそも困ったことなんだな。人間、すっかり気が滅入ってるときには、考えることさえできないっていうことが。

「いいよって、どっちだね？　一回かね、それとも昼までかね？　そいつを言ってくれなくちゃ」

「一回でいい」

「よしきた。旦那の部屋は？」

僕は、鍵《かぎ》についているナンバーの書いた赤い札を見た。「一二二二号室」と、僕は言った。最初にことわればよかったと、もう僕は後悔してたけど、今となってはもうおそすぎたんだ。

「よしきた。十五分ばかししたら女の子をやりますからね」奴はそう言ってドアをあけたので、僕はエレベーターを降りたわけさ。

「おい、きれいな子かね？」僕はそう言った。「まずいおばあちゃんじゃいやだぞ」

「そんなんじゃねえ。まかしときなせえって、旦那」

「金は誰に払うんだ？」

「その女の子でさ」と、彼は言った。「じゃ、いいね、旦那」そう言って奴は、ひとの鼻先にいきなりドアをしめやがったね。

僕は部屋に入ると、髪の毛に少し水をつけた。しかし、クルー・カットの頭であってみれば、櫛《くし》なんか使ったとこで仕方がない。それから、あれだけ煙草を吸ったんだし、アーニーの店ではスコッチ・アンド・ソーダを飲んだんだから、息がくさくないかどうか、ためしてみた。それには、口の下に手をあてがって息を吐いて、息が鼻穴のほうへ行くようにすればいい。たいしてくさくないようだったけど、とにかく歯は磨くことにした。それからワイシャツもきれいなのに取り替えた。売春婦やなんかのために、おめかしする必要はないことぐらいわかってたけど、そんなことでもとにかく、なんかやることがほしかったんだ。多少不安だったんだな。かなりセクシーな気持やなんかになっては来たけど、それでもやはり不安だったんだ。実を言うと、僕はまだ童貞なんだよ。ほんとなんだ。童貞やなんかを失いそうな機会はずいぶんあったけど、でもまだそこまでは行ってないんだ。きまって、なんかが起こるんだな。たとえば、女の子の家にいるとする。そうすると、きまっておやじさんかおふくろさんが予定と違った時間に戻って来る——あるいは来そうな気がするんだ。また、誰かの車の後ろの席にいるとするだろう。そんなときには前の席に必ず誰かの相手——って、つまり女の子だけどさ——それがいて、いつもその車全体のようすを知ろうとするんだな。つまり、前の席の女の子が、こっちを気にして振り向いてばかりいやがるってことさ。とにかく、必ず無事にはすまないんだ。でも、あとほんの少しでそうなりそうだったことは二度ばかしある。特にその中の一回は、今でも覚えてるな。しかし、なんか具合の悪いことがあったんだ——それがなんだったか、今じゃもう覚えてないけどさ。実をいうと、女の子と——といっても、淫売やなんかじゃない女の子だぜ——もう少しでそうなりそうなとこまで行くと、たいていの場合、女の子のほうで、やめてくれって言いつづけるんだな。僕の困ったとこは、そこでやめちゃうんだよ。たいていの奴はやめないけど、僕はやめないではいられないんだ。果たして女の子が、本当にやめてもらいたいのか、ただ、ひどくおびえてるだけなのか、それとも、そう言っておけば、こっちが最後までやっちゃったときに、責任をこっちにもってこれるからというんでやめろと言ってるだけなのか、わかったもんじゃない。けど、とにかく僕は、やめてばかしいるんだよ。相手が気の毒になるんで、困るんだ。つまり、女の子って、たいていは、頭が鈍いかなんかするだろう。しばらく抱き合ってるうちに、見てると、相手の理性を失ってゆくのがはっきりわかるんだよ。本当に燃えたときの女の子を見てみたまえ、理性なんかなくしちまってるから。僕にはわかんないな。相手がやめろと言うから僕はやめるんだ。相手をうちまで送り届けてから、やめなきゃよかったといつも思うんだけど、やっぱし僕はやめてばかりいるんだ。

とにかく、きれいなワイシャツに着替えながら僕は、ある意味では、これが僕の絶好の機会だというふうに考えたね。相手が淫売《いんばい》やなんかだったら、彼女を相手に、結婚したりなんかしたときの練習ができると思ったんだ。僕はときどき、あれが心配になるんだよ。一度、フートン・スクールにいた時分、小意地の悪いとこもあるすごく洗練された技巧を心得たあたりのやわらかいセクシーな男の出て来る本を読んだことがある。今でも覚えてるけど、ムシュ・ブランシャールという名前だった。いやらしい本だったが、このブランシャールという奴はなかなかいいんだよ。ヨーロッパのリヴィエラに大きな館《やかた》やなんか持ってるんだが、暇な時にやることといっては、棍棒《こんぼう》をふるって女どもを追っ払うことだけなんだ。本当の道楽者なんだけど、女どもはこいつに参っちゃうんだな。そいつが、言うとこがあるんだよ、女の身体《からだ》ってのはヴァイオリンみたいなもんで、ちゃんと演奏するには、すごいミュージシャンにならなきゃだめなんだって。とっても悪趣味な本なんだ——それは僕にもわかるんだ——が、どういうものか、そのヴァイオリンうんぬんということが忘れられないんだな。ある意味じゃ、それが頭にあるからこそ、結婚するときの準備に、少し練習したいと思ったわけなんだ。《コールフィールドとその魔法のヴァイオリン》ってとこだな。たしかにいい趣味じゃないけど、悪趣味でだめだってほどでもないだろう。あっちのほうにかけて上達するっていうの、僕は気にすることないと思うんだ。というのは、つまり、実を言うとだね、女の子といちゃついたりするときに、僕は自分が何がほしくてそんなことをしたんだか、どう考えてもわかんなくなるようなことが二回に一回はあるんだよ、わかるだろ、僕の言う意味。たとえばさ、さっき言った、僕がもう少しのとこで性的交渉を持ちそこなったあの女の子。彼女のブラジャーをはずすまでに、僕は一時間ばかしもかかったんだ。そして、やっとはずしたときには、もう彼女、僕の顔に唾を吐きかけかねないような気持になってたってわけ。

とにかく僕は、部屋の中をぐるぐる歩き回りながら、売春婦が現われるのを待っていた。美人であってくれればいいなと願いながらね。とはいうものの、それをそれほど気にしていたわけじゃない。なんでもいいから早くかたづけちまいたいみたいな気持だった。そのうちにとうとう、ドアをノックする音が聞こえたね。それで僕は、あけに行ったわけだが、途中に旅行カバンが置いてあったもんだから、そいつにけつまずいちゃってさ、もう少しで膝の骨を折るとこだった。僕はいつも、よりによってすてきなときにばっかし、旅行カバンやなんかにけつまずくんだよ。

ドアをあけると、そこに売春婦が立ってたね。まがいのラクダのオーバーを着て、帽子はかぶってなかったな。髪はブロンドに近かったけど、これは染めたんだということがすぐにわかった。しかし、決してまずい顔のばあさんじゃない。「こんばんは」と、僕は言った。すごくものやわらかな声なんか出しちゃってさ。

「モーリスが言ってたの、あんた？」と、彼女はきいた。あんまり愛想のいい態度じゃなかったな。

「モーリスって、あのエレベーター・ボーイのこと？」

「そうよ」

「じゃあ、おれだ。入らない？」そう僕は言った。時間がたつにつれて僕は、ますますやる気がなくなっていった。ほんとなんだ。

女は部屋に入ると、すぐオーバーをぬいで、それを放り投げるようにしてベッドに置いたね。下にはグリーンのドレスを着てたよ。それから彼女は、デスクと揃《そろ》いになってる椅子《いす》に横向きに腰を下ろすと、ひょこひょこ足先を動かした。脚《あし》を組んで、片方の足先をひょこひょこ動かすんだよ。売春婦にしちゃ、ひどく落ちつきがないんだな。ほんとなんだ。僕は、女がとても若いからだろうと思ったな。僕ぐらいの年格好なんだ。僕は、彼女の横の大きな椅子に坐って、煙草をすすめたね。「あたし吸わないの」と、彼女は言った。それが小ちゃなあわれな声なんだ。ろくに聞こえないくらいなんだよ。それに、せっかくひとがすすめたのに、感謝の言葉を言わないんだ。それぐらいの頭しかないんだな。

「自己紹介をさせてもらおう。おれはジム・スティールっていうんだ」

「あんた時計持ってる？」彼女はそう言った。僕の名前なんかどうだっていいんだな、もちろん。

「ねえ、あんたいくつなの、いったい？」

「おれか？　二十二だ」

「嘘《うそ》ばっかし」

このせりふはおかしかったな。子供でも言いそうな言葉だもの。売春婦やなんかだったらだね、「笑わせないでよ」とか「でたらめはよしてよ」とか言いそうなもんじゃないか。それを「嘘ばっかし」って言うんだからな。

「そういう君こそいくつなんだ？」と、僕は言った。

「あんたの嘘が見抜けない年じゃないわ」彼女はそう言った。全くウィットのある女だったな。「あんた、時計持ってる？」彼女はまたそうきくんだ。それから立ち上がると、ドレスの裾《すそ》を頭の上まで持ち上げて、すっぽりぬぎにかかったんだ。

それをやられたときの僕の気持って、妙な気持だったな。あんまりいきなりだったりなんかしたからだろう。相手が立ち上がってドレスをぬぎすてたりしたら、こっちはかなりセクシーな気分になるのが普通じゃないか。ところが僕はそうじゃなかったんだ。セクシーなんて、そのときの僕の気分から一番遠いものだったね。セクシーどころか、気が滅入《めい》ってたまんなかった。

「ねえ、あんた、時計はあるの、ないの？」

「うん、ないよ」と、僕は言った。いやあ、妙な気持だったなあ。「君、名前は？」と、僕は言った。彼女が着てるのは、ピンクのスリップだけなんだ。実際、どぎまぎしちゃったよ。ほんとだよ。

「サニー」と、彼女は言った。「さあ、やろうよ」

「ちょっと話をしないかね?」僕はそう言った。子供みたいなことを言ったもんだが、なにしろとても妙な気持だったんだよ。「君、ひどく急いでるのか?」

彼女は気違いでも見るみたいな顔をして僕を見たね。「いったい何の話をするのよ?」と、彼女は言った。

「さあね。特にこれっていうこともないけどさ。君が少し話をしたいんじゃないかと思ったんで」

彼女は、また、デスクのそばの椅子に腰を下ろした。が、いやいやそうしてることは、はっきりとわかるんだ。彼女はまた足先をひょこひょこ動かしはじめた――いや、全く落ちつきのない女だったな。

「煙草でも吸わない?」僕はそう言った。彼女が吸わないことを忘れてたんだ。

「あたしは吸わないのよ。ねえ、話をするんなら、早くして。あたしは仕事があるんだから」

そう言われても、僕には話題が思い浮かばないんだな。どうして売春婦やなんかになったのかきこうかとも思ったけど、そいつをきくのはこわかった。またきいたにしたって答えてはくれなかったろう。

「君はニューヨークの生まれじゃないだろう?」しまいに僕はそんなことを言った。それしか思い浮かばなかったんだ。

「ハリウッドよ」と、彼女は言った。それから立ち上がると、さっきドレスを置いたベッドのところへ歩いて行った。「ハンガーあって? ドレスをしわくちゃにしたくないから。洗濯したばかしなんだ、これ」

「あるとも」すかさず僕は答えたね。立ち上がって何かする用事ができたのがありがたかったんだ。僕は女のドレスを押入れへ持って行って掛けてやった。おかしいんだな。そのドレスを掛けながら僕は、なんだか悲しくなっちまったんだ。彼女がどっかの店に入っていってそのドレスを買うとこを思い浮かべたんだよ。店の者は誰も、彼女が売春婦だとかなんとか知りはしない。そのドレスを買う彼女を店員は普通の女と思ったろう。そう思うと僕は、ひどく悲しくなっちまったんだ——なぜだかよくわかんないけどさ。

僕はまた腰を下ろすと、さっきの話を続けようとした。ところが彼女、話はてんでだめなんだよ。

「君、毎晩仕事するの?」と、僕は言った。——言ってしまってから、ひどいことをきいたもんだと思ったけどさ。

「そうよ」彼女は部屋の中をあちこち歩き回ってたけど、デスクから食堂のメニューを取り上げて、そいつを読んだりしてるんだ。

「昼のうちは何をしてるの?」

彼女はちょっと肩をすくめたね。ずいぶん痩《や》せた身体《からだ》をしてたな。「寝たり、ショーを見に行ったり」彼女はメニューを下に置いて僕の顔を見ると「さあ、やろうよ。あたしはいつまでも——」

「あのね」と、僕は言った。「今夜はどうも気がのらないんだ。いろいろとたいへんなことがあったもんでね。本当なんだ。金やなんかは払うけど、やらなきゃ、君、気を悪くするだろうな。気を悪くするかい？」困ったことに、僕にはそんな気なんかなくなってたんだよ。本当を言うと、セクシーどころか、むしろ憂鬱《ゆううつ》な気持だったんだ。相手の女が気を滅入《めい》らせるんだよ。押入れにかかってるグリーンのドレスやなんかがさ。それに、一日じゅう、アホな映画なんか見てるような奴と、そんなこと僕にはできないよ。できっこないね、絶対に。

彼女は、信じられないというような、おかしな表情をして、僕のそばへやって来た。「どうしたの？」と、彼女は言った。

「どうもしやしないよ」僕はそう言ったけど、いやあ、不安になってきちゃってね。「実をいうと、つい最近、手術を受けたばかしなんだ」

「そう？　どこを？」

「ほら、あの、なんとかいった——クラヴィコードだ」

「へえ？　それいったいどこにあるの？」

「クラヴィコードか？　うん、実はね、脊髄《せきずい》管の中にあるんだ。脊髄管のずっと下のほうに」

「ほんと？　そりゃたいへんね」彼女はそう言うと、僕の膝の上に腰を下ろした。「あんた、かわいいわ」

それで僕はますます不安になってきちゃってさ、夢中で嘘《うそ》をつづけたわけだ。「まだ、いま回復期なんだよ」僕はそう言った。

「あんた、映画に出てた男にそっくりだわ。ほら。なんとかいった。わかるでしょ、あれよ。なんていったかなあ、あの男の名前?」

「知らないねえ」と、僕は言った。女は僕の膝から下りようとしないんだよ。

「知らないはずないわ。メルヴィン・ダグラスといっしょにあの映画に出てた男よ。メルヴィン・ダグラスの弟になるの。ボートから落っこちるあの男よ。知ってるくせに」

「いや、知らんな。おれはできるだけ映画には行かないことにしてるんだ」

それから彼女の態度がおかしくなりだしたんだ。露骨なことなんかやり出してさ。

「やめてくれないかな、そんなの」と僕は言った。「さっきも言ったけど、おれは気のりがしないんだ。手術を受けたばかしだからな」

彼女は僕の膝から下りたりなんかはしなかったけど、すごく感じの悪い顔をしてみせてさ「ちょいと」って言うんだな。「あたしは寝てるとこをあのモーリスの奴に起こされたんだよ。もしもあんたが——」

「だから言ったじゃないか、来てくれたりなんかしたんだから金は払うって。ほんとに払うよ。金はどっさりあるんだ。ただ、重い病気から治《なお》ったばかし——」

「じゃあ、なんだって女の子が欲しいなんてモーリスの奴に言ったのよ? そのなんとかいうとこを手術したばっかしだったらさ? ええ?」

「まさかこんなだとは思わなかったんだよ。少し甘く見過ぎちまった。嘘《うそ》じゃない。すまなかったね。君がちょっと下りてくれたら、紙入れを取って来る。本気で言ってるんだ」

彼女はすごく憤慨したけど、それでも膝から下りてくれたんで、僕は箪笥《たんす》の上においた紙入れを取りに行った。そして五ドル紙幣を一枚ぬき出して彼女に手渡したんだ。「どうもありがとう」と僕は言ったね。「大いに感謝してる」ってね。

「これ五ドルじゃない？　一回は十ドルよ」

彼女が僕をたぶらかそうとしてることは見え見えさ。こんなことになるんじゃないかと実は心配してたんだ――ほんとなんだ。

「モーリスは五ドルと言ったぜ」と、僕は言った。「正午までなら十五ドル、一回はたったの五ドルだって」

「一回は十ドルよ」

「あいつは五ドルって言った。すまないけど――ほんとにすまないと思うけど――おれはそれだけしか出さないぜ」

彼女は、前にもやったように、ちょっと肩をすくめたけど、それから「悪いけどあたしのドレスをとってくれない？」いともひややかにそう言った。「それとも、それさえ迷惑かしら？」僕はなんだか女の子のおばけを見てるような気がしたね。小ちゃな細い声をしてるくせに、ひとをゾッとさせるとこがあるんだな。もしもこれが、こってりと化粧なんかした、でっかいおばあちゃんの売春婦だったら、その半分もおばけみたいな感じはしなかったろうと思うんだ。

僕は彼女のドレスを取って来てやった。彼女はそれを着ると、ベッドの上からまがいのラクダのオーバーを取り上げた。そして「じゃ、帰るよ、デクノボー」と、言いやがった。

「失敬」僕はそう言ったけど、感謝の言葉やなんかは言わなかった。言わなくてよかったと思う。

## 14

サニーの奴が行っちまうと、僕はしばらく椅子《いす》に腰を下ろして、煙草を二本ばかし吸った。外はそろそろ明るくなりかかっていた。いやあ、みじめな気持だったな。君には想像もできないほど気が滅《め》入《い》っちまったんだ。それでどうしたかっていうと、声を出して、アリーと話を始めたんだ。ひどく気が滅入ったときに、僕はときどき、それをやるんだよ。うちへ行って、おまえの自転車をとってきて、ボビー・ファロンの家の前へおいで、って、僕はアリーにそう言うわけだ。ボビー・ファロンというのは、前にメイン州にいたときに、僕たちのすぐ近くに住んでた子なんだ——もう何年も前になるけどさ。とにかく、それにはこういうわけがあるんだな——ある日、僕はボビーといっしょに、自転車でセデベゴ湖まで出かけることになったんだ。弁当やなんか持って、その上空気銃も持って行くつもりだったんだ——僕たち、まだ子供だったもんだからさ、空気銃で何かが射《う》てると思ったんだ。とにかく、アリーは、僕たちの話を聞いてて、自分も行きたいって言い出したけど、僕は承知しなかった。おまえはまだ子供だからって、そう言ったんだな。だもんだから、いまになって、ひどく気が滅入ったりすると、ときどき「いいよ。うちへ行って、おまえの自転車をとってきて、ボビーの家の前へおいで。急ぐんだよ」って、そうアリーに言うわけだ。だからといって、あの頃僕が、どこかへ行くときに、いつでもアリーを連れて行かなかったというわけじゃない。いつだって連れて行ってたんだ。ところが、あの日に限って連れて行かなかったんだな。あいつは腹を立てはしなかった——あいつはどんなことにも絶対腹を立てたりなんかしないんだ——しかし、それでも僕は、ひどく気が滅入ったりすると、とにかくあのときのことを考えるんだ。

それでも、しまいには、僕も服をぬいでベッドに入ったさ。ベッドに入ると僕は、お祈りかなんかしたい気がしたけど、それはできなかった。僕は、お祈りがしたい気持のときに、いつでもできるとはかぎらないんだ。第一、僕は無神論者みたいなもんだしね。イエスやなんかは好きだけど、聖書の中のことは、たいていどうも、あまり感心しないんだな。たとえば、あの使徒たちだ。実を言うと、僕はあれがいやなんだ。イエスが死んだりなんかしてからの彼らはいいよ。しかし、イエスが生きてる間の彼らは、まるで、いわゆる獅子身中の虫じゃないか。やることといったら、イエスの足を引っぱるようなことばっかしだ。あの使徒たちにくらべたら、聖書に出て来るたいていの人が僕はむしろ好きだな。実を言うと、聖書に出て来る人物のうちで、イエスの次に僕が一等好きなのは、あの気違いなんだ。あの墓の中に住んでてさ、石で自分の身体《からだ》に傷ばかしつけてる奴（『マルコ伝』五章一節以下参照）僕はあいつのほうが使徒なんかよりも十倍も好きだ、あのかわいそうな奴のほうが。フートン・スクールにいた時分、廊下の先の方の部屋にいたアーサー・チャイルズっていう子と、この問題ではずいぶん議論をしたもんだ。チャイルズってのはクエーカーでさ、しょっちゅう聖書を読んでいた。とてもいい奴で、僕は好きだったんだけど、聖書に書いてあることでは、意見が一致しないとこがいっぱいあるんだ。特に十二使徒についてがそうなんだな。彼は、もし僕が使徒がきらいだったら、イエスやなんかもきらいなはずだって、そう言いはるんだ。だって、使徒はイエスがえらんだんだから、その使徒も好きになるのが当然だって、そう言うんだよ。僕はこう言ってやった——イエスが使徒をえらんだことは知っている。しかし、あれは手当たり次第にえらんだんだ。イエスには一人一人を吟味して回るひまがなかったんだ。だからといって、僕はイエスを責めたりなんかしてんじゃない。ひまがなかったのは何もイエスのせいじゃないんだから。いまでも覚えてるけど、僕はチャイルズに、ユダは自殺をした後で、地獄へ行ったと思うかって訊《き》いたんだ。イエスを裏切ったりなんかしたあのユダさ。チャイルズは、もちろん、と言ったね。そこなんだな、僕が彼と意見の合わないのは。僕は、千ドル賭《か》けてもいいけど、イエスは絶対にユダを地獄になんか送らない、と言った。今でも僕は、千ドル賭けるね、もしも千ドルあったらば。あの使徒たちだったら、どの人だって、ユダを地獄に送ったろうと思う——しかも、さっさとさ——しかし、何でも賭けるけど、イエスは絶対にそんなことはしない。チャイルズに言わせると、僕が教会やなんかに行かないのがいけないんだそうだ。その点については、彼のいう通りなんだ、ある意味で。事実僕は、教会へ行ってないんだから。第一、僕の両親はそれぞれ宗派が違うし、うちの子供たちは、みんな、無神論者なんだ。それに、実をいうと僕は、牧師というものに、がまんがならないんだ。僕が行った学校にはどこにも牧師がいたけどさ、これが説教をはじめるときには、みんな、例の牧師口調になるんだよ。僕はあれが大きらいなんだ。どうして普通の声で話せないのかね。僕にはわけがわかんない。牧師の話ってのは実にインチキっぽく聞こえるよ。

とにかく、僕は、ベッドに入っても、ぜんぜんお祈りはできなかった。お祈りを始めかけると、そのたびに、サニーの奴が僕をデクノボーと言ったときのようすがまざまざと浮かんできた。しまいに僕は、ベッドの上に起き上がると、また一本煙草に火をつけた。すごくまずかったな。ペンシーを出てからもう二袋ぐらいは吸ったに違いない。

僕がそうやって煙草を吸いながら寝転んでると、不意にドアをノックする音が聞こえたんだ。僕の部屋でなきゃいいがと思いながらも、一方では、それが僕の部屋だということがわかりすぎるほどわかってたね。どうしてわかったのかわかんないけど、とにかくわかったんだ。おまけに、ノックしてるのが誰かということもわかってた。僕には神秘的な感受性があるんだよ。

「誰だ?」と、僕は言った。かなり脅《おび》えてたね、僕は。こういうことではからきし意気地《いくじ》がないんだよ。

しかし、相手は黙ってまたノックしやがった。前よりも強くね。

とうとう僕も、パジャマを引っかけただけの格好で、ベッドから抜け出して、ドアをあけたさ。部屋の明かりをつけるまでもなかったんだ。もう明るくなってたんだから。そこにはサニーの奴と、それからあのポン引きみたいなエレベーター・ボーイのモーリスが立っていた。

「どうしたんだ? なんの用だ?」と、僕は言った。チキショウ、声がヤケに震えやがんだよ。

「たいしたこっちゃねえんです」と、モーリスが言った。「ほんの五ドルばかしね」二人いるのに、しゃべるのは奴ばかしなんだな。サニーの奴は、そのそばに並んで立ってるだけで、口をポカンとあけたぐらいにしてやがんだよ。

「金はそのひとにもう払ったよ。五ドルやった。きいてみたまえ」僕はそう言った。いやあ、声が震えやがってね。

「十ドルだがな、旦那。そう言ったでしょう。一回は十ドル、正午までなら十五ドル。そう言ったはずだ」

「そうは言わなかったぞ。一回は五ドルと言ったじゃないか。正午までは十五ドル、これはたしかにそう言った。しかし、おれの耳にまちがいないが、君は――」

「どいてくれよ、旦那」

「どうしようってんだ？」そう僕は言ったけど、いや、心臓の鼓動で身体《からだ》が部屋の外まではじき出されそうなのさ。せめてちゃんと服を着てればよかったと思ったね。こんな場合、パジャマだけの格好じゃかわいそうだよ。

「入れてもらうよ、旦那」モーリスの奴はそう言うと、そのきたならしい手で僕を突きとばしやがった。僕は逆様《さかさま》にひっくり返りそうになったよ――でっかい野郎なんだ、奴は。そして気がついたときにはもう、野郎もサニーも部屋の中に入ってやがんの。そして、まるで自分の部屋みたいに振舞いやがんだな。サニーの奴は窓敷居に坐りやがるし、モーリスの奴は大きな椅子《いす》に腰を下ろして、カラーをゆるめたりなんかしてやがんだよ――奴はエレベーター・ボーイの制服を着てたんだ。いやあ、心配だったね、僕は。

「さあ、旦那、出してもらおう。おれぁ仕事に行かなきゃならねえんだ」

「もう十度も言ったろう。君には一セントの借りもないよ。おれはもうあの女に五ドル渡して――」

「つべこべ言うのはもうたくさんだ。さっさと出してもらおう」

「どうしてまた五ドル払わなきゃならないんだ?」と、僕は言った。それがすっかりうわずった声なんだよ。「おれにたかるつもりだな?」

モーリスの奴は、制服の上着のボタンを、全部はずしちまった。下にはワイシャツの襟だけつけて人目をごまかしておいて、ワイシャツも何も着てないのさ。でっかい太った毛むくじゃらの腹をしてやがったね。「誰も何もたかりやしねえがな。出してくれよ、旦那」

「いやだ」

僕がそう言うと、奴は椅子《いす》から立ち上がって、僕の方へ歩いてきやがんのさ。とってもくたびれてるみたいな、あるいはいかにも気乗りがしないといった格好でね。いやあ、怖かったな、僕は。腕組みなんかしちゃったことを覚えてる。こいつは悪くなかったかもしれないんだけどね。ただ、パジャマ姿だからな、しまらないよな。

「出してくれよ、旦那」奴は僕が立ってるまん前まできてそう言うんだ。それしか言えないんだよ。「出してくれよ、旦那」本物の低能なんだな。

「いやだ」と、僕は言った。

「それじゃあ、旦那、ちょいと痛い目を見なきゃならなくなるぜ。おれは決してやりたかあねえが、どうやらそんなことになりそうだ。おまえさん、おれたちに五ドルの借りがあるんだぜ」

「五ドルの借りなんかあるもんか」と、僕は言った。「手荒なことをしたら、わめいてやる。そしたら、ホテルじゅうの人間が目をさますぞ。警官から何から」ところが、そんなこと言う声が馬鹿みたいに震えやがんだよ。

「よかろう。頭がふっとぶほどわめいてみな。おもしれえや」モーリスの奴が言った。「おやじやおふくろに、淫売《いんばい》と寝たって知らせようってわけだな？　おまえさんみてえな上流階級の子供がよ」あいつ、きたないほうには、なかなか頭が働くんだ。ほんとなんだ。

「手出しをしたら承知しないぞ。おまえが十ドルと言ったんなら、話は別だ。しかし、おまえははっきりと――」

「くれるのか、くれねえのか？」奴は僕をドアのとこまで追いつめちゃってね、まるで僕の上からのしかかるみたいな格好なんだ。きたならしい毛むくじゃらの腹やなんかしてやがってさ。

「手出しをしたら承知せんからな。さっさと出て行け」僕はそう言った。が、まだ腕組みなんかしたまんまなんだな。いやあ、とんだ間抜けだったよ、僕は。

そのとき、それまで黙ってたサニーが始めてものを言ったんだ。「ちょいと、モーリス。この子の紙入れをもらっとこうか？　あのなんとかいうものの上にあるんだ」

「ああ、もらっときな」

「紙入れにさわったら承知せんぞ！」

「もうちょうだいしたわよ」サニーはそう言うと、五ドル紙幣をひらひらと振ってみせた。「ほらね！　おまえさんに貸してある五ドルしかとらないよ。あたしゃ泥棒じゃないんだから」

突然僕は泣き出しちゃった。どんなことがあっても泣くのだけはよそうと思ってたのに、泣き出しちゃったんだな。「そうだよ、君は泥棒じゃないよ」と、僕は言った。「ただ、五ドル盗もうと――」

「うるせえ」モーリスはそう言って、僕を突きとばした。

「ちょいと、そいつはほっときなよ」と、サニーが言った。「さあ、いいじゃないか。もらうものはもらったんだから。行こうよ。ねえ、ちょいと」

「いま行くよ」モーリスはそう言ったけど、しかし、行かないんだな。

「ねえ、行こうってばよ、モーリス。そいつはほっときなよ」

「誰も痛い目にあわせやしねえよ」モーリスはすっとぼけてそう言った。そしてどうしたかというと、指で僕の身体《からだ》をパジャマの上から思い切りはじいたんだ。どこをはじいたかは言わないことにするけど、すごく痛かったな。僕は、おまえなんかきたならしい低能野郎だと言ってやった。「なんだって？」と、奴は言うんだ。つんぼみたいに、耳の後ろに手をあてがってさ。「いまなんと言った？　おれがなんだって？」

僕はまだ泣くのをおさえることができなかった。すっかり逆上して、おろおろして、どうにもならなかったんだ。「きたならしい低能野郎さ。間抜けで低能なかたり野郎だ。あと二年もしてみろ、骨と皮ばかしになって、通りすがりの人からコーヒー代をめぐんでもらうようになってるから。きたねえどろどろのオーバーを洟《はな》だらけにして、おまけに——」

そこへモーリスの手がとんで来たんだ。僕は身をよけようとも下げようともしなかった。ただ鳩尾《みぞおち》のとこにすごいパンチをくらったのを感じただけさ。

でも、のされちゃったりなんかしたわけじゃない。だって、床に転がったまま、奴らが部屋から出て、ドアをしめるのを見てたことを覚えてるもの。それからも僕は、かなり長い間床の上に転がってたな、ストラドレーターにやられたときと同じように。ただ、今度のときは、このまま死ぬんじゃないかと思ったね。ほんとなんだ。おれは溺《おぼ》れるかなんかしてるんだ、と思った。なにしろ、息ができないんだよ。でも、やっとのことで立ち上がったけど、バスルームへ行くにも、身体《からだ》を折りまげて、胃袋のとこをおさえたりなんかして行かなきゃならなかった。

しかし、僕という男はどうかしてんだな。本当にどうかしてると思うよ。バスルームまで半分ばかし行ったとこで、腹に弾丸をうちこまれた真似《まね》をやり出したんだ。モーリスの野郎にやられたわけさ。これからバスルームへ行ってバーボンか何かをガブ飲みして気をしずめ、それから戦闘を開始する。僕は、すっかり身支度なんか整えて、自動拳銃をポケットに、少しよろめきながらバスルームを出て来る自分の姿を思い描いたんだ。そしてエレベーターは使わずに、階段を歩いて降りて行く。手すりやなんかにつかまって、口の端からは、ときどき、少しずつ血が流れたりするわけだ。それからどうするかというと、三、四階下まで降りて行くんだな——腹を押えて、しきりと血を流しながらさ——そうして、エレベーターのベルを鳴らすんだ。モーリスの奴は、ドアをあけたとたんに、自動拳銃を手にした僕を見て、甲高《かん》い、意気地《いくじ》のない声をあげて、射《う》たないでくれと哀願する。しかし僕は、それにかまわず引き金を引く。毛むくじゃらのほてい腹に、六発ぶちこんでやるんだ。それから拳銃をエレベーターの坑《あな》の中に放りこむ——指紋やなんかをきれいに拭《ぬぐ》いとってからさ。それから這うようにして部屋に戻ると、ジェーンに電話をかけて来てもらい、腹に包帯をまいてもらう。僕は、血を流したりなんかしてる僕に、ジェーンが煙草をくわえさせてくれる情景を思い描いたね。

映画の野郎の影響さ。映画ってのはひとをだめにする。決して嘘じゃないよ。

僕は、風呂につかったりなんかして、バスルームの中に一時間ばかしも入ってたな。それから戻ってベッドに入ったんだ。長いこと寝つかれなかった——疲れてさえいなかった——けど、そのうちにとうとう眠っちまった。でも、本当は、自殺したい気持だったんだ。窓から飛び降りようかと思ったね。もし、地面に落ちたとたんに、誰かがなんかで身体《からだ》を包んでくれる保証があったら、本当にやっただろうと思う。僕は血まみれになった自分の身体が、物見高い馬鹿どもに見られるかと思うと、それがどうもいやだったんだ。

# 15

僕はそんなに長くは眠らなかった。だって、目をさましたときは、まだ十時頃だったと思うからさ。煙草を一本吸ったら、とたんに腹がへってきちゃってね。最後にものを食ったのは、ブロッサードやアクリーといっしょに、映画を見にエージャーズタウンへ行ったとき、ハンバーガーを二つ食ったのが最後で、あれから何も食ってなかったんだからな。ずいぶん前の話さね。五十年も前のような気がしたな。すぐそばに電話があったんで、朝食を持って来させようと思い、下に電話をかけかけたけど、ひょっとして、モーリスの奴が持って来たりするんじゃないかと思ったんだ。僕が奴に死ぬほど会いたがってるとは、君だってまさか思わないだろう。そこで僕は、それからもしばらくベッドに入ってて、もう一本煙草を吸ったんだ。そしてジェーンの奴に電話して、もううちに帰ってるかどうかたしかめてみることも考えたけど、どうも気乗りがしなくてね。

そこでどうしたかというとだな、サリー・ヘイズの奴に電話をかけたんだ。彼女はメアリ・A・ウッドラフに行ってたんだけど、二週間ばかし前に手紙をもらってたんで、うちに帰ってることを僕は知ってたんだ。あまり好きじゃないんだけど、何年も前からのつき合いなんだ。僕が抜けてるからだけど、前には彼女のことをずいぶん頭のいい娘《こ》だと思ってた。どうしてそう思ったかというと、彼女が舞台や戯曲や文学やなんかのことをすごくいっぱい知ってたからなんだ。そういうことをいっぱい知ってる相手だと、さてこれが本当は馬鹿なのかどうか、短い間にはわかるもんじゃないぜ。僕には、とにかく、何年もかかったな、サリーの場合なんか。もしあんなにいちゃついたりしなかったら、もっとずっと早くにわかったろうと思うけど、僕の一大欠点は、自分がいちゃつく相手の子を、みんなすごく頭がいいと、いつだって思っちまうんだ。それとこれとは何の関係もないことなのに、やっぱし僕は今でもそう思っちまうんだな。

とにかく僕は彼女に電話をかけたんだ。最初は女中が出て、次に彼女のおやじさんが出て、それから彼女が出た。「サリー？」と、僕は言った。

「ええ、そう——そちらはどなた？」彼女はそう言った。ぜんぜんインチキなんだ。僕は彼女のおやじさんにこっちの名前を言ってあったんだもの。

「ホールデン・コールフィールドだよ。元気かい？」

「まあ、ホールデンなの！　ええ、元気よ。あなたは？」

「元気だ。ところで、君、どんな具合？　——その、学校のほうだけど」

「なんともないわ。つまり——わかるでしょ？」

「よかったね。ところで、話があるんだ。君は今日忙しいかな、ってさっきから思ってたんだがね。日曜だけど、日曜だってマチネーは一つ二ついつもやってるだろう。慈善興行とかなんとかさ。どう、いっしょに行かない？」

「喜んで行くわ。ステキ」

ステキ、か。どんな言葉がきらいといって、僕はステキっていう言葉ぐらいきらいなのはないんだな。インチキなにおいがするよ。一瞬僕は、マチネーのことは忘れてくれと、彼女に言いたい誘惑を感じたくらいだ。しかし実際は、電話で長いこと話しこんじまったんだ。といっても、しゃべったのは彼女のほうだけどさ。こっちから言葉をはさむことなんか、できやしないんだな。はじめに、彼女を追っかけまわしてるというハーバードの学生の話が出た——おそらく一年生なんだろうが、むろん彼女は、そんなことにはふれなかった。夜でも昼でも電話をかけてくるんだとさ。夜でも昼でもだぜ——これには僕も参ったね。次には、別の男の話で、こいつは陸軍士官学校の生徒なんだそうだが、これも彼女のことで咽喉笛《のどぶえ》を切りかねないんだそうだ。たいしたもんだよ。僕は、二時に《ビルトモア》のあの時計の下で会わないかと言ってやった。ショーは二時半にはじまるはずだから、おくれないようにと念を入れてね。だって、彼女はいつだっておくれるんだから。そして電話を切ったんだが、いらいらさせられたな。でも彼女はとっても美人なんだ。

サリーの奴とデートの約束をしてから、僕はベッドを抜けだすと、服を着て、旅行カバンに荷物をつめた。しかし、部屋を出る前に、昨夜の変態どもがどうしてるか見てやれと思って窓から覗《のぞ》いてみたが、みんな日よけがおりてたな。あいつらも朝には、つつましさの極致みたいになると見えるよ。それから僕は、エレベーターで下まで降りて、勘定をすまして外へ出たのさ。モーリスの姿はどこにもなかったな。僕がわざわざあの野郎を骨を折って捜したりなんかしなかったのはいうまでもないやね。

ホテルを出たとこで僕はタクシーを拾ったけど、さて、どこへ行ったものやら、ぜんぜん見当もつかないんだな。どこも行くとこがないんだよ。まだ日曜なのに、水曜まではうちへ帰れない——どんなに早く見つもっても、火曜日だ。といって、また別のホテルへ行ってからに、脳味噌をしぼるようなはめになるのはまっぴらだしさ。そこでどうしたかというと、グランド・セントラル・ステーションへやってくれと、運転手にそう言ったんだ。あそこなら、サリーと会うことにした《ビルトモア》のすぐそばだし、それに、あそこの金庫に旅行カバンをあずければ、鍵《かぎ》を渡してくれるから、それをもらって、朝食をたべに行ける、ところ見当をつけたわけだ。なにしろ腹が減ってたんでね。タクシーの中で、僕は、紙入れを出して金を勘定してみた。いくらあったか、今は忘れてしまったが、たいした額でなかったことはたしかだ。二週間ばかしで、王様の身代金《みのしろきん》ほどもの大金を使った勘定になる。いや、ほんとなんだよ。芯《しん》は僕はしようのない浪費家なんだ。使わないでいると、失《な》くしてしまう。レストランやナイト・クラブやなんかで、おつりを持って来るのを忘れることさえ、二度に一度はあるな。それでおやじやおふくろはカンカンなんだ。無理もないよね。でも、おやじはなかなかの金持なんだ。どれくらいの収入があるかは知らない——そういうことじゃ、僕と話したことがないんだな——でも、相当なもんだろうと思ってる。おやじは会社の顧問弁護士だけど、ああいう顧問弁護士というのは、ごそごそかせぐからね。おやじが相当金回りがいいはずだと思うもう一つの理由は、いつも、ブロードウェイのショーに投資してるからなんだ。しかし、こういうのはきまって失敗するもんだから、おやじがショーに投資すると、おふくろは頭に来ちまうんだ。弟のアリーが死んでからというもの、おふくろはあんまり元気じゃないんだよ。なんでもひどく気にしちまうんだ。僕がまたまた退学になったことをおふくろに知らせたくなかったのは、それも一つの理由なんだよ。

　僕は、駅の金庫に旅行カバンをしまいこむと、小さなスナック・バーへ入って朝食を食った。僕にしてはずいぶん盛大に食ったもんさ――オレンジ・ジュース、ベーコン・エッグ、それにトーストとコーヒー。ふだんなら、オレンジ・ジュースを少し飲むだけさ。僕はとても少食なんだ。ほんとだぜ。だからこんなに痩《や》せっぽちなんだよ。本当は、体重なんかをふやすために、澱粉質のものやなんかがうんと入った食事をとることになってたんだが、守ったことないね。どっか外で食事するときには、たいてい、スイス・チーズのサンドイッチに麦芽乳ですましてしまう。たいしたもんじゃないけど、でも、麦芽乳ってのはビタミンがどっさり入ってんだ。H・V・コールフィールド――ホールデン・ヴィタミン・コールフィールドってとこだな。

　僕がベーコン・エッグの卵を食ってると、スーツケースやなんかを持った二人の尼さんが入って来て――たぶん、他の修道院かなんかに移る途中で、汽車を待つんだろうと僕は思ったけど――カウンターの、僕の隣の席に腰を下ろしたんだ。スーツケースをどうしたらいいか困ってるふうだったから、僕は手をかしてやった。それがいかにも安物らしく見えるスーツケースなんだ――ほんものの革かなんかじゃなくってさ。つまらんことだとは自分でもわかってるけど、僕は、ひとが安物のスーツケースを持ってるのを見るのがいやなんだ。こんなことを言うと、残酷にひびくだろうけど、僕は、安物のスーツケースを持っていられると、その人までいやになりかねないんだな。その人を見るのがいやなんだよ。前にこんなことがあったんだ。エルクトン・ヒルズに行ってたときだけど、ディック・スラグルっていう同室の子が、ひどく安っぽいスーツケースを持ってたんだ。奴は、そいつを棚の上に置かないで、いつもベッドの下に押し込んでたんだな。僕のと並んでるとこをひとに見られたくないわけさ。おかげで僕はすごく憂鬱な気持になっちゃってね、僕のを投げすてちまうか、さもなきゃそいつのと交換しようかと、始終思ったもんだ。僕のはマーク・クロスの製品で、本物の牛革やなんかでできてるんだ。ずいぶん高いだろうと思うよ。ところがおかしなことがあったんだ。どういうことかというとだね、しまいに僕は、僕の旅行カバンを棚からおろして、僕のベッドの下に押し込んだわけさ。そうすれば、スラグルの奴が、つまんない劣等感なんか感じなくてすむと思ってね。ところが奴はどうしたと思う？　僕が自分のを僕のベッドの下に押し込んだ翌日、奴はそれを引きずり出して、また棚の上にもどしたんだ。なぜ彼がそんなことをしたのか、しばらくは僕にも見当つかなかったけど、それはつまり、僕のをあいつのだとひとに思わせたかったからなんだな。ほんとなんだ。そんなふうに、実におかしな奴だったよ、彼は。たとえばね、僕の旅行カバンのことで、しょっちゅういやみったらしいことを言うんだな。新しすぎるし、第一、ブルジョアくさいって言うんだ。このブルジョアってのが彼愛用の言葉なんだ。どっかで読むか聞くかしたのさ。僕の持ってるものは、なんでもすごくブルジョアくさいんだ。僕の万年筆までブルジョアくさいんだよ。しょっちゅう僕から借りるくせして、それでもやっぱりブルジョアくさいんだな。いっしょの部屋にいたのは、たったの二か月ばかしで、それから両方ともが部屋をかえてくれって学校へ頼んだんだ。ところが、おかしいじゃないか、部屋が変わってみると、そいつのいないのがなんとなく寂しいんだな。そいつは実にいいユーモアのセンスのある男でね、いっしょにいて楽しかったことが何度もあったからなんだ。向こうだって、おそらく、同じだったんじゃないかな。僕の持物をブルジョアくさいと言ってたのも、はじめのうちは冗談にそう言ってからかってただけなんだし、僕もぜんぜん気にしてなかったんだ——事実、なんとなくおもしろかったからね。ところが、しばらくたつうちに、それが冗談でなくなってきた。実際、自分のスーツケースよりもはるかに悪いスーツケースを持った奴と同室になってみたまえ、なかなかやりにくいもんだぜ——こっちのが本当に優秀で、相手のがそうでない場合にだよ。もしもそれが頭のいい奴で——それがって、相手がだよ——頭のいい奴だったりなんかして、ユーモアのセンスのある奴だったらば、どっちのスーツケースがよかろうと、そんなこと気にするはずはないと思うだろう。ところがそうじゃないんだな。ほんとなんだ。僕があんなストラドレーターみたいな馬鹿な野郎と同室になったのは、一つにはそこにわけがあったんだ。少なくともあいつのスーツケースは僕のと同じくらい優秀な奴だったんだから。

とにかく、さっき言った二人の尼さんは、僕の隣に坐ったんで、僕たちの間になんということもなく話が始まったわけだが、僕のすぐ隣に坐ったひとは、麦わらのバスケットを持ってたよ。ほら、尼さんや救世軍の女のひとたちが、クリスマスの頃に金を集めるのに使う、ああいう奴だ。よく、大きなデパートやなんかの前の街角《まちかど》に立ってやってるじゃないか、特に五番街あたりのさ。とにかく、僕のすぐ隣に坐ったひとが、そのバスケットを床に落としたんだよ。それで僕は手をのばして、それを拾ってやった。そして、慈善事業やなんかのお金を集めて歩いてるのかって、彼女にきいたんだ。彼女は違うと言った。旅行カバンに荷物をつめたとき、どうしても入らなかったので、持って歩いているんだというんだな。この尼さんは、ひとの顔を見て微笑するその笑いが実にいいんだよ。鼻は大きく、それにあまりチャーミングとはいえない鉄縁みたいな眼鏡《めがね》をかけてんだけど、その顔が実にやさしいんだな。「もしも寄付金を集めていらっしゃるのなら、僕も少し寄付させていただこうと思ったんです」僕はそう言った。「なんでしたら、募金なさるときのためにこの金をとっといてくだすっても結構なんですが」

「それはほんとにご親切に」と、彼女は言った。もう一人の、彼女の友達の尼さんも僕の方に顔を向けた。このひとはコーヒーを飲みながら、小さな黒い本を読んでたんだ。聖書らしく見えたけど、聖書にしては薄かったな。でも聖書系統の本に違いないよ。二人の朝食はトーストとコーヒーだった。それを見て僕は気が滅入《めい》っちゃってね。自分がベーコン・エッグかなんか食ってるのに、他の人がトーストにコーヒーしか食ってなかったりすると、僕はいやになるんだ。

尼さんたちは、献金として差し出した僕の十ドルを受け取ってくれた。そんなにして大丈夫だろうかと、繰り返し僕にきくんだよ。僕は金はたくさんあるからと、そう言ったけど、どうも信じられないといったようすだった。が、しまいには受け取ってくれたんだ。二人して何度もていねいにお礼を言うもんだから、僕は具合が悪くなっちゃった。で、話題を一般的な問題に切り変えて、これからどこへ行くのかと、二人に向かってきいたんだ。その人たちの言うには、どちらも学校の先生で、シカゴから来たとこだった。これから、一六八丁目だか、一八六丁目だか、とにかくずっとアップタウンのほうにある修道院で先生をするんだというんだよ。僕のすぐ隣に坐ってる鉄縁の眼鏡《めがね》の尼さんが、自分は英語を教えてるけど、もう一人、彼女の友達のほうは歴史とアメリカの政治を教えてると言った。それを聞いて僕は、馬鹿みたいな疑問を持ちだしたんだ。僕のすぐ隣の、英語を教えてる尼さんがだね、英語の授業のためにある種の本を読むときに、自分が尼さんなだけに、どんなことを考えるだろうかと思ってね。本の中には、必ずしもセクシーなことがいっぱい出てなくてもだよ、恋人とかなんとか、そんなのが出て来るのがあるじゃないか。たとえば、トマス・ハーディの『帰郷』のユーステイシア・ヴァイでもいい。ユーステイシア・ヴァイはそんなにセクシーとかなんとかいう女性じゃないけど、それにしても、尼さんが彼女のことを読んでどんなことを考えるか、疑問を起こすのは当然じゃないかな。でも、そんなこと、おくびにも出さなかったのはもちろんさ。ただ、英語は僕の一番得意な学科だって、そう言っただけだ。

「まあ、そうですの？　それはよかったわ！」眼鏡をかけた、英語を教えてるほうの尼さんがそう言った。「今年《ことし》はどんなものをお読みになって？　聞かせていただきたいですわ」彼女、実に感じがいいんだな。

「そうですね、大部分はアングロ・サクソンでした。ベーオウルフとか、グレンドルとか、ロード・ランダルとか、そういったもんです。でも、選択の単位をとるために、ときには教科書以外の本も読まなきゃならないんです。僕が読んだのは、トマス・ハーディの『帰郷』と、『ロミオとジュリエット』と『ジュリアス――』」

「まあ、『ロミオとジュリエット』ですって！　いいですわねえ！　あなた、いいと思わなかった？」

そう言うとこなんか、あんまり尼さんみたいな感じじゃなかったな。

「ええ、いいと思いました。とても気に入りました。気に入らないとこもいくつかありましたけど、でも、全体としては感動させられました」

「どこが気に入らなかったんですの？　覚えていらしって？」

実を言うと、彼女相手に『ロミオとジュリエット』の話をするのは、少々具合が悪かったね、ある意味でさ。つまり、あの芝居、ところどころ、かなりセクシーなとこがあるだろう。そこへもってきて相手は尼さんなんだからな。でも彼女のほうからきいてきたんだから仕方がない、しばらく彼女とあの芝居の話をしたよ。「そうですね、僕はロミオにもジュリエットにもそんなに心をひかれないんです」と僕は言った。「そりゃ好きは好きですけど――なんていうかな。ときどき、あの二人にいらいらしちゃうんですね。つまり、ロミオやジュリエットが自殺するとこよりも、マキューシオが殺されるとこのほうがずっと気の毒な感じがしたんです。本当を言うと、マキューシオがあのもう一人の男に刺されてからのロミオには、僕はどうも好感が持てなかったな、あの男――ジュリエットのいとこの――なんていいましたっけ？」

「ティボルトでしょう」

「そう、そう。ティボルト」と、僕は言った——僕はいつでもあいつの名前を忘れちまうんだ。「あれはロミオの責任ですよ。つまり、僕は、あの芝居の中で、彼が一番好きだったんです、あのマキューシオが。どう言うかなあ。モンタギュウ家やキャピュレット家の連中は、あれはあれでいいですよ——ことにジュリエットはね——しかし、マキューシオは、あれは——どうも説明しにくいな。あの男は実に頭がよくて、愉快で——。実を言いますとね、僕は人が殺されたりすると、頭に来ちゃうんです——ことに頭がよくて愉快で、といった人がですね——しかも、自分のせいじゃなく、他人のせいで殺されたりしますとね。ロミオとジュリエットが死ぬのは、あれは、少なくとも自分たちのせいですから」

「あなた、どちらの学校へ行ってらっしゃるの?」彼女はそう言った。おそらく、ロミオやジュリエットの話から離れたかったんだろう。

僕は彼女にペンシーだと言った。ところが彼女はペンシーを知ってたんだな。非常にいい学校だと言うんだよ。しかしまあ、それはそのままにして、僕はあえて反対しなかった。そのとき、もう一人の、歴史と政治を教えてるほうの尼さんが、そろそろ出かけたほうがいいと言ったんだ。僕は二人の伝票を横取りしたけど、尼さんたちは僕に払わしてくれないんだ。眼鏡《めがね》をかけたほうの尼さんに、伝票を返させられてしまったよ。

「あなたはもう十二分にお心づくしをしてくださったんですからね。ほんとにおやさしい方」彼女はそう言うんだよ。全くいい人だったなあ。ちょっと、あの、汽車の中で会ったアーネスト・モロウのおふくろさんを思い出しちゃった。ことに、微笑したときなんか、よく似た感じなんだ。「お話、とっても楽しかったですわ」彼女はそう言った。

僕は、こちらも非常に楽しかったと言った。それはまた、本当に楽しかったんだ。でも、僕がある不安みたいなものを感じてなかったら、もっと楽しかったろうと思う。というのは、僕は、彼女たちと話をしながら、僕のことをカトリックかどうかって、いきなりきいてきやしないか、始終それが気になってたんだ。カトリック教徒は、いつも、相手がカトリックかどうかを、たしかめようとするからさ。僕は、何度もそういう目にあってんだけど、それは、一つには、僕の姓がアイルランド系の姓で、アイルランド系の人はたいていカトリックだからなんだ。実をいうと、僕のおやじも、かつては本当にカトリックだったんだ。ただ、おやじの場合は、おふくろと結婚するときに、それをやめちゃったけどさ。でも、カトリック教徒が、たとえ姓を知らない相手だって、カトリックかどうかを必ずたしかめようとすることは、まちがいないよ。僕は、フートン・スクールに行ってた時分、ルイス・シャニイというカトリックの子を知ってたけど、これは僕があの学校へ行って、初めて会った生徒なんだ。学校が始まったその日に、身体検査を受けに診療所へ行った彼と僕とが、そこの外に置いてあった椅子《いす》の一番前の二脚に並んで坐ってたというわけさ。そして、なんということなしに、テニスの話を始めたんだな。あいつはとてもテニスに興味を持ってたが、僕もそうなんだよ。あいつが、毎年、夏にはフォレスト・ヒルズの全国大会を見に行くと言うと、僕もそうだと言う有様で、それからひとしきり、テニスの名選手のことで話に花が咲いたわけだ。あいつは、あんな年の子供にしては、テニスにとてもくわしいんだな。ほんとなんだ。それからしばらくすると、あいつ、話の途中でだしぬけにこんなことをきいてきたのさ。「君、つかぬことをきくけど、この町のカトリックの教会、どこにあるか気がついた？」ってね。そのきき方から判断して、彼が、その実、僕がカトリックかどうかを知ろうとして、そうきいたに違いないと思ったね。そしてまた、事実その通りだったんだよ。といっても、彼が偏見を持ってたとかなんとかいうんじゃない。彼はただ、僕がカトリックかどうかを知りたかっただけなのさ。テニスやなんかの話はけっこう彼にも楽しかったんだけど、もしも僕がカトリックだったら、もっと楽しいだろうと思ったわけなんだな。こういうことがあると僕は頭に来ちゃうんだ。話が台なしになっちまったとかなんとか、そんなことを言ってんじゃないよ——事実、そんなことはなかったんだから——けど、プラスにならなかったことも事実だな。だから僕は、あの二人の尼さんが、僕にカトリックかどうかきかなかったのがうれしかったのさ。かりにきいたとしても、話がだめになったりはしなかったろうけど、でも、違ったものになっちまったろうと思う。何も僕は、カトリックがどうのこうのと言ってんじゃない。事実、なんとも思っちゃいないんだから。僕がかりにカトリックだったにしても、やっぱし同じことをやるだろうよ。さっき言ったあの旅行カバンの話みたいなもんさ、ある意味で。つまり、そんなことは、楽しい会話にはなんのプラスにもならんと言ってるだけだ。それだけなんだ、僕が言ってるのは。

あの人たちが——って、つまりさっきの尼さんだけど——出かけようとして立ち上がったときに、僕は全く馬鹿な、困ったことをやっちまった。僕は煙草を吸ってたんだが、こっちも立ち上がってさよならを言おうとしたときに、あやまって、尼さんたちの顔に煙を吐きかけてしまったんだ。そんなつもりじゃなかったのに、そうなっちゃったんだ。僕は気違いみたいになってあやまったね。それに対する二人の態度はとてもていねいで、いい感じだったけど、でもやっぱし僕は困っちまった。

尼さんたちが出て行っちゃうと、とたんに僕は、十ドルしか献金しなかったことが気になってきた。でも、なんといったってサリー・ヘイズとマチネーに行くあの約束をしてたからね、切符やなんか買うために、いくらか金を持ってる必要があったんだ。けど、それにしても気になって仕方なかった。金の野郎め！　いつだって、しまいには、必ずひとのことを憂鬱《ゆううつ》にさせやがる。

## 16

朝食をすましちまっても、時間はまだやっと昼頃だったし、サリーに会うのは二時だったから、僕はゆっくり散歩をすることにした。あの二人の尼さんのことが頭から離れなかったな。あの人たちが、学校の授業のないときに、寄付金を集めに持って歩くあのバスケット、あのチャチな麦わらのバスケットのことが忘れられなかった。僕は、うちのおふくろか誰か、おばさんでもいい、サリー・ヘイズのいかれたおふくろさんでもいい、そんな人がどっかのデパートのおもてに立って、くたびれた麦わらのバスケットを持って、貧しい人たちのために金を集めてる情景を想像してみようとした。しかし、これはなかなかできなかったね。うちのおふくろならそれほどでもないんだけど、他の二人の場合はどうにも想像できないんだ。おばはなかなかの慈善家なんだ――赤十字の仕事やなんかもいっぱいやってんだよ――が、服装やなんかがうるさいんだな。なんか慈善の仕事をするときにも、いつも、りゅうとした服装をして、口紅をつけたりなんかするんだ。もしも、慈善の仕事をしてる間は黒い服を着て、口紅はつけちゃいけないというんだったら、それでもおばが、やるかどうか、ちょっと想像しにくいね。それがサリー・ヘイズのおふくろさんとなると、これはねえ、もしもあのおふくろさんに、籠《かご》をもって金を集めさせるとすれば、献金する人たちがいちいち、三拝九拝して献金させてもらうという態度に出るんでなきゃ、とうていだめだろう。籠の中に金を入れて、そのまま彼女を無視したぐらいにして、挨拶《あいさつ》もせずに行ってしまおうもんなら、おそらく一時間ぐらいでやめちゃうだろうな。あきちゃうだろうよ、彼女。籠を返して、さっさとしゃれた店へ昼飯を食いに行っちまいそうな気がする。そこんとこだよ、僕があの尼さんたちに好意を持ったのは。第一、あの人たちは、昼飯を食いにしゃれた店へなんぞ、絶対に行きやしない。それを考えると、僕はとても寂しい気持になっちゃった。つまり、あの尼さんたちは、昼飯を食べるためにしろなんにしろ、しゃれた店へは絶対に行かないってことさ。そんなことたいして重大な問題じゃないってことは僕にもわかってる。しかし、やっぱし僕は寂しかったな。

僕は、ブロードウェイのほうへ向かって歩きだした。別にどうってわけもなかったけど、ここんとこ何年も行ってなかったんでね。それに僕は、日曜でも店をあけてるレコード屋を見つけたかったんだ。『リトル・シャーリー・ビーンズ』っていうレコード、これを僕はフィービーに買ってやりたかったんだよ。ところが、これがなかなか手に入らないレコードなんだな。前歯が二本ぬけたために、はずかしがって家から出ようとしない小さな女の子のことを歌ったやつなんだ。ペンシーにいるとき聞いたんだよ。隣りの階にそのレコードを持ってる子がいてね、これはきっとフィービーをうならせると思ったから、そいつに売ってもらおうとしたんだけど、そいつ、売らないんだ。エステル・フレッチャーっていう黒人の女が二十年ぐらい前につくった、とっても古い、すごいレコードだった。彼女の歌いかたはディキシーランドみたいで、淫売宿の雰囲気があるんだけど、そのくせ、ちっとも不潔じゃないんだ。これがもし、白人の女の子が歌ったら、すごくキザっぽく歌っちまうんだけど、エステル・フレッチャーは万事を心得て歌ってんだな。こんなすばらしいレコードはこれまでにもそうたくさんは聞いたことがない。僕は、日曜日でも店を開いてる店を見つけてこいつを買って、公園へ持ってってやろうと思ったんだ。ちょうど日曜日だし、日曜には、フィービーは、よく公園へスケートをしに行くんだから。彼女がどの辺をウロチョロしてるか僕は知ってたんだ。

その日は前の日ほど寒くはなかったけど、太陽はやっぱし出てなくて、散歩にはあまりいい日じゃなかったな。でも、ひとつだけいいことがあった。一見してどこかの教会の帰りだとわかる一家おそろいの人たちが——父親と、母親と、それから六つぐらいの子供の三人連れだったけど——これが僕の前を歩いてたんだ。あんまり裕福な家庭ではなさそうだったな。父親は、貧乏な連中がめかした格好をしようとするときによくかぶる、パール・グレーの帽子をかぶってた。そして、奥さんと二人で話をしながら、子供はほったらかしで歩いて行くんだ。その子供がすてきだったんだよ。歩道の上じゃなくて、車道を歩いてるんだ。縁石のすぐそばのとこだけどね。子供はよくやるけど、その子もまっすぐに直線の上でも歩いて行くような歩き方をしてんだな。そして歩きながら、ところどころにハミングを入れて歌を歌ってるんだ。僕は何を歌ってんだろうと思ってそばへ寄って行った。歌ってるのは、あの「ライ麦畑でつかまえて」っていう、あの歌なんだ。声もきれいなかわいい声だったね。べつにわけがあって歌ってんじゃないんだな。ただ、歌ってるんだ。車はビュンビュン通る。キューッキューッとブレーキのかかる音が響く。親たちは子供に目もくれない。そして子供は「ライ麦畑でつかまえて」って歌いながら、縁石のすぐそばを歩いて行く。見ていて僕は胸が霽《は》れるような気がしたな。沈みこんでた気持が明るくなったね。

ブロードウェイは人ごみでごった返してた。日曜日で、まだ十二時頃だというのに、たいへんな人出なんだ。みんな映画を見に、パラマウントとか、アスターとか、ストランドとか、キャピトルとか、あんないかれた劇場へ行く連中なんだ。日曜日だというんで、どいつもこいつもめかしこんでるもんだから、なおいけない。しかし、一番いけないのは、みんなが映画を見に行きたいという気持を丸出しにしてたことさ。見るに堪えなかったね、僕は。他にすることがないから映画を見に行くというんなら僕にだってわかるよ。しかし、積極的に映画を見たいと思ったり、早く映画館へ行こうとして足まで急ぎ足になるなんてことになると、僕はすごく憂鬱《ゆううつ》になっちまうんだ。ことに、何百万っていう人たちが、一ブロック全体にもわたる長い長い列をつくって、ものすごい忍耐力を発揮しながら、座席のあくのを待ったりなんかしてるのを見ると、もうだめだね。ところが、そういうブロードウェイを僕はすぐさま逃げ出すわけにいかなかったんだからな。でも僕はついてたね。最初に入ったレコード屋に『リトル・シャーリー・ビーンズ』のレコードがあったんだ。なにしろめったに手に入らないレコードなもんだから、五ドルもしたけど、僕はヘイチャラさ。いやあ、うれしかったね。いっぺんに幸福な気持になっちまった。すぐにも公園へ行ってフィービーの奴を捜し出して、そいつを渡してやりたくて仕方なかったな。

レコード屋から出ると、ドラッグ・ストアがあったんで、僕はそこへ入って行った。ジェーンの奴に電話して、もう休暇でうちに帰ってるか、たしかめようと思ったんだ。それで、電話室に入って電話をかけたんだ。ただ困ったことに、彼女のおふくろさんが出ちゃってね、仕方がないから受話器をかけちゃったよ。彼女のおふくろさんなんかと、長話の相手をさせられるのはたまんないからな。なにしろ僕は、女の子の母親と電話で話すのは好きじゃないんだ。でも、せめてジェーンがもううちに帰ってるかぐらいはきくのが本当だったろう。べつに生命にかかわるわけでもないんだから。でも、どうも気が進まなかったんだな。そういうことは、気が乗らないと、できるもんじゃないよ。

僕にはまだ劇場の切符を手に入れるという仕事が残ってたんで、新聞を買って、どんな芝居があるかしらべてみた。日曜日なもんだから、芝居はたった三つぐらいしかやってなかったな。それでどうしたかというと、僕は、『なつかしの恋人』の一階の前の特等席を二枚買ったんだ。慈善興行かなんかだったな。僕はたいして見たくなかったんだけど、サリーの奴は、インチキ坊主の女王様だから、この切符のことを話せば、よだれを流すほど行きたがるにきまってるんだ。なにしろ、ラント夫婦（アルフレッド・ラント、リン・フォンタンの夫婦。現代アメリカの名優）が出てんだから。彼女は、ラント夫婦やなんかが出てたりして、知的に洗練されてて、ドライだということになってるようなショーが好きなんだ、僕はきらいさ。本当言うと、だいたい芝居ってものがたいして好きじゃないんだな。そりゃ映画ほどつまんなくはないけど、でもそんなに大騒ぎするほどのもんじゃない。第一僕は、俳優ってものが大きらいなんだ。俳優って奴は、決して本当の人間らしくやりはしない。本人がやってると思ってるだけさ。優秀な俳優の中には、多少、本当の人間らしくやる人もいるけど、それにしたって見てておもしろいというもんじゃない。それに、本当に優秀な俳優だと、自分で自分が優秀だってことを承知してるのが、こっちにわかるんでね、それがつやけしなんだな。たとえばロレンス・オリヴィエだってそうだ。僕はあの人の『ハムレット』を見たけどさ。去年D・Bが、フィービーと僕を見に連れて行ったんだ。先に昼飯をご馳走してくれて、それから連れて行ったんだ。D・Bは前にもう見てて、昼飯の席でその話をしたんだけど、その話を聞いてるうちに、僕もたまんなく見たくなったんだ。ところが僕にはたいしておもしろくなかったな。ロレンス・オリヴィエのどこがそんなにすばらしいのか、僕にはさっぱりわかんない。そりゃ、声はすごいよ。すばらしい美男子だ。歩いたり決闘したりなんかするときの姿もとてもいい。しかし、D・Bが言うようなハムレットとは全然違ってたな。沈みがちで迷うタイプの人間というより、むしろ勇ましい将軍みたいだった。あの映画全体で一番よかったとこは、オフィリアの兄貴が——あの、最後にハムレットと決闘する奴だ——あれが、よそへ行くことになって、おやじがいろいろと忠告を与えるとこがある。あそこだな。おやじがいろいろと忠告を与えてるときに、オフィリアが兄貴とふざけるだろう。兄貴の短剣を革のさやから引っぱり出したりして、おやじのおしゃべりを神妙に聞いてる格好をしようとしてる兄貴をからかったりなんかする。あれはよかった。あそこはとてもおもしろかった。でも、ああいったとこはあんまりないんでね。フィービーの気に入ったのは、ハムレットが犬の頭をなぜるとこだけ。あそこはおもしろくてよかったとフィービーは言うんだけど、事実またその通りなんだよ。とにかく僕は、あの芝居を読んでないからだめなんだ。僕の困ったとこはね、ああいうものは、自分で読まないとだめなんだな。俳優がやってみせてくれても、ろくに聞いちゃいないんだ。いまにインチキなことをやりやしないかと、そいつが気になって仕方がないんだよ。

僕は、ラント夫婦が出る芝居の入場券を手に入れると、タクシーで公園へ行った。手持ちの金が少なくなってきてたんで、本来ならば地下鉄かなんかで行くべきとこだったけどさ。でも僕は少しでも早くブロードウェイを抜け出したかったんだ。

公園も感じが悪かったな。そんなに寒くはなかったけど、太陽はやっぱり顔を出さないで、目につくものは犬の糞《ふん》と痰《たん》と年よりたちのすてる煙草の吸殻ばかしといった感じで、ベンチも腰をかけたら尻《しり》が濡れそうに見えた。全く気が滅入《めい》るような雰囲気で、歩いてると、ときどき、これといって理由もないのに、とりはだが立ったね。もうじきクリスマスが来るという感じはどこにもない。クリスマスと限らず、およそ何かを待つという気配はどこにも感じられなかったな。それでも僕は、とにかく《遊歩道《モール》》のとこまで歩いて行った。フィービーは、公園へ来ると、たいていその辺へ行くからなんだ。あいつは、あの音楽堂の近くでスケートをするのが好きなんだ。おかしなもんさ。僕も、子供の時分、その辺でスケートをするのが好きだったんだから。

　ところが、行ってみると、その辺に彼女の姿は見当たらないんだ。スケートやなんかしてる子供が四、五人、それに男の子が二人、ソフト・ボールでフライの捕《と》りっこをして遊んでたけど、フィービーの姿はないんだな。でも、フィービーと同じくらいの年格好の女の子が一人、ベンチに腰を下ろしてスケートの金具をしめていた。僕は、もしかするとこの子はフィービーを知ってんじゃないか、この子にきいたら、フィービーがどこにいるか教えてくれるかどうかするんじゃないかと思ったんで、その子のとこへ歩いて行って、そばに並んで腰を下ろしてきいてみたんだ。「突然だけど、あんた、フィービー・コールフィールドを知らない？」

「誰？」と、彼女は言った。ジーパンをはいて、セーターを二十枚ばかしも着込んでるんだ。それが母親の手製であることがわかるんだな。すごくブカブカなんだもの。

「フィービー・コールフィールド。七十一丁目にうちがある。今年四年生で、学校は──」

「あなた、フィービーを知ってんの？」

「そう。あの子は僕の妹なんだ。いまどこにいるか知ってる？」

「キャロン先生のクラスじゃない？」

「さあ──そう、たぶんそうだと思う」

「じゃあ、きっと博物館よ。あたしたちはこの前の土曜日に行ったけど」

「どっちの博物館？」

彼女は、軽く肩をすくめるようにして「知らない」と、言った。「博物館よ」

「それはわかったけど、でも、絵のあるほう？　それともインディアンがあるほう？」

「インディアンがあるほう」

「どうもありがとう」と、僕は言った。そして腰を上げて歩きかけたけど、そのときふと、その日が日曜であることを思い出したんだ。「今日は日曜日だよ」僕はその子にそう言った。

彼女は顔を上げて僕を見た。「そうか。じゃあ、いないわ」

彼女は金具をしめるのに、すごく時間がかかってるんだ。手袋もなんにもはめてないもんだから、手やなんかがまっかで、つめたくなってるんだ。僕は手伝ってやった。いやあ、何年間も僕はスケートをしめる鍵《かぎ》なんか手にしたことがなかったんだが、でもへんな具合でもなんでもなかったな。いまから五十年もたってから、かりに真暗闇《くらやみ》の中でスケートの鍵を渡されたにしても、僕はそれがなんだかちゃんとわかると思う。僕が金具をしめてやると、その子はお礼を言ったりなんかするんだな。礼儀の正しいとてもいい子だった。僕は、子供がスケートの金具をしめてもらったりなんかしたときに、礼儀正しく行儀よくするのが大好きなんだ。子供はたいていそうだけどね。ほんとだよ。僕はその子にホット・チョコレートかなんかをいっしょに飲まないかって誘ってみたけど、彼女は、せっかくだけど、結構だと言った。友達に会わなきゃならないと言うんだな。子供って、いつも友達に会わなきゃならないんだ。これには僕も参っちゃうよ。

日曜日だから、フィービーがクラスの連中やなんかといっしょに行ってるはずはないし、その上あたりはじめじめしていやな感じだったけど、それでも僕は、公園の中を突っ切って、自然科学博物館まで歩いて行った。あのスケートの金具をしめてた子の言ったのはこの博物館であることが僕にはわかってたんだ。この博物館の模様なら、手にとるようにわかってる。フィービーの行ってる学校は、僕が子供の頃に行った学校と同じ学校で、僕もみんなといっしょに始終この博物館へ行ったものなんだ。ミス・エイグルティンガーという先生がいて、この人がほとんど土曜日ごとに僕たちを引っ張って行ったんだ。動物を見ることもあるし、インディアンが大昔に作った品物を見ることもある。陶器だとか、麦わら細工の籠《かご》だとか、そういったものをさ。あのときのことを思うと楽しくなっちゃうな。今でも。インディアンの作った品物を見ちまうと、いつも、大きな講堂へ行って、なんかの映画を見たもんだ。コロンブスなんかのね。いつもコロンブスのアメリカ発見の映画をやってたな。フェルディナンドとイサベラから船を買う金を貸してもらうのにえらく苦労したり、船乗りたちに暴動を起こされたりなんかしてね。コロンブスのことなんか、誰もろくに気をつけて見てやしなかったけど、でも、いつだってキャンデーやガムやなんかをいっぱい持ってってたからね、講堂の中はとてもいい匂いがしたんだ。雨が降ってないときでも、外は雨が降ってて、自分たちだけ雨のあたらない気持のいいとこにいるみたいな、なんかそんな気持にさせる匂いだったな。あの博物館は大好きだった。今でも覚えてるけど、講堂へ行くには、インディアンの部屋を通り抜けて行かなきゃならなかった。これが長い長い部屋でね、何か言うには声を小さくして言うものと、きまってたみたいだった。先生が先頭に立って、その後にクラスの者が続くんだけど、二人ずつ組んで、二列になって行くんだ。僕が組んだのは、たいてい、ガートルード・レヴィンという女の子だった。この子はいつも手をつなぎたがるんだけど、その手がまた、いつもきまって、ねばねばしてるか汗ばんでるかなんかするんだな。床はみんな石で畳んであるもんだから、おはじきなんかを手に持ってて、そいつを落っことしたりすると、そこらじゅう気違いみたいに跳《は》ね回ってすごい音をたてるんだ。すると先生は、生徒をとめておいて、何事が起こったのか見に、引き返して来るんだ。でも、決しておこらなかったな、エイグルティンガー先生は。それから、インディアンが戦争に使った長い長い丸木舟のそばを通るんだ。キャディラックを三台ばかし一列にずらっと並べたぐらいの長さがあって、二十人ばかしのインディアンが乗りこんで、櫂《かい》をこいでるのもいれば、ただ強そうな顔して立ってるだけのもいたけど、みんな顔一面に戦争のときのくまどりをしてんだな。丸木舟の一番後ろのとこには、お面《めん》をかぶった幽霊みたいな奴が一人乗ってたけど、こいつはおまじないで病気をなおす祈禱師なんだ。こいつを見ると僕は、背筋が寒くなったもんだけど、でもきらいじゃなかったな。それからまた、通りがかりに櫂やなんかに触ったりすると、守衛から「触るんじゃない」って言われたもんだ。でもその言い方は、警官やなんかと違って、やさしかったな。その次には、大きなガラスのケースがあって、中でインディアンが棒を擦《す》り合わせて火を作ったり、女のインディアンが毛布を織ったりしてるんだ。毛布を織ってる女は少し前かがみになってるもんだから、オッパイやなんか見えるんだな。僕たちはみんな、こっそりそいつを盗み見しながら通ったもんだ。女の子までもね。だって、女の子といったって、まだほんの子供で、オッパイは僕たちとあんまり変わらないんだもの。それから、講堂へ入るすぐ前の、入口のドアのそばにはエスキモーがいた。これは凍った湖に穴をあけて、その穴にかがみこんで、そっから魚を釣ってるんだ。釣り上げた魚が二匹ばかし、穴の横に置いてあった。いやあ、あの博物館にはガラスのケースがいっぱいあったなあ。二階へ行けばまだあって、水たまりの水を飲んでる鹿が入ってたり、鳥の群れが冬を越すために南へ向かって飛んで行くとこを納めたケースもあった。見物人に一番近いとこの鳥は全部剝製で、針金でつるしてあるんだけど、奥のほうのはバックに絵を描いただけなんだ。でもそれがみんな、本当に南に向かって飛んでるように見えるんだな。そして、もし頭を下げて、下から鳥を見上げるみたいにすると、それがいっそう急いで飛んでるように見えるんだ。でも、この博物館で、一番よかったのは、すべての物がいつも同じとこに置いてあったことだ。誰も位置を動かさないんだよ。かりに十万回行ったとしても、エスキモーはやっぱし二匹の魚を釣ったままになってるし、鳥はやっぱし南に向かって飛んでるし、鹿も同じように、きれいな角とほっそりしたきれいな脚《あし》をして、あの水たまりの水を飲んでるはずだ。それから胸をはだけたインディアンの女も、相変わらず、あの同じ毛布を織りつづけてるだろう。何一つ変わらないんだ。変わるのはただこっちのほうさ。といっても、こっちが年をとるとかなんとか、そんなことを言ってんじゃない。厳密にいうと、それとはちょっと違うんだ。こっちがいつも同じではないという、それだけのことなんだ。オーバーを着てるときがあったり、あるいはこのまえ組になった子が猩紅熱《しょうこうねつ》になって、今度は別な子と組になってたり、あるいはまた、エイグルティンガー先生に故障があって代りの先生に引率されてたり、両親がバスルームですごい夫婦喧嘩《げんか》をやったのを聞かされた後だったり、道路の水たまりにガソリンの虹が浮かんでるとこを通ってきたばかりであったり。要するにどこかが違ってるんだ——うまく説明できないけどさ。いや、かりにできるにしても、説明する気になるかどうかわかんないな。

僕は、歩きながら、ポケットから例のハンチングを出してかぶった。僕を知ってる人に会うはずがないことはわかってたし、天気がいやにしめっぽかったんだ。僕はどんどん歩きつづけ、歩きながら、昔の僕と同じように今はフィービーが土曜日にあの博物館へ行っているということを考えていた。昔僕が見たのと同じ物を、今フィービーはどんなふうに見てるだろう。そしてまた、それを見に行くたびごとに、フィービー自身はどんな変わり方をしてるだろう。そんなことを考えてると、必ずしも気が滅入ってきたというんじゃないけど、またすごく明るい気持にもならなかったな。ものによっては、いつまでも今のまんまにしておきたいものがあるよ。そういうものは、あの大きなガラスのケースにでも入れて、そっとしておけるというふうであってしかるべきじゃないか。それが不可能なことぐらいわかってるけど、でもそれではやっぱし残念だよ。とにかく、そういうことをいろいろ考えながら、僕は歩いて行ったんだ。

途中で遊園地のそばを通りかかったとき、僕は足をとめて、まだほんとに小さな子供が二人、シーソーに乗って遊んでるのを眺《なが》めた。一人のほうはいくらか太ってたんで、僕は、重さの釣り合いをとってやろうと思って、痩せっぽちの子が乗っかってるほうの端へ手をかけたんだ。ところがその子たちは、僕がそばにいるのが気に入らないんだな。それがわかったんで、僕もその場を離れたさ。

それからへんなことになったんだ。博物館まで行ったところが、急に僕は、たとえ百万ドルくれるといわれても中に入る気がしなくなったんだよ。ちっとも魅力を感じないんだな——あんなに楽しいことを想像しながら、公園の中をここまでずっと歩いて来たくせに、フィービーがいるんだったら、たぶん入ったろうけど、フィービーはいない。そこでどうしたかというと、博物館の前でタクシーをひろって、《ビルトモア》へ行ったんだ。たいして行きたくはなかったけど、サリーとあんな約束をしちまったもんだから、仕方なかったんだ。

## 17

ビルトモアに着いたときには、まだずいぶん早かったんで、僕はロビーの大時計のすぐそばにある革の長椅子に腰を下ろして、そこにいる女の子たちを眺めまわした。もう方々の学校が休暇に入ってたから、そこには、立ったり坐ったりしながらボーイ・フレンドの現われるのを待ってる女の子がゴマンといたんだ。脚を組んでる子、脚を組んでない子、すばらしい脚をしてる子、みっともない脚の子、見るからにすばらしい女性らしく見える子、知り合ってみたら淫売《いんばい》みたいだったてなことになりそうな子。僕の言う意味がわかってもらえるかどうか知らないけど、これは全くいい眺《なが》めだったぜ。でもまた、いくらか気が重くなる眺めでもあった。だって、やがてはこの子たちの身にどんなことが起こるのかと、それが気になって仕方がないんだもの。つまり高校や大学を出たときのことさ。たいていの者は、おそらく、トンマな男たちと結婚するんだろう。おれの車は一ガロンで何マイル走れるなんていうことばかししゃべってる男とか、ゴルフや、ときにはピンポンみたいなくだんない競技でも、負けるとすごく気を悪くして子供みたいになっちまう男。あるいはあきれるほど意地の悪い男や、本など絶対に読まない男。退屈でしょうのない男——いやしかし、これはうかつには言えないことだ。ほんとなんだ。エルクトン・ヒルズにいたときだけど、僕は、二か月ばかし、ハリス・マクリンという子と同じ部屋にいたことがある。こいつは頭やなんかとてもよかったんだが、退屈なことにかけては最高の一人だったね。すごくかすれた声をしてやがってさ、そのくせ、ほとんどのべつ幕なしにしゃべってるんだ。口をつぐむってことがないんだな。そしてすさまじかったのは、第一に、こっちが聞きたいようなことは絶対にしゃべってくれないんだ。ところがこいつにも一つだけとりえがあってね。口笛にかけちゃ誰よりもうまいんだよ。ベッドをつくったり、押入れに物をかけたりしながら——こいつ、しょっちゅう押入れに物をかけてばかしいやがる奴でね——頭に来ちゃったけどさ——それをやりながら、かすれた声でしゃべってるか、さもなきゃ口笛を吹いてんだな。クラシックの音楽だって口笛で吹けるんだけど、たいていはジャズをやっていた。『トタン屋根のブルース』みたいなジャズっぽいやつをやると、実にうまくてね、ちっとも無理なく楽に吹くんだよ——押入れに物を吊しながらだぜ——これはイカシタな。もちろん、面と向かって、おまえの口笛はすごいなんて言いやしなかったさ。わざわざそばへ行って「おまえの口笛はすごい」なんて言う奴はないからな。でも、こいつの口笛が、それまで聞いたこともないほど、すばらしくうまかったからこそ、気がどうにかなりそうなくらい退屈な男だったのに、まるまる二か月ばかしも同じ部屋で暮らしたんだからな。やっぱし僕には、退屈な男ってものがわかってないんだ。すばらしい女の子が退屈な男と結婚するのを見ても、あんまりカワイソがることはないのかもしれない。退屈な男といったって、たいていは、ひとを傷つけるわけじゃないし、それに、ひょっとしたら口笛の名人やなんかだったりすることもあるわけだからな。わかったもんじゃないよ。とにかく僕にはわかんないね。

ようやくのことでサリーの奴が階段をのぼって来るのが見えたから、僕も迎えに下りて行った。彼女、すごくイカシタ格好をしてたな。ほんとなんだ。黒のオーバーに黒のベレーをかぶったぐらいにしてさ。彼女はほとんど帽子ってものをかぶったことがないんだけど、そのときのベレーはよかったな。おかしな話だけどね、そのとき僕は、彼女を見た瞬間に、この人と結婚したいな、とそう思ったんだよ。どうかしてんだな、僕は。好意さえろくに持ってなかったんだぜ。それなのに急に彼女を恋してるような気がしちゃって、彼女と結婚したいと思ったんだからな。たしかに僕はどうかしてるよ。そいつは自分でも認めるよ。

「ホールデン！」と、彼女は言った。「すばらしいわ、あなたに会うなんて。何年も会わなかったみたい」彼女は、どっか外で会ったりすると、こっちがどぎまぎするようなでっかい声を出す女なんだ。なにしろすごい美人なもんだから、それでもやってこれたんだけど、でも僕は、いつもその声には閉口させられたな。

「僕こそとてもうれしいよ」と、僕は言った。本心でもそうだったんだ。「とにかく、元気かい？」

「ええ、ゴキゲンだわ。あたし、おくれた？」

僕はそんなことはないと言ったけど、本当は、十分ばかしおくれてたんだ。でも僕はなんとも思いはしなかった。『サタデー・イーヴニング・ポスト』やなんかの漫画には、街角《まちかど》に立った男が、約束した時間に相手が来なくてすごくおこってる図があるけど、あんなものは、ありゃでたらめさ。会いに来る女の子がすてきな子なら、時間におくれたからって、文句をいう男がいるもんか。絶対にいやしないよ。「急いだほうがいいよ。芝居は二時四十分に始まるんだ」と、僕は言った。そして、いっしょに階段を下りて、タクシーがいるほうへ歩いて行った。

「何を見るの？」と、彼女は言った。

「さあね。ラント夫婦だ。それしか切符が手に入らなかったんだ」

「まあ、ラント夫婦ですって？　すばらしいわ！」

前にも言ったろう、サリーはラント夫婦と聞けば、きっと夢中になるだろうって。

僕たちは、劇場へ行く途中、タクシーの中でちょっとふざけ合った。彼女は、口紅やなんかつけてたもんだから、はじめいやがったけど、僕がすごく誘惑したもんだから、彼女も相手にならないわけにいかなかったんだ。タクシーの野郎が途中で二度ほど急停車したもんだから、僕はもう少しで座席から落っこちそうになった。運転手なんて奴は、あたりをろくに見もしないで車を走らせるもんだからな。ほんとだよ、誓ってもいいよ。それから、僕の馬鹿さかげんを披露することになるけど、盛大な抱擁が終わったとこで僕は、彼女に、愛してるとかなんとか言ったんだな。むろん、嘘《うそ》なんだけど、実を言うと、それを言ったときにはほんとにその気だったんだ。どうかしてんだな、僕は。神に誓ってもいいけど、どうかしてるよ。

「まあ、ホールデン、あたしもあなたを愛してるわ」彼女はそう言った。そしてその同じ口の下から、こう言うんだ。「その頭の毛はのばすって約束してちょうだい。クルー・カットはもうそろそろイカさなくなったわ。それに、あんたはそんなにきれいな毛をしてるじゃない」

きれいだってさ、くそくらえだ。

芝居は今まで見たのほど悪くはなかった。でも、どちらかといえば、つまんないみたいだった。二人の老夫婦の一生なんだけど、それが長いの長くないのって、五十万年もあるみたいなんだ。二人の若い頃の話から始まるんだけど、女の子が男の子と結婚しようとするのを、女の子の両親が反対する。それでも女の子はその男の子と結婚しちゃうんだな。それから二人は、だんだん、年をとってゆくわけだ。亭主は戦争に行くが、細君にはのんだくれの弟がある。どうもおもしろくなかったな。つまり、その家族の誰かが死のうとどうしようと、僕にはどうでもよかったんだ。どうせ、みんな俳優がやってることじゃないか。亭主と細君とはなかなか感じのいい老夫婦だった——すごくウィットがあったりなんかして——でも、その夫婦にもあんまり興味はひかれなかった。一つには、その老夫婦、芝居の間じゅう、お茶やなんかを飲んでばかしいるんだよ。見るたんびに、執事が二人の前にお茶を出してたり、妻君が誰かにお茶をついでたりするんだな。そして、しょっちゅうみんなが出たり入ったりしやがんだ——いろんな人が坐ったり立ったり、見てて目がまわりそうになったよ。アルフレッド・ラントとリン・フォンタン（出前）がその老夫婦をやったんだが、この二人はとてもうまかったけど、でも僕はあんまり好きじゃなかった。でも彼らは他の連中と違ってた。それは僕も認めるよ。彼らの演技は実際の人間みたいじゃないけど、でも俳優くさいというんでもないんだ。なんて言ったらいいかな。自分たちは有名人だと意識してやってるって感じかな。つまりね、うまいことはうまいんだけどあまりにうますぎるんだよ。一方がひとしきりしゃべってしゃべり終わると、とたんにもう一方がすぐその後を追っかけるようにして大急ぎでしゃべるだろ。それは実際の人間がお互いに相手の話にわりこむみたいにしてしゃべるとこに似せたわけなんだろうけど、ただ問題は、それがあまりにも似過ぎてるんだ。その感じは、《ヴィレジ》のあのアーニーがピアノを弾く、あの弾き方とちょっぴり共通したとこがあったな。何でもそうだけど、あんまりうまくなるとだな、よっぽど気をつけないと、すぐこれ見よがしになっちまうんだ。そうなったらもう、うまくもなんともなくなっちまうからな。それはともかく、あの芝居でちゃんとした頭を持っていそうなのは、やっぱし彼らだけだったな。彼らってつまり、ラント夫婦さ。そいつは僕も認めないわけにいかない。

　第一幕が終わったとこで、僕たちも、他の馬鹿どもといっしょに、煙草を吸いに廊下に出た。いや、実にたいした光景さ。インチキ野郎があんなに大勢むらがってるとこは、君もおそらく生まれてからこのかた、見たことがあるまい。みんな尻《しり》の穴から煙が出るほど煙草をすってからに、自分がいかに頭がいいか、みんなに知らせたくて、今の芝居のことを聞こえよがしにしゃべるんだな。僕たちの近くに、間抜け面《づら》した映画俳優が一人、煙草を吸いながら立っていた。名前は知らないけど、戦争映画でいつも、いよいよ攻撃というその直前に腰抜けになっちまう役をやる奴さ。豪勢なブロンドを連れててね、周囲の注目の的になってることにも気がつかないみたいなふりをして、二人ともいかにも味気なさそうな態度を無理してとってんだよ。涙が出るほど控え目なのさ。おかしくてたまんなかった。サリーの奴は、ラント夫婦を激賞するばかりでほかにはあまりしゃべらなかったけど、それは何しろ、あちこちを見回したり自分をきれいに見せたりするほうに忙しかったからなんだ。そのとき彼女、思いがけなく、ロビーの向こう側に、ある知り合いの顔を見かけたんだな。ダーク・グレーのフラノのスーツにチェックのヴェスト。アイヴィ・リーグそのものさ。たいしたもんだよ。奴《やっこ》さん、壁際に立って、退屈でたまんねえって顔をしながら、死ぬほど煙草をふかしてやがった。「あの人どっかの人よ、あたし知ってるわ」サリーの奴はいつまでもそんなことを言ってるんだ。サリーときたら、どこへ連れてっても、必ず誰かを知ってるんだな。あるいは知ってると思うんだ。いつまでも同じことを言ってるもんだから、そのうちに、こっちもいいかげんうんざりしちゃってさ、彼女に言ってやったんだ、「そんなに知ってるんなら、こっちから出向いて行って、あいつの口に舌をつっこんで盛大に接吻してやったらいいじゃないか。向こうも喜ぶぜ」ってね。それを言ったら、彼女、おこったねえ。でも、しまいに男のほうでも気がついてね。そばへ寄って来て、挨拶《あいさつ》をしやがった。二人が挨拶をするとこ、いや、見せたかったねえ。二十年ぶりにでも会ったみたいなんだ。まるで、子供の時分、いっしょに風呂に入った同士とでもいった格好さ。筒井筒《つついづつ》とかいったな。虫唾《むしず》が出るよ、全く。ところが、その二人、どっかのパーティで、たった一ぺんしか会ったことがないらしいんだから笑わせるじゃないか。いいかげん、二人して、でれでれやりやがったあげくに、サリーの奴が、その男と僕をひき合わした。ジョージなんとかっていう名前だったけど――忘れちゃったな――アンドーヴァ(マサチューセッツ州アンドーヴァにあるアメリカ最古の高校フィリップス・アカデミーのこと)に行ってんだよ。たいしたしろものさ。サリーから、今日の芝居をどう思うってきかれたときのそいつのようす、ほんとに見せたかったねえ。そいつはインチキ野郎なんだけど、同じインチキでも、そいつの場合はひとの質問に答えるときに、ある空間を必要とするインチキなんだな。つまりそいつは、サリーにきかれて後ろにさがったんだ。ところが、さがったのはいいけど、奴の後ろにいたご婦人の足をもろにふんづけちゃってね。あの分じゃ、あの女の人の足の指をみんな折っぺしょっちまったんじゃないかな。そいつがいわくだな、芝居そのものは傑作じゃない。しかし、ラント夫婦は、これはもう、もちろん、天使そのものである、とね。天使って言うんだからなあ。天使って。これには僕も参ったね。それから奴とサリーとは、両方で知ってる連中のことをいろいろとしゃべりはじめた。あんなにインチキな会話って、君もおそらく聞いたことないぜ。どっちもね、次から次と、まるで競争みたいにどっかの土地の名前を思い出しちゃあ、そこに住んでる奴を思い浮かべて、そいつの名前を言ってるんだ。あのとき開演の時間にならなきゃ、僕は完全にへどを吐いてたね。本当だよ。ところが、それから二幕目が終わったら、奴らはまた、さっきの退屈きわまる会話の続きをやるじゃないか。またもや、あちこちの土地の名前を思い出して、そこに住んでる奴の名前を並べやがんのさ。一番いけなかったのはね、その青二才の野郎、あのアイヴィ・リーグの連中のインチキきわまる声をしてやがんだよ。例のくたびれたみたいな、いやにきどった言いかたさ。まるで女の子みたいだったな。それで、その野郎、遠慮会釈もなしに、ひとのデートに割り込んで来やがんだよ。芝居が終わったとき僕は、こいつ、僕たちの車にいっしょに乗りこんでくるつもりかなと、ちょっと思ったくらいだった。だって、二ブロックほども僕たちについて歩いてきやがんだもの。でも奴は仲間と会ってカクテルをやる約束があると言った。チェックのヴェストを着こんだインチキ野郎どもが、どっかのバーに集まって、あのくたびれたみたいな、いやにきどった声で、芝居だの本だの女だののことを、辛辣《しんらつ》にやっつけてるようすが目に見えるようだった。参るねえ、ああいう連中には。

僕たちがタクシーに乗り込んだのは、そのアンドーヴァのインチキ野郎の話を、かれこれ十時間も聞かされたあげくだったからね、僕はサリーの奴にもいささか腹を立ててたんだ。それで、そのまま真直ぐに彼女を家へ送り届けてやろうと心の中ではきめていた——ほんとなんだ——ところがだね、彼女が「すてきなことを思いついた」って言うんだな。サリーは、いつも、すてきなことを思いつくんだ。「あのね」と、言うんだよ。「あんた、おうちには何時に帰らなきゃならないの、お夕食に？つまり、ひどく急ぐのかどうか、それが知りたいのよ。別に何時に帰らなきゃいけないってことはないのかしら？」

「僕？ ああ。ないよ」と、僕は答えた。いやあ、こんなに正直なことを言ったのは、たえて久しくなかったねえ。「どうして？」

「じゃあね、ラジオ・シティへアイス・スケートをしに行きましょう！」

彼女の思いつくすてきなことってのは、いつだって、このたぐいなんだ。

「ラジオ・シティでアイス・スケート？　いまこれからすぐにかい？」

「ほんの一時間かそこらよ。いや？　もしもいやなのなら――」

「誰もいやだとは言ってないよ。よかろう。君がやりたいんなら」

「ほんと？　ほんとにそう思ってるんでなかったら、はっきりそう言って。あたしはどっちだって、ちっともかまやしないんだから」

それが彼女、大いにかまってんだな。

「あそこじゃねえ、かわいらしいスケート用のスカートを貸してくれるのよ」と、サリーは言うんだよ。「先週、ジャネット・カルツも借りてたわ」

これなんだよ、彼女がやっきとなって行きたがったわけは。お尻《しり》のとこまでしかこないあの短いスカートをはいてみたくてたまんなかったんだ。

そこで僕たちは行ったわけさ。スケート場ではまずそれぞれのスケートを借りて、それからサリーは、そのお尻の締め具みたいな短いブルーの服を着こんだわけだ。ところが、そいつを着たサリーはすごくカッコいいんだな。そいつはやはり認めないわけにいかなかった。彼女のほうでも、ちゃんとそれは承知してんだな。自分のお尻がどんなにかわいらしく見えるか、そいつを僕に見せようとして、いつも僕の前ばかし歩いてたんだから。事実また、なかなかかわいらしいお尻だったね。そいつも僕は認めないわけにいかない。

ところが、おかしかったのはだね、そのときリンクですべってた連中の中で、僕たちが一等へたくそなんだ。文字通り、一等へたなんだよ。すばらしくうまいのも何人かいたねえ。サリーの奴は、足首のとこが内側に曲がって、今にも氷にくっつきそうになるんだ。すごくカッコわるいのは言うまでもないけど、それだけじゃなくて、あれじゃ痛くてたまんないだろうと思ったな。そういう僕だって、実は、おんなじだったのさ。つらかったねえ、死ぬかと思ったな。そういう二人なんだから、さぞ、すばらしい眺《なが》めだったろうよ。それに、なおいけないことにはだね、その辺に突っ立ってばかしいやがって、ひとのすっ転ぶのを見物するよりほかにすることもないっていう連中が、少なくとも二百人はいやがった。

「君、中のテーブルへ行って、お酒かなんか飲まない?」しまいに僕はそう言った。

「名案だわ。今日のあんたの最高の名案よ」と、彼女は答えた。実際、彼女も死にそうだったんだからな。無残なもんだったよ。僕は本当に彼女に同情したね。

僕たちは、スケートをぬぐと、バーの中へ入って行った。そこは、靴下のままで飲み物を飲みながら、スケートをやってる連中を眺《なが》められるようになってるんだ。腰を下ろすが早いか、サリーは手袋をぬいだ。それで僕は煙草をすすめたけど、彼女はあまり楽しそうな顔色じゃないんだな。ウェイターが来たんで僕は、彼女にコカ・コーラをとってやった——彼女、酒類は飲まないんだよ——僕はスコッチ・アンド・ソーダを注文したけど、くそたれウェイターめ、うんと言わないんだ。それで僕もコーラをもらったさ。それから僕は、次から次とマッチを擦《す》りはじめたんだ。これは、ある気分になったとき、僕がよくやるくせなんだけど、マッチが燃えて、それ以上持ってられないとこまで燃しておいて、それから灰皿の中に落とすんだ。なんだかいらいらした癖《くせ》さね。

そのとき、だしぬけに、それこそ青天の霹靂《へきれき》みたいにしてサリーが言ったんだよ。「ねえ。おしえてちょうだいよ。あんた、クリスマス・イヴの飾りつけを手伝いに来てくれるの、くれないの？ おしえてよ」彼女は、スケートをしてたときの足首のことで、まだ、いささかいらいらしてたんだな。

「行くって手紙に書いたじゃないか。君はもう同じことを二十回もきいてるぜ。間違いなく行くよ」

「だって、はっきりさせておきたかったんだもの」と、彼女は言った。そしてバーの中をあちこち見回しはじめたんだ。

僕は急にマッチを擦るのをやめて、テーブル越しに身を乗り出した。話の材料はいっぱいあったんだ。「ねえ、サリー」と、僕は言った。

「なあに？」そう言いながら、彼女は、部屋の反対側にいるどこかの女の子を見てるんだな。

「君は何もかももうたくさんだっていう気持になったことあるかい？」と、僕は言った。「つまり、こっちでなんか手を打たないと、何もかもつまんなくなってしまいそうだっていう、そんな不安を感じたことはないかね？ たとえば、学校とかそういったもの、君、好きかい？」

「学校はすごく退屈よ」

「僕がいうのは、いやでいやでたまんなくないかっていうのさ。すごく退屈なことはわかるよ。でも、いやでいやでたまんなくならないかっていうんだ」

「そうね、いやでたまんないっていうのとは違うわね。チェッ、実にいやだね」僕はそう言った。「しかし、そりゃ、いつも――」

「ところが、僕はいやでいやでたまんないんだ。

それだけじゃないんだな。何もかもなんだ。ニューヨークに住んでたりなんかするのもいやなんだ。タクシーが走って、マジソン街のバスが走って、運転手やなんかが、後ろのドアから降りてくださいっていつもどなりやがる。ラント夫婦を天使だっていうインチキ野郎に紹介される。ちょっと外へ出ようと思えばエレベーターで上ったり下りたり。ブルックスではいつもズボンをひとの身体《からだ》に合わせて仮り縫いしやがるし、誰も彼も始終――」

「そんなに大きな声を出さないでよ」と、サリーが言った。でも、これはおかしな話なんだ。僕は大きな声なんか出してやしなかったんだから。

「車のことを見てみろよ」と、僕は言った。いとも静かな声でね。「たいていの人がそうじゃないか、車にまるで夢中じゃないか。小さな掻《か》き傷でもつけやしないかって、おろおろしてやがる。そして話すことといえば、いつも、一ガロンで何マイル走れるかだ。真新しい車を手に入れれば、すぐにもう、そいつをもっと新しい奴に買い換えることを考える。僕は古い車だって好きじゃないよ。車って奴は興味すら起きないね。持つならむしろ馬のほうがいい。馬って奴は、少なくとも、人間的だよ。馬なら、君、少なくとも――」

「いったい、何の話をしてるの？　あたしにはさっぱりわかんないわ」と、サリーが言った。「あちこち話題が――」

「わかんないかなあ。僕がいま、ニューヨークやなんかにいるのはおそらく、君がいればこそなんだぜ。もし君がいなかったら、僕はたぶん、どっか遠いとこへ行ってるよ。山の中とかどっかへね。僕がここにいるのは、君がいるからこそなんだぜ、全く」

「うれしいことを言ってくれるのね、あんた」彼女はそう言った。しかし、彼女が本当は話題を変えたがってるのがはっきりわかるんだな。

「いつか、君、男の学校へ行ってみるといい」と、僕は言った。「そのうち、ためしにやってごらんよ。インチキ野郎でいっぱいだから。やることといったら、将来キャディラックが買えるような身分になるために物をおぼえようというんで勉強するだけなんだ。そうして、もしもフットボールのチームが負けたら、残念でたまらんというふりを見せなきゃなんない。やることといったら、一日じゅう、女の子と酒とセックスの話、おまけにみんながいやったらしい仲間を作ってかたまってやがんだ。バスケットのチームの奴らがかたまる。カトリックの連中がかたまる。知性派の連中がかたまる。ブリッジをやる奴らがかたまる。月間推薦図書クラブに入ってる連中までが自分たちだけでかたまってやがんだ。少し物わかりのいい――」

「ちょっと待って」と、サリーが口をはさんだ。「そんなことだけじゃなくて、もっといろんなことを学校生活から得ている男の子も大勢いてよ」

「そりゃそうだ！　その点は僕も認める。そういう奴もいることはいるよ。しかしね、僕が得たのはそれだけなんだ。ね？　そこを僕は言ってるんだ。僕が言ってるのは、そこのとこなんだよ。どんなものからも、僕は、ほとんど何一つ得ることがないんだな。調子が悪いんだよ、僕は。どうかしちゃってるんだ」

「どうもそうみたい」

そのとき、ふと、僕の頭に思い浮かんだことがあったんだ。

「ねえ」と、僕は言った。「僕にある考えがあるんだけどね。どう、君、こんなとこからとび出したくないかい？　僕に考えがあるんだ。グレニッチ・ヴィレジに僕の知ってる奴がいてね、こいつの車を二週間ばかし借りることができるんだ。昔、僕と同じ学校に行ってた男だけど、そいつにまだ十ドル貸しがあるんだよ。それでどうするかっていうとだな、明日《あす》の朝、マサチューセッツやヴァーモントやなんか、あの辺へずっとドライブに出かけるんだよ。あの辺はすごくきれいだからな。ほんとだぜ」そのことを考えてるうちに僕は、すごく興奮してきた。そして手をさしのべたぐらいにしてサリーの手を握ったんだ。いやあ、馬鹿だったねえ、僕は。「いいかげんなことを言ってんじゃない」と、言ったんだ。「銀行に僕は、一八〇ドルばかし預けてある。明日の朝、銀行が開いたらそいつを引き出して、それからそいつのとこへ行って車を借り出せばいい。でたらめを言ってんじゃない。金がなくなるまではバンガローとかそういったとこに泊まれるし、金がなくなったら、僕がどっかで仕事を見つけて、二人して、小川が流れてたりなんかするとこに住むんだ。そして、それからやがて結婚とかなんとかすることもできるだろう。冬やなんかには、うちの薪《まき》はみんな、僕が自分で割れるしね。誓ってもいいけど、僕たち、ほんとにすばらしい生活ができるぜ。どう思う、君は？　ねえ！　君ならどう思う？　僕といっしょに行ってくれるだろ？　ねえ、お願いだよ！」

「そんなこと、あんたにできっこないわよ」と、サリーは言った。すごく腹を立てたみたいな言いっぷりだったな。

「どうして？　どうしてできっこない？」

「そんなにギャアギャア言わないでよ」と、彼女は言った。これはてんででたらめなんだ。だって僕はギャアギャアなんか言ってやしなかったんだもの。

「どうしてできないんだ？　なぜだい？」

「あんたにはできないからできないっていうのよ。第一、あたしたちはどっちもまだ子供みたいなもんよ。あんた、お金がなくなったときに、万一仕事が見つからなかったらどうするか、考えてみたことあって？　二人とも餓死しちゃうわよ。最初からまるでおとぎ話じゃない。とても――」

「おとぎ話じゃないよ。仕事は見つかる。そいつは心配いらないよ。そんなことは君が心配しなくていいんだ。いったいどうしたっていうんだい？　僕といっしょに行きたくないのか？　行きたくないんなら、行きたくないとはっきり言ってくれ」

「違うわよ。そういうんじゃないわ」と、サリーは言った。僕はなんだかサリーがだんだん憎らしくなってきた。「そういうことをするんなら、先へ行ってからでも時間はたくさんあるでしょ――そういうことをみんなやる時間がたっぷりあるわ。大学やなんかへ行った後だってよ。あたしたちがかりに結婚なんかするとすれば。すばらしい所へいっぱい行けるわよ。あんたはただ——」

「いや、違うねえ。いろんなとこへなんかぜんぜん行けやしないねえ。全くようすが違っちまうよ」そう僕は言った。そして、また、すごく気が滅入《めい》ってきた。

「なんて言ったの?」と、彼女は言った。「聞こえないわよ。あなたったら、ギャアギャアわめくみたいに言うかと思うと、今度は——」

「いや、大学やなんかへ行ったりした後では、すばらしいとこへなんか行けやしないって言ったのさ。よく耳をあけて聞いてくれよ。すっかりようすが変わっちまうぜ。僕たちは、旅行カバンやなんかを持って、エレベーターで下へおりるってなことになるさ。みんなにいちいち電話をかけてさ、さよならを言って、行くさきざきのホテルやなんかから絵葉書を出さなきゃなんないだろう。僕はどっかの会社に勤めて、どっさり金をもうけて、タクシーやマジソン街のバスで会社に通ったり、新聞を読んだり、しょっちゅうブリッジをやったり、映画に行ったり、くだんない短編映画や近日上映の予告篇やニュース映画を見たりするわけだ。ニュース映画ってのがまたオドロキだからな。いつだってばかばかしい競馬だの、名流婦人が進水する船に瓶《びん》をぶつけるとこだの、チンパンジーがパンツをはいて自転車に乗るとこだの、そんなのばっかしなんだから。ぜんぜん変わっちまうよ。僕の言う意味が君にはてんでわかってないんだな」

「そうかもしれないわね! 同時にあんたにもわかってないんじゃない?」サリーはそう言った。

この頃にはもう、僕たちは、お互いに相手の強情さに腹が立ってきてたんだ。こうなっては、筋の通った話をしようたって無駄なことはわかるだろう。僕はこの話を切り出したことを心の底から後悔したね。

「さあ、ここを出ようや」と、僕は言った。「正直いって僕は、君と会ってるとケツがむずむずするんだ」

それを聞くと、彼女、おこったねえ。天井を吹っとばしそうにおこった。僕もそんな言葉は使うべきじゃないことぐらいわかってたし、ふだんなら言いやしなかったろうと思うんだけど、なにしろ彼女のおかげですっかり気をくさらしてたもんだからね。いつもの僕なら、女の子に向かって、そんな下品なことは絶対に言いやしないんだ。いやあ、彼女はおこったよ。僕は気違いみたいになってあやまったけど、きいてくれやしないんだ。おまけに泣いちゃってさ。これには僕もちょっぴり心配になった。だって、彼女がうちへ帰って、おやじさんに、僕が、彼女に会ってるとケツがむずむずして来ると言ったって、つげ口するんじゃないかと思ったんだ。彼女のおやじさんてのは、でっかい無口な野郎でね、いずれにしても僕のことはあまり好きじゃないんだな。いつかも、僕のことを、うるさい男だってサリーに言ったことがあったんだ。

「いいかげんなことを言ってんじゃない。ほんとに悪かった」何度も繰り返して僕は彼女にそう言った。

「悪かった。悪かった――なんて、滑稽《こっけい》だわよ、全く」と、彼女は言った。そう言いながらも、まだ少し泣いてんだな。そして僕は、急に、あんなことを言って悪かったたって、本当にそんな気になったんだ。

「さあ、うちまで送ってくよ。まじめに言ってんだぜ」

「結構よ、うちへぐらい一人で帰れるわ。あんたなんかに送ってもらうと思ってるの？　思ってるんなら、あんた、よっぽどどうかしてるわ。男の子にあんなことを言われるなんて、あたしは生まれて始めてなんですからね」

考えてみると、何もかもが、なんとなくおかしかったな、ある意味で。それで僕は、突然、やっちゃいけないことをやっちゃったんだよ。つまり、笑っちまったんだ。しかも僕の笑い声というのが、阿呆《あほう》みたいにでっかいんだな。たとえば、映画館なんかで僕の後ろに坐ってたりしたら、僕だって身体《からだ》を乗り出して、静かにしてくれませんかって、言うだろうと思うような笑い声なんだ。それでサリーの奴は、ますますカンカンになっちまってさ。

それからも僕はしばらく、あやまったりなんかして、ゆるしてもらおうとしたけど、彼女は承知しないんだよ。自分のことなんかをほっといて出て行ってくれって、そう言うばかしなんだ。そこで僕も仕方がない。しまいには言われる通りにしたよ。中に入って靴やなんかをとってきて、彼女を残して外へ出たんだ。そんなことはすべきじゃなかったけど、そのときは僕も、もうすっかりうんざりしちまっててね。

実を言うと、どうして彼女を相手にあんなことを言いだしたのか、自分でもよくわかんないんだ。

あの、どっか、マサチューセッツとかヴァーモントとかへ行こうという話さ。かりに彼女がいっしょに行こうと言ったにしても、おそらく僕は彼女を連れて行かなかったろうと思うんだな。誰かを連れて行くにしても彼女を連れて行くことはなかったろうと思うんだ。ところが、こわいじゃないか、彼女を誘ったときには、本当にその気だったんだから。そこがこわいとこなんだ。僕はきっと気違いなんだと思うよ。

## 18

スケート・リンクを出ると、なんだか腹が減ったような気がしたんで、僕はドラッグ・ストアに入って、スイス・チーズのサンドイッチに麦芽乳をとり、それから電話ボックスに入った。ジェーンのとこへもういっぺん電話をかけて、彼女がもう家に帰ってるかどうか、たしかめてみようと思ったんだ。つまり、今日の夕方は完全にあいてるから、ジェーンに電話をかけて、もし帰ってたら、ダンスかなんかに引っぱり出してやろうと思ったんだ。彼女を知ってから、ダンスやなんかはまだいっぺんもしたことがなかったけど、でも、一度彼女の踊るとこを見たことがあってね。そのときの彼女はすごくうまそうな感じだった。たしか、クラブで七月四日の独立祭の記念パーティがあったときだ。そのときはまだそんなに親しい仲じゃなかったんで、相手の男から彼女を横取りするのは悪いと思ったんだ。その相手の男っていうのは、チョートに行ってる学生で、アル・パイクっていう、ひでえ奴だった。僕はよくは知らないんだけど、いつもプールのあたりをうろちょろしてやがったよ。ラステックスみたいな白い水泳パンツをはいて、いつも高跳込《ハイ・ダイヴ》をやってるんだ。一日じゅう、いやったらしい半逆飛《ハーフ・ゲイナー》びばかしやってやがんだよ。それしかダイヴィングはできないくせに、自分じゃ名手だと思ってやがんだ。オール筋肉、脳味噌ゼロのたぐいさ。とにかく、その晩、ジェーンがデートしてたのは、そんな奴なんだ。理解に苦しんだね、僕は。ほんとに理解に苦しんだ。あとで、ジェーンといっしょに出歩くようになってから、僕は彼女にきいたことがある。よくもアル・パイクみたいな見せびらかし野郎とデートなんかできたもんだねって。ところがジェーンは、奴のことを見せびらかし屋なんかじゃないって言うんだ。劣等意識を持ってるんだって、そう言うんだ。彼に同情したりなんかしてるみたいな態度だったけど、それがわざとそうしてんじゃないんだな。しんからそう思ってやってんだよ。そこが女の子のおかしなとこなんだ。まちがいなく下司《げす》な野郎のことをさ——根性がくさってたり、ひどくうぬぼれてやがったりなんかしてね——そんな野郎のことを女の子にそう言うだろう。そうするときまって、そいつのことを、劣等意識を持ってるのよって、言うんだな。そりゃ劣等意識はあるかもしれないさ。しかし、それがあったからって、下司な野郎でないってことにはならないと思うんだな、僕は。女の子か！　女の子ってのは何を考え出すかわかったもんじゃないぜ。いつか僕は、ロバータ・ウォルシュっていう娘《こ》の同室の娘《こ》を、僕の友達のデートの相手に紹介したことがあるんだ。友達はボブ・ロビンスンて名前でね、これは本当に劣等意識を持ってたんだな。両親が、

“he don't”とか“she don't”とかといった文法的にまちがった言い方をしたり、あまり金持でないというんで、ひどく恥ずかしがってたんだ。それはもうはっきりしてたんだよ。しかし、下司な野郎やなんかじゃないんだ。とてもいい奴なんだ。ところが、ロバータ・ウォルシュの同室の娘《こ》は、そいつのことをてんで好きじゃないんだな。ロバータにそいつのことをあんまりうぬぼれてるって言ったんだ——どうしてそんなにうぬぼれてると思ったかというとだな、そいつがたまたま、弁論部のキャプテンをやってるって言ったからなんだ。そんなちっぽけなことで、あいつがうぬぼれてると思うんだからな。女の子の困ったとこは、男の子に好意を持つと、そいつがどんなに下司な野郎であっても、劣等意識を持ってるって言うんだな。反対にきらいな男の子だと、どんなにいい奴であろうと、どんなに劣等意識を持っていようと、そいつのことをうぬぼれてると言っちまうんだ。頭のいい子でさえ、そうなんだから。

とにかく僕は、もういっぺんジェーンに電話をかけた。ところが誰も出て来ないから、仕方なく受話器をかけたさ。もうあとは、住所録をめくってみて、その晩つき合えるのは誰があるか、捜してみるしかなかったね。ところが、困ったことに、僕の住所録には、たった三人ばかしの名前しか書いてないんだな。ジェーンと、エルクトン・ヒルズで教わったアントリーニ先生と、それからおやじの会社の番号と。他の人の名前も書きこもうと思うんだけど、いつも忘れてばかしいるんだよ。そこで、しまいにどうしたかというと、カール・ルースの奴に電話をかけたんだ。カール・ルースってのは、僕が退学した後で、フートン・スクールを卒業した男なんだ。僕よりも三つばかし年上で、僕はあまり好きじゃなかったけど、とても頭のいい男だった——フートンでは誰よりも高い最高の知能指数を持ってたな——こいつならどっかで僕と晩飯をつき合って、ちょっぴり知的な話の相手にもなってくれるんじゃないかと思ったんだ。ときどき無学な奴の蒙をひらくような態度に出る男なんだよ。そこで奴に電話をかけたのさ。奴はいまコロンビア大学に行ってるんだが、住んでるのは六十五丁目で、うちに居ることはわかってたんだ。電話口に呼び出したところが奴《やっこ》さん、夕食はつき合えないけど、十時に五十四丁目の《ウィカー・バー》で落ち合って一杯やろうと言いやがったね。僕から電話がかかって奴さん、ずいぶんびっくりしたろうと思う。いつか僕は奴のことをデブのインチキ野郎と言ったことがあるんだから。

十時までとなると、ずいぶん長い時間をつぶさなければならなかった。そこでどうしたかというと、ラジオ・シティの映画館へ行ったんだ。おそらく一番つまんないことをやったことになるとは思うけど、何しろ近かったし、それにほかには何も思いつかなかったんだ。

入って行くと、ちょうどつまんないステージ・ショーをやってるとこだったね。《ザ・ロケッツ》の連中がメチャクチャに脚を蹴上げていやがったよ。ずらっと一列に並んで、お互いの腰に腕を回してよくやるだろう。観客は気が狂ったみたいに拍手喝采《かっさい》。僕の後ろにいた奴なんか、細君に向かって何度も言ってやがんだよ、「あれ、何だかわかるかい？　あれがすなわちラインダンスっていうもんさ」これには僕も参ったね。《ザ・ロケッツ》が終わると、タキシードにローラー・スケートをはいた男が出て来て、小さなテーブルを幾つも並べたその下をスケートでくぐって、それをやりながら冗談をとばすというのが始まった。そいつのスケートやなんかはとてもうまかったけど、僕にはあんまりおもしろくなかったな。というのは、そいつが舞台でローラー・スケートを乗りまわす男になるために練習してるとこが目先にちらついて仕方なかったんだ。いかにもばかばかしい気がしちゃってね。おそらく、僕の気分がまともでなかったんだろう。ローラー・スケートの男が終わると、今度は、ラジオ・シティで毎年やるクリスマス番組がはじまった。天使の群れがボックス席やなんか、いろんなとこから出て来て、それは手に十字架を持った人たちなんだけど、それがその辺いっぱいに並んで、何千人もいるんだな。その人たちがみんないっしょになって「神の御子《みこ》は今宵《こよい》しも」って、まるで気違いみたいになって歌うんだ。たいしたもんさ。これが非常に宗教的で、またとてもきれいだとかなんとか言われてることは僕も知ってるけど、しかし、舞台一面に並んだ俳優たちが十字架を持ってるだけなんだからね、どこが宗教的なのか、どこがきれいなのか、さっぱりわかんないんだな。全部終わって、みんながまたボックス席から出て行くときには、われもわれもと待ちかねたように煙草を吸いはじめるにきまってるんだ。その前の年も僕は、サリー・ヘイズといっしょにこれを見たんだけど、サリーは衣裳から何から、なんてきれいなんでしょうと言いづめなんだ。僕は、もしもイエスの奴がこんな凝った衣裳やなんかを見たら、きっとへどを吐いちまうだろうと言ってやった。サリーは僕のことを、神を冒瀆《ぼうとく》する無神論者だと言ったけど、あるいはそうかもしれない。僕にいわせると、イエスが本当に好きなのは、ここのオーケストラのティンパニーをたたいてる大将みたいな人だろうと思うんだな。その人のことは、僕は八つぐらいのときから見てるんだけど、弟のアリーと僕とは、おやじゃおふくろなんかに連れてってもらったとき、よく席を離れて、この人が見えるようにずっと前へ出て行ったもんだ。あんなに優秀な奏者は僕は見たことないね。一つの曲の間にティンパニーをたたく機会はたった二回ぐらいしかないんだけど、たたかないときでも決して退屈そうな顔をしないんだ。そして、いよいよたたくときには、真剣な表情を浮かべて、実にうまくきれいな音を出すんだな。いつか、おやじに連れられて、アリーといっしょにワシントンへ行ったとき、この人にアリーが絵葉書を出したことがある。もっともその人の手には入らなかったろうと思うけど。宛て名が少々あやしかったから。

クリスマス番組が終わると、いよいよ映画の奴が始まった。あんまりいやらしい映画で、僕は目が離せなかったな。アレックなんとかいうイギリス人の話で、これが戦争に行って、病院で記憶を失ったりなんかするんだ。ステッキをついて病院から出て来ると、あちこちびっこをひきながらロンドンじゅうを歩き回るんだが、自分が誰だか知らないんだな。本当は侯爵なんだけどね、自分じゃ知らないんだ。そのうちにバスの中で、家庭的で誠実な感じのいい娘に会う。娘の帽子が風でとぶと、男がそれをつかまえるわけだ。それから二人してバスの二階席へ上がって行って、腰を下ろして、チャールズ・ディケンズの話を始めるんだ。ディケンズは二人ともが大好きな作家だったりなんかするわけさ。男はそのとき『オリヴァー・トゥイスト』を一冊持っててね、女のほうも持ってんのさ。いやはや、僕はゲーっていいそうだったね。とにかく、二人は、どっちもディケンズやなんかに夢中になってることから、すぐ恋に落ちる。そして男は娘の出版業を援助することになる。出版屋なんだよ、その娘。

ただ、兄貴がのんだくれで、うちの金をみんな使っちまうもんだから、仕事はあんまり思わしくないんだな。その兄貴ってのがまた、とてもひねくれた奴なんだ。というのは、戦争中、医者をやっててね、神経をやられたために今じゃ手術もできなくなってんだよ。それでしょっちゅう酒びたりなんだな。しかし、ウィットやなんかのとてもある男なんだ。とにかく、アレック先生が本を書いて、その娘がそれを出版し、二人で帽子にあふれるほどの大金をもうけるってわけだ。そうして、二人が結婚するばかりになったとこへマーシアっていうもう一人の娘が現われる。彼女はアレックの、記憶を喪失する前のフィアンセでね、アレックが本屋で自分の本にサインしてるとこを見かけるわけだ。彼女はアレックに、本当は侯爵なんだとかなんとか教えてやるんだけど、アレックのほうじゃ信じない。彼女といっしょに彼の母親のとこへ行こうと言われてもいやだと言うんだな。この母親っていうのが蝙蝠《こうもり》みたいに盲《めくら》なんだよ。ところが、もう一方の娘、つまり家庭的なほうが、彼に行かせるわけだ。とても高貴な精神の持主なんだよ。そこでアレックも出かけるわけだ。しかし、彼が飼ってたグレートデンがとびついても、母親が指をひろげて彼の顔を撫でまわしても、彼の子供の時分のペットだった玩具《おもちゃ》の熊を持ってきて見せても、やっぱし彼の記憶は戻らない。ところが、ある日のこと、子供たちが芝生《しばふ》でクリケットをやってるときに、クリケットのボールが彼の頭にぶつかるんだ。すると、たちまち彼は記憶を回復して、家へ入って行って、母親の額に接吻したりなんかするんだな。そして、それからはもと通りのまともな侯爵にかえって、出版業をやってる家庭的な娘のことはきれいに忘れてしまうわけだ。それから先も話していいんだけど、話せばどうもへどが出そうでね。といっても、話せば映画が台なしになるとかなんとかいうんじゃない。なにしろ、台なしになるものがはじめからないんだからな。おしまいは、アレックとその家庭的な娘が結婚し、のんだくれの兄貴は神経がもと通りになってアレックの母親に手術をする。すると母親の目がまた見えるようになり、それから、そののんだくれの兄貴とマーシアとが互いに愛し合うようになる。最後は、さっきのグレートデンがぞろぞろ子犬をつれて入って来るのを見て、長い食卓についてるみんなが腹をかかえて笑いころげるとこで終わるんだ。みんなが、そのグレートデンを雄かなんかと思いこんでたとでもいうのかな。とにかく、僕に言えることは、へどで着てるものを台なしにしたくなかったら、あんな映画は見なさんな、ということだけだ。

僕が閉口させられたのはね、隣に女の人が坐ってて、これが映画の間じゅう、泣き通しなんだよ。映画が嘘《うそ》っぱちになればなるほどますます泣くんだな。そんなに泣くのは、その人がすごくやさしい心の持主だからと思うだろうけど、僕はすぐ隣に坐ってたんだが、違うんだね。この女の人は小さい子供を連れててね、その子がひどく退屈して、おまけにトイレに行きたくてたまんないのに、連れて行こうとしないんだ。じっと坐って行儀よくしてろって、そう言うばかしなんだ。あれでやさしい心の持主なら、狼だってやさしい心の持主だね。映画のインチキな話なんか見て目を泣きはらすような人は、十中八九、心の中は意地悪な連中なもんさ。決していいかげんなことを言ってんじゃない。

映画が終わったとこで僕は、カール・ルースと会うことになってた《ウィカー・バー》のほうへ歩いて行った。そして、歩きながら戦争やなんかのことをなんとなく考えたんだ。戦争映画を見ると、きまって僕はそうなるんだ。戦争へ行かなきゃならなかったら、とても僕は堪えられないだろうと思う。本当に堪えられそうにないな。戦地に引っぱり出されてうち殺されるとかなんとかするだけならそう悪くもないんだけど、すごく長い間、軍隊に入ってなきゃなんないだろう。こいつが困るんだな。兄貴のD・Bは四年間も軍隊に入ってたんだ。おまけに戦争にも行ったんだけど——兄貴はノルマンディ上陸作戦やなんかに参加したのさ——でも、戦争よりも軍隊をいっそうきらってたようだったな。その頃は僕はまだ子供みたいなもんだったが、兄貴が休暇やなんかで戻って来ると、ただもうベッドの上に寝っ転がってるだけみたいだったことを覚えてる。ろくに居間にも入って来なかったね。後になって、外地へ行って戦争に参加したりなんかしたわけだけど、負傷も何もしなかったし、ひとも射《う》たなくてすんだんだ。一日じゅう、司令官の乗用車を運転して、カウボーイみたいな将軍をあちこち連れて歩けば、それでよかったのさ。いつか、アリーと僕に言ったことがあるけど、かりにひとを射《う》たなきゃならなくなったにしても、どっちをねらって射てばいいのか、それさえわからなかったろうというんだ。軍隊ってとこは、ナチスとおんなじくらい、下司《げす》な野郎がいっぱいだったとも言ってたな。今でも覚えてるけど、いつかアリーが兄貴にきいたことがあるんだ——兄貴は作家だから、戦争へ行ったことは、書く材料やなんかがいっぱい手に入ったという点でよかったんじゃないかってね。兄貴はアリーに野球のミットを持って来させると、ルーパート・ブルックとエミリ・ディキンスンと、どっちがすぐれた戦争詩人かってきいたね。アリーはエミリ・ディキンスンって答えた。僕はあんまり詩を読んでないから、そういうことはよくわかんないけど、でも、僕がかりに軍隊に入って、アクリーとかストラドレーターとかモーリスとかいった連中としょっちゅういっしょで、行軍やなんかしなきゃならないんだったら、きっと気がへんになるにきまってるということははっきりわかってる。前に僕は、一週間ばかしだけど、ボーイ・スカウトに入ってたことがあるんだが、すぐ前を歩いてる奴の首筋を見てるだけでもがまんできなかったね。あそこじゃ、前の奴の首筋を見て歩けって、しょっちゅうそう言われるんだよ。今度また戦争があって僕が引っぱり出されたら、いっそ、射撃部隊の前に立たしてもらったほうがいいね。僕は反対しないよ。D・Bのことで僕の気にくわないのは、あれほど戦争をきらっていながら、去年の夏僕にあの『武器よさらば』っていう本を読ませたことだ。兄貴はすばらしい作品だって言うんだけど、それが僕には理解できないんだ。ヘンリー中尉っていう男が出てきて、これがいい奴だとかなんとかいうことになってんだな。しかし、どうしてD・Bは、軍隊とか戦争とかいうものをあれほどきらっていながら、あんなインチキな本が好きになれるんだろう。つまりだね、あんなインチキな本が好きであって、同時に、たとえば、リング・ラードナーのあの本だとか、あるいは、彼が夢中になってるもう一つのあの『偉大なギャツビー』（スコット・フィッツジェラルドの代表作）とか、ああいうものがどうして好きになれるのか、僕にはわかんない。それを言うと、D・Bはおこっちゃってね、僕のことをまだ若いかなんかするもんだからあの作品のよさがわかんないんだと言ったけど、僕はそうは思わない。僕は、リング・ラードナーや『偉大なギャツビー』やなんかなら、僕だって好きだって、D・Bにそう言ってやった。実際またそうなんだ。『偉大なギャツビー』なんか大好きなんだ。ギャツビーの奴、友達に呼びかけるときに「親友」とかなんとか言っちゃってさ。あれには参ったね。とにかく僕は、原子爆弾が発明されて、うれしいみたいなもんだ。今度戦争があったら、僕は原子爆弾のてっぺんに乗っかってやるよ。自分から志願してやってやる。誓ってもいいや。

## 19

ニューヨークに住んでないとわかんないかもしれないけど、《ウィカー・バー》っていうのは、セトン・ホテルっていう、しゃれたホテルの中にあるんだ。以前は僕もよく行ったんだけど、近頃はもう行ってない。徐々に縁を切ることにしたんだよ。すごく凝《こ》ってるとかなんとかいうことになってってね、気取った奴らがわんさと集まりやがんだ。昔はティーナとジャニーヌというフランス女が二人いて、毎晩三回くらいピアノを弾いて歌をうたってた。一人がピアノを弾いて——そのまたピアノがいやらしいんだ——もう一人が歌をうたうんだけど、歌はたいていイヤったらしい歌か、さもなきゃフランス語の歌だった。歌をうたうほうがジャニーヌで、歌う前に、いつも、マイクロフォンに向かって小さな声で囁《ささや》くように言うんだな、フランスなまりの英語でさ。「みなさん、これから歌います歌は『お願い、フランスのおかた』——これは、ちょうどニューヨークみたいな大きな都会にやって来て、ブルックリンの若者と恋におちるかわいいフランス娘のお話です。みなさんのお気に召すことと存じます」こんなふうに小さな声で囁くように言って、すごくかわいらしいようすをしてみせてから、半分は英語、半分はフランス語っていう、アホみたいな歌をうたうんだ。そうすると、その場にいるインチキ野郎どもはみんな夢中になって喜ぶんだな。もしもそこに腰を落ちつけて、インチキ野郎どもの喝采《かっさい》やなんかをそっくり聞いてみたまえ、世の中の人間がみんないやになっちまうから。間違いないよ。バーテンダーがまたいやらしい奴なんだ。たいへんなキドリ屋でね。大物か有名人かなんかでなければ口もききやしない。ところが、大物か有名人かなんかであればあったで、いっそう鼻もちならないまねをしやがんだよ。つかつかとそばへ寄って行って、なじみの客から見たらすてきな男に見えるようなチャーミングな微笑を盛大に浮かべながら「これはこれは！　コネティカットはいかがでございました？」とか「フロリダはいかがでございました？」とかって言うんだな。すげえとこさ。ほんとだよ。だから僕は、徐々に、すっかり縁を切るようになったんだ。

着いたときは、まだかなり早かったんで、僕はバーのとこに坐った――かなりこんでたけどね――そして、ルースの奴が姿も見せないうちから、スコッチ・アンド・ソーダを二杯ばかし飲んだんだ。注文するときには、僕の背の高さがわかるように、そして未成年者だなんて思わせないように、わざわざ立ち上がって注文してやった。それから、しばらくの間、まわりにいるインチキ野郎どものようすを眺めてやった。僕の隣にいた奴は、連れの女の子にしきりとおせじをふりまいてやがってね、その女が貴族的な手をしてるって、何度も言うんだな。これには僕も参ったね。バーの向こう端のとこには、ホモの奴らがいっぱいいやがった。見たとこは、あんまりホモっぽくなかったな――つまり、頭の毛をうんと長くのばしたりなんかしてなかったんだ――でも、とにかくそうなことははっきりわかったな。そのうちに、やっと、ルースの奴が現われたんだ。

カール・ルース! ひでえ野郎だったよ。フートンでは僕の指導学生ということになってたんだけど、奴のやったことといったら、夜おそく自分の部屋に仲間の連中が集まったとこで、セックスの話やなんかをしただけなんだからな。いやまた、セックスに関しては、奴《やっこ》さん、実にくわしいんだ。特に変態やなんかのことがね。羊を相手にへんなまねをするいやらしい野郎のことだとか、女の子のパンティを帽子の裏やなんかに縫いこんでかぶって歩いてる奴のことだとか、いつもそんな話ばかししやがんだよ。それから男や女の同性愛。ルースの奴は、合衆国で誰々が同性愛だか、みんな知ってやがったな。こっちはただ、誰かの名前を言いさえすればいいんだ——誰だってかまわないんだから——そうすると、ルースの奴は、そいつがホモであるかないか、ちゃんと教えてくれるんだ。ときには信じかねることもあったな。ルースが同性愛だとかなんだとか言う奴のことがさ。映画俳優とかそういった連中のことなんだけどね。あいつがホモだっていう連中の中には、細君を持ってたりするのまでいるんだから。「君はジョー・ブローをホモだって言うんだね? あのジョー・ブローだね? いつもギャングやカウボーイの役をやる、身体《からだ》のでっかいタフなあいつだね?」って、何度もそうき返したくなるよ。するとルースは「モチさ」って答えるんだ。あいつは、何かと言うと「モチさ」って答えるんだな。ルースに言わせると、細君があるとかないとかいうことは問題じゃないんだそうだ。世界じゅうで、細君を持ってる男の半分はホモなんだが、自分でそれを知らずにいるんだそうだ。そのほうの素質やなんかがあれば、一晩のうちにも、ころっとホモにならないとも限らないんだとさ。

そんなことを言っちゃ、僕たちをひどくおびやかしたもんだよ、あの野郎。僕なんかは、そのうちにホモやなんかになるんじゃないかと思って観念してたね。ところでこのルースにおかしなことがあるんだが、僕は、ルース自身が、ある意味で、少々ホモっぽいんじゃないかと思うんだ。だってね、廊下を歩いてるとね、「このサイズで合うかどうかためしてみねえか？」って言ってね、ひとの尻《しり》に指を突っこむまねをするんだよ。それから、便所に入っても、あいつはドアをあけっ放しにしておいて、こっちが洗面所で歯を磨いたりなんかしてるのに話をしかけてくるんだ。こういうのは少々ホモっぽいからな。ほんとなんだ。僕は、学校やなんかで、本物のホモをずいぶん知ってるけど、そいつらはいつもそんなまねをするんだから。僕がかねがねルースのことをあやしいと思ったのも、それだからなんだ。でも、頭はなかなかいい奴だったね。それはほんとなんだ。

奴は人に会っても、ヤアともなんとも言わない男でね、腰を下ろして真先に言ったのが、二分ぐらいしかいられないよって、こうなんだな。デートの約束があるって言うんだ。それから、ドライ・マーティニを注文しやがった。そしてバーテンダーに、うんとドライにしてくれ、オリーヴを入れないで、って言ってやがった。

「おい、君のためにホモを一匹用意しといてやったぜ」僕はそう言った。「バーの向こう端にいるよ。まだ見ちゃだめだ。君のためにとっといてやったんだから」

「ばかを言うな」と、彼は言った。「相変わらずのコールフィールドじゃないか、いつになったら大人《おとな》になるんだ？」

僕なんかでは彼は退屈でしようがないんだな。それは本当なんだ。ところが、僕のほうはけっこうおもしろいんだ。彼は僕におもしろさを感じさせてくれる人間の一人なんだよ。

「性生活のほうはどうかね?」と、僕はきいた。こういうことをきかれるのが彼は大きらいなんだ。

「まあ落ちつけよ」と、彼は言った。「ちゃんと坐って落ちついたらどうだ?」

「落ちついてるよ」と、僕は答えた。「コロンビアはどうだい? 気に入ったかい?」

「もちろん気に入ってるさ。気に入らなきゃ行きやしないよ」と、彼は言った。彼でもときどきこんな陳腐なことを言うことがあるんだ。

「で、何を専攻してんだい? 変態性欲か?」僕はそう言った。ちょっとふざけてみただけなんだけど。

「どういう了見でそんなことを言うんだ——人をからかうのか?」

「とんでもない。ちょっと冗談を言っただけさ」と、僕は言った。「なあ、おい、ルース。君は頭のいい人間だろう? 僕は君の意見がききたいんだよ。いま、僕は、すごく——」

彼は僕を遮《さえぎ》るように大きなうなるような声を出しやがってね。「いいか、コールフィールド。おまえがもし、ここに坐って、静かにおとなしく酒を飲んで、静かにおとなしく話をしたいの——」

「わかった、わかった」と、僕は言った。「そうカッカするな」彼には僕を相手にまじめな話をする気がないことが明らかだった。そこが、こういう頭のいい連中の困った点なんだ。奴らは自分にその気がないと、絶対にまじめな話をしたがらないんだからな。そこで仕方がない、僕はどうしたかというと、彼を相手に世間話を始めたんだ。「まじめにきくんだけど、君の性生活はどうなんだ？　フートン時代によくつき合ってたあの娘《こ》と、いまもつき合ってるのかい？　ほら、あの、えらく――」

「いや、とんでもない」と、彼は言った。

「どうして？　あの娘がどうかしたのかい？」

「どうしたもこうしたもてんで知らんね。おまえがきくから言うけど、今頃はおそらく《ニュー・ハンプシアの娼婦《しょうふ》》っていう異名をとってんじゃないかな？」

「そういう言い方はよくないねえ。あの子は君以外の男には性的な関係を許さぬくらいのつつましさを持ってたんじゃないのか？　だったら、そんなふうに言うのはよろしくないよ」

「ほう、驚いたね！　コールフィールド式会話の模範的な奴をやろうというのか？　まずそれから答えてもらおう」

「いや違う」と、僕は言った。「しかし、いずれにしても、ああいう言い方はよくないよ。彼女がもし、つつましい、いい女の子で君に――」

「おい、どうしてもおまえはそういうつまらん話を続けなければ気がすまないというんだな？」

僕はなんとも答えなかった。もしも口をつぐまなかったら、相手はそのまま立ち上がって、僕を一人おいて行きそうな気がしたんだ。そこでどうしたかというと、僕はもう一杯酒を注文した。へべれけに酔っ払いたい気持だったんだ。

「いまは君、誰とつき合ってんだい？」僕はそう言った。「いやでなかったら教えてくれ」

「おまえの知らない女だ」

「そうだろうけど、でも誰なんだ？　ひょっとしたら知らなくもないだろう？」

「言わせなきゃ承知しないのか。《ヴィレジ》に住んでる女だよ。彫刻家だ」

「へえ？　嘘《うそ》じゃないんだろうな？　いくつだい、彼女？」

「年なんてきいたことないよ」

「そりゃそうだろうが、でも、いくつぐらいなんだ？」

「そうだな、三十代も終わりのほうかな」と、ルースは言った。

「三十代の終わり？　ほんとか？　そういうのが君は好きなのか？　そんな年とったのがいいのかね？」僕がそうきいたわけは、ルースって奴が、セックスやなんかについては、本当にくわしい男だったからなんだ。僕の知ってる男で本当にセックスにくわしいのは少ないんだけど、彼はその少数の中の一人だったんだ。十四の年にはもう、ナンタケットで、童貞を失ってたんだからな。ほんとなんだ、それは。

「おまえの《好き》ってのはどんな意味か知らんけど、おれは成熟した女が好きなんだ。そりゃあたりまえのこったろう」

「そうかね。なぜだい？　まじめに言うんだけど、そういう女のほうがセックスやなんかにはいいのかね？」

「おい。一つだけはっきりさしておこう。今夜は、おれは、コールフィールド的質問には答えないからな。おまえはいったい、いつになったら大人《おとな》になるんだ？」

しばらく僕は黙っていた。しばらくの間、今の話にはふれないことにしたんだ。すると、ルースは、もう一杯マーティニを注文して、バーテンダーにもっとうんとドライにしてくれと言いつけた。

「あのね。君はその女といつからつき合ってるんだ、その彫刻家の女とさ？」僕はそう言った。本当に興味があったんだよ、僕は。「フートン時代から知ってたのか？」

「まさか。彼女は、この国へ来てから、まだ数か月にしかならないんだからな」

「そうか。どっから来たんだ？」

「それが上海《シャンハイ》なんだよ」

「ほんとかい！　じゃあ、中国人なんだね？」

「モチさ」

「ほんとかい！　君はそんなのが好きなのか？　中国人だったりするのがさ」

「モチさ」

「なぜだい？　きかしてくれよ――僕はほんとに知りたいんだ」

「僕はね、西洋哲学よりも東洋哲学のほうがより満足すべきものであることをたまたま発見したんだよ。おまえがきくから言うんだけど」

「そうかね。君の言う《哲学》ってのはどんな意味なんだい？　セックスやなんかのことかね？それが中国のほうがいいっていうのかい？　そういうことかい、君の言うのは？」

「必ずしも中国とはかぎらんさ。おれは東洋と言ったはずだ。おい、こんな気違いじみた話を、あくまでも続けるつもりか？」

「いや、僕は真剣なんだ。ふざけて言ってんじゃないんだ。どうして東洋のほうがいいのかね？」

「そりゃ複雑過ぎて簡単には言えんな。東洋人はだね、セックスってものを、肉体的経験であると同時に精神的経験でもあると考えてるんだ。もしもおまえが、おれのことを——」

「同感だな！　実際、僕もセックスは、君のいわゆる——なんていったっけ——肉体的にしてかつ精神的な経験か、そんなものだと思ってるね。ほんとだよ。しかし、誰を相手にそいつをやるかってことが問題なんだな。もしも僕が、好きでもない相手とそいつをやると——」

「そんな大きな声を出すなよ、コールフィールド。低い声で話すことができないんなら、この話は打ち切りに——」

「わかったよ。しかし、聞いてくれないか」と、僕は言った。実際僕は興奮してきて、声が少し高くなりすぎてたことは事実なんだ。僕は興奮すると少し大きな声でしゃべることがときどきあるんだ。「とにかく、僕の言うのはこういうことなんだ」と、僕は言った。「僕だってね、セックスってものが、本来は、肉体的なものであると同時に精神的なものであり、また芸術的なものやなんかでもあるはずだということは知ってんだよ。しかし、僕が言いたいのはだね、これは誰を相手にしても——いちゃついたりなんかしてる女の子の誰を相手にしても——そんなふうになるとはかぎらないよね。そうだろう、君？」

「この話はよそう」と、ルースは言った。「かまわんだろう？」

「かまわんよ。だが、聞いてくれ。君とその中国の女の場合だがね。二人のどこがいいからなのかな？」

「よそうと言ったじゃないか」

たしかに僕は、個人的な問題に入りすぎてたことは事実だった。それは自分でもわかってるんだ。しかし、ここがまたルースの癪《しゃく》にさわる点なんだな。フートンにいた時分、相手の身に起こったことはどんなに内密なことでも具体的にしゃべらせようとするくせして、こっちが彼のことを何かときくはじめると、とたんに気を悪くするんだ。こういう知的な連中というのは、自分がその場を牛耳《ぎゅうじ》るんでないかぎり、知的な会話をしたがらないものなんだ。自分が黙るときには、きまって、相手にも黙らせたがるし、自分が自分の部屋へ引きあげるときには、相手にもそれぞれの部屋へ引きあげさせたがる。僕がフートンにいた頃も、僕たちはルースの部屋に集まって、奴から例のセックスの話を聞かしてもらったわけだが、それが終わった後も、僕たちが部屋へ帰らないで、僕たちだけで勝手にしばらくおしゃべりしたりすると、ルースは必ずいやがったもんだ——それはもう、明らかにわかるんだな。僕たちだけって、つまり、ルース以外の連中と僕とがさ。誰かほかの奴の部屋でね。それがルースにはいやでたまんないんだ。自分が立役者を演じる場面が終わったら、みんなをそれぞれの部屋へ帰して黙らしておきたい、そう奴はいつも思ってたんだよ。奴の心配は、誰かほかの奴が自分よりももっとうまい話をしやしないかって、それを心配してたんだな。僕にとっては、ほんとにおもしろい男だった。

「僕も中国へ行こうかな。僕の性生活はだめなんだよ」僕はそう言った。

「きまってるじゃないか。おまえの頭はまだ未熟だもの」

「そうなんだ。その通りなんだ。自分でもわかってるんだ」僕はそう言った。「僕のどこがいけないのか、君にはわかるかね？　僕は、あんまり好きでない女の子が相手だと――どうしてもセクシーな気持になれないんだよ――本当にセクシーな気持には、だぜ。つまり、うんと好きでなきゃだめなんだな、僕は。好きでないと、相手に対する欲情やなんかが、消えちまうみたいなんだ。おかげで僕の性生活はひどくみじめなものになっちまうんだな。鼻もちならんよ、僕の性生活は」

「そりゃそうにきまってるさ。この前会ったとき、おまえには何が必要か言ってやったじゃないか」

「精神分析やなんかを受ける話かい？」僕はそう言った。奴が僕にやるべきだと言ったのはそれなんだ。奴のおやじが精神分析やなんかの医者なんだよ。

「そいつはおまえ次第さ。おまえが自分の生涯をどうしようと、おれの知ったこっちゃないからな」

僕はしばらく黙ってしきりと考えていた。

「かりに君のおやじさんのとこへ行って、精神分析やなんかをやってもらうとするね」僕はそう言った。「その場合、おやじさんは僕に何をするかな？　つまり、どういうことを僕にやるのかな？」

「べつにどういうこともしやしないだろう。ただ、おまえに話をして、おまえのほうもおやじに話をする――それだけさ。ただ、こういうことはある――つまりおまえが自分の精神の型を認識する、その援助はしてくれるよ」

「自分の何をだって？」

「精神の型だよ。おまえの精神が描く型さ――いいかい、おれは何も精神分析学の初歩を講義するつもりはないんだからね。興味があるんなら、おやじに電話をかけて、面会の日をきめたらいい。ないならよすさ。正直言って、おれにはどうでもいいことなんだから」

僕は奴の肩に手をかけた。実際おもしろかったからねえ。「君はまったく友情に厚い奴だ」僕はそう言った。「自分でそいつを知ってるかね？」

彼は腕時計を見ていたが「もう行かなきゃいかん」と言って、立ち上がった。「おまえに会えて楽しかったよ」そしてバーテンダーに声をかけて、自分の勘定書を持って来させた。

「ちょっと、君」僕は彼が逃げ出す前にそう言った。「君のおやじさんは君にも精神分析をやったことがあるのかね？」

「おれに？　どうしてそんなことをきく？」

「どうしてってこともないが。でも、どうなんだ？　やったことがあるのかい？」

「はっきりやったとはいえんな。多少、順応の援助はしてもらったことはあるが、全般的な精神分析は必要なかったんだ。なぜそんなことをきくんだい？」

「べつに理由はない。ただ、きいてみただけさ」

「じゃあ。失敬するぜ」彼はそう言うと、チップを置いて帰りかけた。

「もう一杯だけ飲んで行けよ」と僕は言った。「お願いだ。僕はひどく寂しいんだよ。嘘じゃないんだ」

しかし彼は、それはできないと言った。もう約束の時間をすぎてんだからと言って、帰って行きやがった。

カール・ルース！　たしかに腹を立てさせられる奴ではあったけど、語彙《ごい》の豊富な男には違いない。フートンにいた頃も、学校じゅうで一番多くの言葉を知ってたのはあいつだった。学校でテストがあったんだから間違いない。

## 20

僕はそのままそこに坐りつづけて、次第に酔いがまわってくるのを感じながら、ティーナとジャニーヌが出て来ていつものやつをやるのを待ったけど、二人はもうその店にいなかった。代りにウェーブした髪の、ホモっぽい感じの男が出て来てピアノを弾き、それからヴァレンシアっていう新しい女が出て来て歌をうたった。ちっともうまくなかったけど、ティーナやジャニーヌよりはましで、それに少なくとも歌はいい歌だった。ピアノは僕が坐ったりなんかしてたバーのすぐそばにあったから、ヴァレンシアは僕のすぐ隣に立ってるみたいなもんだった。僕は彼女にちょっと色目を使ってみたけど、彼女は僕なんか目にも入らないみたいなふりをしやがった。僕だってふだんならそんなことをしなかったろうと思うけど、なにしろひどく酔ってたもんでね。彼女は歌い終わると、あっという間に逃げ出して行っちまったんで、僕は一杯つき合わないかって誘う機会もなかったくらいさ。仕方がないから、ヘッド・ウェイターを呼んで、ヴァレンシアに、さしつかえなかったらいっしょに一杯やらないかって頼んでくれるように言ったんだ。ヘッド・ウェイターは承知したと言ったけど、おそらく僕の伝言なんか伝えることさえしなかったろう。誰だってひとの伝言なんか絶対に伝えやしないんだから。

いや、僕はそこのバーに一時かそこらまでねばっちゃってね、バカみたいに酔っ払っちまった。ものがちゃんと見えないくらいなんだよ。それでも、一つだけ感心なことがあってね、騒いだりなんかしないように、すごく気をつけたんだ。ひとに気づかれたりなんかして、年はいくつだってきかれるのがいやだったのさ。でも、驚いたな、てんでまともに物が見えないんだよ。そして、本当に酔いがまわってきたとき、例の腹に弾丸《たま》をうち込まれたばかばかしいまねをやりだしたんだ。このバーにいる連中で、腹に弾丸をうちこまれてるのは僕だけさ。僕はジャケットの下に手を入れて、そこらじゅうに血がしたたらないように、胃袋やなんかのとこを押えてた。自分が負傷してることさえ誰にも知られたくないんだな。自分が手負いのならず者だという事実を隠しておきたいわけだ。そのうちにどんな気を起こしたかというと、ジェーンに電話して、彼女がもう家に帰ってるか、たしかめたくなったんだ。そこで僕は勘定を払うと、バーを出て、電話のあるところまで歩いて行った。その間もずっと、血が滴り落ちないように、ジャケットの下に手を入れてたんだぜ。いやあ、酔っ払ってたんだねえ、僕は。

ところが、電話室の中に入ると、ジェーンに電話する気がたいしてしなくなったんだな。あんまり酔っ払ってたからじゃないかな。そこでどうしたかというと、サリー・ヘイズの奴に電話したんだ。チャンとした番号を回すまでに二十回くらいもダイヤルを回す始末さ。てんで目が見えないんだよ。

「モシモシ」誰かが電話に出たんで、僕はそう言った。それをどなるみたいにして言ったんだな、なにしろ酔ってたもんだから。

「どなたですか？」実につめたい、淑女みたいな声がそう言った。

「僕ですよ。ホールデン・コールフィールド。サリーを出して下さい、すみませんけど」

「サリーはもう寝ましたよ。わたしはサリーの祖母です。どうしてこんな時間に電話をかけたの、ホールデン？　いま何時だかご存じ？」

「ええ。サリーに話があるんですが。とても大事なことなんです。サリーを出して下さい」

「サリーはもう寝たんですよ。明日《あした》おかけなさい。おやすみ」

「起こしてくれよ！　おーい、起こしてくれったら。チキショウメ」

そしたら違った声が聞こえたんだな。「ホールデン、あたしよ」って。サリーなんだ。「いったいどうしたっていうの？」

「サリー？　きみかい？」

「そうよ――そんなにわめかないで。酔っ払ってるの?」

「うん。あのね。おい、いいかい? クリスマス・イヴに行くからね。いいかい? クリスマス・ツリーの飾りつけをしてやる。いいかい? いいね、おい、サリー?」

「なによ。酔ってんのね。もうおやすみなさい。どこにいるの? 誰といっしょなの?」

「サリー? クリスマス・ツリーの飾りつけをしに行くからな。いいかい? おい、いいね?」

「わかったわよ。もうおやすみなさい。どこにいるの、あんた? 誰といっしょなのよ?」

「誰ともいっしょじゃないよ。おれと僕とわたしだけだ」チェッ、酔っ払ってたんだなあ! そのときでもまだ僕は自分の腹を押えてたんだ。「おれぁやられちゃったよ。ロッキーの一味にやられたんだ。嘘《うそ》じゃない。サリー、ほんとなんだ」

「聞こえないわ。もうおやすみなさい。あたし切るわよ。明日《あした》かけて」

「おい、サリー! 僕にクリスマス・ツリーの飾りつけをやってもらいたいか? やってもらいたいんだね? え?」

「そうよ。さよなら。うちへ帰って寝るといいわ」

そう言うと彼女は電話を切っちまいやがった。

「おやすみ。おやすみよ、サリー・ベービー。わが恋人、カワイコちゃんのサリーよ」と、僕は言った。どんなに僕が酔っ払ってたか、想像つくだろうか? それから僕も受話器をかけたんだが、サリーの奴はちょうどそのとき、デートから戻ったとこなんだろうと思った。彼女がラント夫婦やなんかとどっかへ行ってるようすを僕は想像した。それから、あのアンドーヴァの野郎なんかとさ。みんな揃《そろ》って、お茶とかなんとかお上品にかまえちゃってさ、お互いにへんに通《つう》ぶった話なんかしちゃって、猫をかぶってチャーミングにしてやがんだろ。彼女になんか電話するんじゃなかった、と僕はつくづく後悔したね。酔っ払った僕は、気違いなんだからな。

僕はずいぶん長いことその電話室に入ってた。そして、電話にしがみつくみたいにしてたんだな、気が遠くなりそうだったもんだから。実をいうと、あんまりすてきな気分じゃなかったんだ。でも、しまいにそこを出ると、馬鹿みたいによろめきながら洗面所に入りこんで、洗面台に水をいっぱいにした。そしてその中へ、耳までつかるくらいに顔を入れた。僕は水から上げた頭を拭《ぬぐ》いも何もしないで、雫《しずく》がたれるままにまかしておいたんだ。それから窓際のラジエーターのとこまで歩いて行って、その上に腰を下ろしたんだ。あったかくっていい気持だったたな。だって僕は馬鹿みたいに震えてたんだから。おかしな話だけど僕は、酒に酔うと、いつもすごく身体《からだ》が震えるんだ。

これといってすることもなかったから、僕はそのままラジエーターの上に腰を下ろして、床に敷いてある小さな白い四角な模様の数をかぞえてた。身体がぬれねずみになっちゃったな。だって一ガロンばかしの水が、首筋を伝って落ちて、襟《えり》やネクタイやなんやかんやを濡らしてたんだもの。でも僕はぜんぜん気にかけなかった。何しろ酔っ払ってたもんで、気になんかなりゃしなかったんだ。それから間もなくだが、ヴァレンシアにピアノを弾いてやった男、あのすごくウェーブした髪の、ホモっぽい顔をしたあいつが入って来て、その金色の髪に櫛《くし》を入れやがったんだな。そして、そいつが髪をなでてる間に、僕たちはなんとなく口をききだしたんだ、もっとも奴の態度はあまり親しげじゃなかったけどさ。

「ねえ君。君はバーへ戻ると、あのヴァレンシアに会うだろうね?」僕はそう言った。

「その可能性は大きいな」と、彼は答えた。なかなかウィットのある奴だったよ。僕の会う奴はみんなウィットがありやがんだ。

「あのね。彼女にくれぐれもよろしく言ってくれよ。そしてあのウェイターの奴が僕のことづてを彼女に伝えたかどうか、きいてくれないかな?」

「どうしてあんたは家へ帰らないのかね? それよりも、いったいあんたはいくつなんだ?」

「八十六さ。いいかね。彼女によろしくと言ってくれよ。わかった?」

「どうしてあんたは家へ帰らないんだ?」

「家へなんか帰らんさ。いやあ、しかし、君はピアノがうまいねえ」僕はそう言った。おせじを言っただけだけどね。本当を言うと、さっきのピアノなんか鼻もちならないものだったんだ。「君はラジオに出るべきだなあ。そんなにハンサムなんだからなあ。髪は金髪ときてるしねえ。マネージャーが要《い》るのかな?」

「いい子だから家へ帰るんだな。家へ帰ってさっさと寝るこった」

「帰る家がないんだよ。まじめにきくんだが——君はマネージャーが要るの?」

奴は返事をしなかった。そしてそのまま出て行きやがった。髪をといたり撫《な》でつけたりなんかして、それがすんだもんだから出て行ったんだ。ストラドレーターとおんなじさ。顔のきれいな奴ってのはみんなおんなじなんだ。自分の髪をといてしまうと、ひとのことはおっぽらかしてさっさと行っちまいやがる。

いよいよ僕もラジエーターから下りてクロークへ行ったんだが、途中で泣いたりなんかしちゃってね。どうしてだかわかんないけど、泣けてきちゃったんだ。たぶん、すごく気が滅入《めい》って寂しかったからじゃないかと思うんだな。それからクロークへ行って、引換券を出そうとしたところ、そいつがどこにも見つからない。でも、係の女の子はとても親切にしてくれて、引換えの札がなくても僕のコートを渡してくれた。それから『リトル・シャーリー・ビーンズ』のレコードも——僕は相変わらずそいつを持って歩いてたんだよ。僕は親切にしてくれたお礼に一ドルやろうとしたけど、その子はどうしても取ろうとしないんだな。おうちへ帰っておやすみなさいって、それを繰り返すばかしなんだ。僕の母親で勤めの終わる時間をきいてデートの約束をしようとしたけど、彼女は承知しないんだな。僕の母親でもおかしくない年だからとかなんとか言うんだよ。僕は頭の白髪《しらが》を見せて、四十二だぞと言ってやった——もちろん、ふざけて言っただけだけどさ。それにしても彼女はいい人だった。例の赤いハンチングを見せると、気に入ったって言うんだ。そして、僕はまだ髪の毛が相当濡れてたもんだから、外へ出る前に、彼女はその帽子をかぶらせるんだな。あれならいい人にきまってるよ。

外へ出てみると、もうあんまり酔ってるような気はしなかったけど、また寒さがひどく感じられて、歯がカチカチいいだした。とめようとしてもとまんないんだな。歩いてマジソン街まで行って、その辺でバスを待つことにしたけど、それというのも、もうあんまり金が残ってなくなったんでね、タクシー代やなんかは倹約しなきゃならなくなったんだ。ところが僕は、バスに乗るのも気がすすまなかった。その上、どこへ行ったものか、それさえはっきりきまってない。そこでどうしたかというと、《公園》に向かって歩きだしたんだ。あの小さな湖のそばを通って、家鴨《あひる》たちが何をしてるか、だいたいあそこにまだいるかどうか、見てやろうと思ったんだ。そのときになってもまだ、僕には、家鴨がはたしているものやらどうやらわかんなかったんだよ。《公園》までは遠くなかったし、どこといって他に行くとこもなかった——どこで寝ることになるのか、それさえまだわかってなかったんだからね——そこで歩きだしたというわけだ。疲れたりなんかはしてなかった。ただ、無性にわびしかっただけさ。

それから、ちょうど《公園》の中へ足をふみ入れたときだ、恐ろしいことが起こったんだ。フィービーにやるレコードを落っことしちまったんだよ。レコードは五十ばかしのかけらに割れちまってさ。大きな紙の袋に入ってたんだけど、それでも割れちまったんだ。僕はたまんない気持になって、もう少しで泣きだすとこだった。でも、他にどうしようもないし、とにかく割れたかけらを紙の袋から取り出して、オーバーのポケットに入れた。そんなもの、何の役にも立ちゃしないんだけど、でも僕は、捨てちまう気になれなかったんだ。それから公園の中に入って行った。いやあ、暗かったなあ。

僕は生まれてからずっとニューヨークに住んでるんで、《中央公園《セントラル・パーク》》は自分の手の甲のようによく知っている。だって、始終ここに来てローラー・スケートをやったもんだし、子供の頃は自転車に乗りによく来たことがあるんだ。ところがこの夜は、例の潟《かた》を見つけるのにえらく苦労したんだな。どこにあるか知ってはいたんだよ――《セントラル・パーク・サウス》のすぐそばにあるんだから――それでいながら見つからない。きっと、自分で考えてる以上に酔ってたんだと思う。僕はどこまでも歩きつづけたけど、歩けば歩くほどますます暗く、ますます不気味になってくる。公園の中にいる間には、人っ子一人見かけなかったな。そのほうがむしろありがたかったんだ。もしも誰かに会いでもしたら、おそらく一マイルほどもとび上がったろう。が、そのうちに、ようやく潟は見つかった。どうなってたかというとだな、半分は凍って半分は凍ってないんだよ。しかし、家鴨《あひる》の姿はどこにもなかった。僕は、湖の周《まわ》りをすっかり回ってみた――一度なんか、もう少しで中に落っこちそうになったくらいさ――それなのに、家鴨の姿は一羽も見当たらないんだ。家鴨がもしもいるんなら、きっと水際の近く、草やなんかに近いとこで、眠ってるかどうかしてるだろう――僕はそう思ったんだ。だからまた、水の中へ落っこちそうになったんだけどね。それでもぜんぜん見つからないんだな。しまいに僕は、あんまり暗くないとこにあったベンチに腰を下ろした。相変わらず馬鹿みたいに身《から》体《だ》が震えてね、例のハンチングをかぶってたのに、頭の毛の後ろのとこに、小さな氷のかたまりがいっぱいぶら下がってるみたいなんだ。これには僕も心配したね。きっと肺炎になって死ぬんじゃないかと思った。イカレた奴らが僕の葬式やなんかにゴマンと押しかけてくる光景が浮かんできてさ。デトロイトにいるじいさん、これはいっしょにバスなんかに乗ってると、町の丁目の数をいちいち大きな声でどなるんだ。それからおばさんたち――僕にはおばさんが五十人ばかしもいるんだな。それからいとこの奴らが全部だろ。すごい人数が集まるよ。アリーが死んだときにもみんなやって来たんだから。そういう間抜けな奴らが大挙してさ。一人、口臭のひどいとんまなおばさんがいるんだけど、このおばさんは、アリーのことを、なんてやすらかな顔をしてんでしょうって、繰り返し言っていたって、D・Bがしらせてくれた。僕はその場にいなかったからね。そのときはまだ、病院に入ってたんだ。手を怪我したもんだから病院に入らなきゃならなかったのさ。それはとにかく、頭の毛に小さな氷の塊《かたまり》がぶら下がってるもんだから、僕は肺炎にかかりそうな気がして、死ぬんじゃないかと心配だった。おふくろとおやじが気の毒でたまんなかったな。特におふくろのほうに気の毒な気がした。だって、おふくろは、アリーの死んだ痛手からまだ回復しきってないんだからな。僕のスーツや運動の道具やなんかを、どうしていいやら途方にくれてるおふくろの姿が、まざまざと目に見えてきて仕方なかった。ただ一つだけよかったのは、フィービーはまだ小さな子供だから、僕の葬式にはおふくろがよこさないにきまってる、それがわかってることだけはせめてもの救いだった。続いて僕は、みんながよってたかって僕を墓地の中に押しこめて、墓石に名前を彫ったりなんかすることを考えた。まわりはみんな死んだ奴らだからな。いやあ、人間、死ぬと、みんなが本当にきちんと世話をしてくれるよ。僕が死んだときには、川かなんかにすててくれるくらいの良識をもった人が誰かいてくれないかなあ、心からそう願うね。墓地の中に押しこめられるのだけはごめんだな。日曜日にはみんながやってきてさ、ひとの腹の上に花束をのっけたり、いろんなくだんないことをやるだろう。死んでから花をほしがる奴なんているもんか。一人もいやしないよ。

天気のいい日には、おやじとおふくろとがそろって、よくアリーの墓へ花束をさしこみに出かけるんだ。二度ばかし僕もいっしょに行ったけど、それきり僕はやめちまった。第一、あんな馬鹿馬鹿しい墓地なんかにいるアリーを見るのが僕は不愉快なんだ。あたりはみんな死んだ奴らや墓石やなんかばかしじゃないか。太陽が照ってるときはそんなでもないけど、二度——二度だぜ——墓地にいるときに雨が降りだしたことがあるんだ。そのときはひどかったな。アリーの墓石にも雨が降る。あいつの腹の上の芝生《しばふ》にも雨が降る。そこらじゅうが雨なんだ。墓参に来てた弔問者たちは、みんな、いちもくさんに駆けだして、めいめいの車に逃げこんだんだ。それを見て僕は気が狂いそうになったね。出かけて来た連中は、みんな、車の中に入ってさ、ラジオをかけたりなんかして、やがてはどっか快適なとこへ行って夕食をとることができるだろう。しかしアリーはどうなるんだ。それを思うと、僕はがまんならなかった。僕だって、墓地にあるのはアリーの肉体やなんかだけで、魂は天国にいるとかなんとか、そんなたわごとは知ってるさ。しかし、やっぱし僕にはがまんならなかったな。あいつがあそこにいてくれなきゃいいんだ。君はあいつを知らないけど、もし知ってたら、僕の言う意味がわかると思うんだな。太陽が照ってるときはそんなでもないんだけど、しかし、太陽って奴は、気が向いたときでないと顔を出さないんでね。

しばらくしてから、僕は肺炎にかかるとかなんとかいうことを頭から払いのけることだけが目的で、金を取り出すと、街燈のおぼつかない明かりで、いくらあるかかぞえにかかった。有り金は、一ドル紙幣が三枚と二十五セント銀貨が五枚、それに五セント白銅が一枚と、それだけだった——チェッ、僕は、ペンシーを出てから一財産使っちまった勘定になる。それからどうしたかというとだな、僕は潟《かた》の近くまで行って、二十五セント玉と五セント玉で水切りみたいなことをしたんだな、凍ってないとこでさ。どうしてそんなことをやったのか自分でもわかんないんだけど、とにかくやったんだ。たぶん、そうすれば肺炎にかかって死ぬってことを、頭から払いのけられるだろうと思ったんじゃないかな。でも、だめだったけどさ。

僕は、もしも肺炎になって死んだりしたら、フィービーがどんな気持になるだろうと、そんなことを考えだした。いかにも子供っぽい考え方だけど、しかし、やめようと思ってもやめられないんだな。そんなようなことが起こったら、フィービーは、さぞかし、いやな思いを味わうだろう。彼女は僕にとても好意を持ってるんだから。好意って、つまり、僕のことをとても好きなんだよ。ほんとなんだ。とにかく、そのことが頭から離れないもんだから、しまいに僕は何を考えたかというと、死んだりなんかしちゃいけないから、その前にこっそり家に帰って、彼女に会ったほうがいいと思ったんだ。僕は自分用にうちのドアの鍵《かぎ》やなんかを持ってたし、どうやるかというと、こっそりとうちにしのびこんで、しばらくフィービーとおしゃべりでもすれば、それだけでいいと思ったんだ。ただ一つ厄介《やっかい》なのはうちの入口のドアなんだな。こいつが馬鹿みたいにきしるんだよ。ずいぶん古いアパートな上に、管理人がなまけ者ときてるんで、何もかもガタガタキイキイいいやがんだ。しのびこむときに、おやじかおふくろに聞きつけられやしないかと、そいつが僕には心配だった。でも、とにかくやってみようと決心したわけさ。

そこで僕は、《公園》をとび出して家へ向かった。途中はずっと歩き通したね。たいして遠くはなかった上に、疲れてもいなかったし、それにもう酔ってさえもいなかった。ただめっぽう寒くて、どこにも人影がなかっただけだ。

## 21

ここ何年もの間になかったほど運がよかったのは、僕がうちに着いたとき、エレベーターの係が、ピートといういつもの夜勤のエレベーター・ボーイでなかったことだ。初めて見る新しい男がエレベーターを動かしてたんだ。そこで僕は、おやじやおふくろに真正面からぶつかったりなんかさえしなきゃ、フィービーにさよならを言って、それから逃げ出しても、僕が来たことを誰にも知られないですむだろうと思ったんだ。全くあれはすごい幸運だったな。その上さらによかったことに、その新しいエレベーター・ボーイというのが、少し足りないほうなんだな。僕は、いともさりげない口調で、うちディックスタインの家までやってくれと、そいつに言ったんだ。ディックスタインというのは、うちと同じ階にあるもう一つのうちに住んでる人たちさ。そのときはもう、僕はあのハンチングはぬいでたんだ。うさんくさく見えたりなんかしちゃいけないと思ってね。そして、ひどく急いでるような格好をしてエレベーターにとびこんだんだ。

奴《やっこ》さんは、エレベーターのドアをしめたりなんかして、上へのぼるばかりになったときに、くるりと振り向いて言ったんだな。「ディックスタインさんはおるすですよ。十四階のパーティに行っておられます」

「それはかまわないんだ」と、僕は言った。「僕は待つことになってんだから。僕は甥《おい》なんだよ」

奴《やっこ》さんは、ちょっと疑うような、間の抜けた表情を僕に向けた。そして「ロビーでお待ちになったほうがよろしいんじゃありませんか?」と、言った。

「そりゃそうだ――実際そうしたいとこだけど、僕は脚《あし》が悪いんでね。きまった姿勢にしてなきゃならないんだよ。あそこのうちの入口の前にある椅子《いす》に腰かけてたほうがいいと思うんだ」

奴さん、僕が何を言ってるのかさっぱりわけがわかんなかったとみえて、ただひとこと「はあ」といって、上へのぼってくれた。いや、悪くなかったねえ。おかしなもんだけど、誰にもわかんないようなことを言いさえすれば、相手は、たいてい、こっちがやってもらいたいことをやってくれるもんさ。

僕は、うちの階でエレベーターをおりた――馬鹿みたいにびっこをひいてね――そして、ディックスタインさんのうちのほうへ歩きだしたんだ。それから、エレベーターのドアがしまる音が聞こえたとこでくびすを返し、うちのほうへ引き返したわけだ。万事がうまい具合だったね。もう酒の酔いさえも消えていた。それから僕は、合鍵《あいかぎ》を取り出すと、入口のドアを、少しの音もたてないようにしてあけたんだ。それから、用心に用心を重ねて中に入ってドアをしめた。ほんとに泥棒そっくりだったな。

当然のことだけど、入口の部屋は真暗だった。そして、これまた当然なことだけど、僕は明かりをつけるわけにいかなかったし、何かにぶつかって音を立てないように、用心もしなければならなかった。それでも、ここが自分の家だということははっきりわかったね。うちの入口の部屋には、他のどこのうちにもないおかしなにおいがあるんだ。なんのにおいなんだか僕にはわかんない。カリフラワーとも違う、香水でもない——なんだか僕にはわからないんだ——けど、うちに帰ったということはいつだってわかるものさ。僕はオーバーをぬいで、入口の部屋の押入れに掛けようとしたが、この押入れにはハンガーがいっぱいかかっててね、戸をあけるとそいつがやけにカチャカチャ鳴りやがんだな。それでオーバーは着たままでいることにした。それから僕は、そろりそろりと、奥のフィービーの部屋のほうへ歩き出したんだ。女中に聞こえないことはわかってた。彼女は片方しか鼓膜がないんだから。兄貴がいて、子供のときに、麦わらを耳に突っ込まれたんだって、前に彼女から聞いたことがある。それでまあ、つんぼかなんかみたいなものなんだ、彼女。ところが、うちの親たちときたら、特におふくろのほうだけど、おふくろの耳は、まるで警察犬なんだな。だから僕は、彼らの部屋のドアの前を通るときには、あわてないように、ことさらゆっくりと通ったんだ。息を殺したりまでしたんだぜ。おやじのほうは、椅子《いす》で頭を撲《なぐ》られたって目をさましやしないんだけど、おふくろときたら、シベリアのどっかで咳《せき》をするだけでいいんだ、それだけでもちゃんと聞きつけるんだから。すごく神経が鋭敏なんだな。二晩に一晩は、夜通し起きて煙草を吸ってたりなんかするんだよ。

一時間ばかしもかかって、ようやく僕は、フィービーの部屋にたどりついた。ところが彼女、その部屋にいないんだよ。僕はそのことを忘れてたんだ。D・Bがハリウッドかどっかへ行って留守のときには、フィービーはいつも彼の部屋に寝るということを忘れてたんだな。フィービーはその部屋が好きなんだよ、うちの中でそこが一番大きい部屋なもんだから。それから、その部屋にはD・Bがフィラデルフィアでどっかのアルコール中毒の女の人から買った、正気の沙汰とは思えないほど大きい机があって、たてよこ十マイルもありそうなものすごくでっかい巨大なベッドがあるからなんだ。このベッドは兄貴がどこで買ったものやら、僕は知らない。が、とにかく、フィービーはD・Bが留守のときはこの部屋で寝たがるし、D・BもまたTo寝かしてやってんだよ。フィービーがこの気違いじみた机で宿題かなんかをやってるとこは一見に値するぜ。何しろベッドほどもある机なんだからな。宿題をやってたって、フィービーの姿なんか見えやしないんだ。でも、そういうものが彼女は好きなんだよ。自分の部屋は小さすぎるから好きじゃないんだそうだ。あたしはいろんなものをいっぱいひろげるのが好きって彼女は言うんだよ。これには参ったね。だって、ひろげるっていったって、フィービーの奴に、ひろげるどんな物があるというんだ? なんにもありゃしないんだから。

とにかく僕は、こっそりとD・Bの部屋に入りこむと、机の上の電燈をつけた。フィービーの奴は目をさましもしない。明かりをつけたりなんかしてから、僕はしばらくフィービーの姿を眺《なが》めてたね。彼女は、枕のはしっこに頭をのっけたくらいにして眠ってた。口をぽかんとあけてね。おかしいんだな。大人《おとな》の場合だと、寝ながら口をぽかんとあけてたりすると見られたもんじゃないけど、子供の場合は違うんだな。子供だと別になんでもありゃしない。子供の場合は、枕にいっぱいよだれをたらしてたって、おかしくもなんともないんだからな。

僕は、しばらく、部屋の中をこっそりと歩きながら、いろんなものを見て回った。今まではうって変わった世界で、すごくいい気分だった。肺炎にかかりそうとかなんとかいう気持さえ、もう起きなくなっていた。別な世界に入ったみたいで、ただただ僕は楽しかった。ベッドのそばの椅子《いす》の上にフィービーの服がのっている。彼女は、子供にしては、とてもきちんとしてるんだ。つまり、子供によくあるように、自分のものを散らかしておいたりなんかしないんだよ。だらしのない人間じゃないんだな。おふくろがカナダから買って来てやったうす茶のスーツのジャケットは、椅子《いす》の背にきちんとかけてあるし、ブラウスやなんかはシートの上にのっけてある。靴と靴下は、その椅子の下の床の上に、きちんとそろえて置いてあった。靴は今まで見たことのない、新しい靴だった。僕がはいてるのに似たこげ茶の散歩靴《ローファー》で、おふくろがカナダから買ってきてやったスーツにとてもよく合ってたな。おふくろはフィービーにとてもかわいい服装をさせるんだよ。ほんとなんだ。うちのおふくろってのは、物によっては、すごく趣味がいいんだよ。アイス・スケートとかそういったものを買うのはさっぱりだめだけど、着る物にかけては完璧なんだ。フィービーが着てるものなんて、いつ見ても感心しちゃうね。たいていの子供を見てみろよ、親が金持だったりなんかしたってさ、ひどいものを着せられてるのが普通じゃないか。おふくろがカナダから買って来てやったあのスーツを着たときのフィービーのようす、あれは君にも見せてやりたいね。ほんとだよ。

僕はD・Bの机の上に腰を下ろすと、その上にのっかってる物を眺《なが》め回した。大部分はフィービーのもので、学校やなんかに関係した物ばかしだった。たいていは本だけどね。一番上のには『たのしい算数』と書いてあった。僕は一ページ目をちょっとあけてのぞいてみた。するとそこには、フィービーの字でこう書いてあった——

4B—1
フィービー・ウェザフィールド・コールフィールド

これには僕も参ったね。彼女のまん中の名前はジョゼフィンで、ウェザフィールドなんかじゃないんだ。ところが彼女、このジョゼフィンてのがきらいなんだよ。僕が見るたんびに、新しい名前を考え出して、このまん中のとこを付けかえてんだ。

算数の下は地理の本で、地理の下は綴り字の本だった。フィービーは綴り字が得意なんだ。どの学課もよくできるんだけど、中でも綴り字が一番得意なんだ。それから、その綴り字の教科書の下にはノート・ブックが積み重ねてあった。フィービーはノート・ブックを五千冊ばかしも持ってんだ。あんなにたくさんノート・ブックを持ってる子供なんて見たことないだろうと思うよ。僕は一番上になってた奴を開いて、一ページ目をのぞいてみた。そこにはこう書いてあったね——

バーニス、休み時間に会いに来てね
だいじなだいじなお話があるんだから

そのページにはそれだけしか書いてない。次のページにはこう書いてあった。

なぜアラスカ東南部にはあんなに罐詰《かんづめ》工場
が多いか？
鮭がたくさんとれるから。
なぜりっぱな森林があるか？
気候が適しているから。
わが国の政府はアラスカ・エキスモーの生活を楽にするために
どんなことをしてやったか？
明日《あした》しらべること!!!
　フィービー・ウェザフィールド・コールフィールド
　フィービー・ウェザフィールド・コールフィールド
　フィービー・ウェザフィールド・コールフィールド
　フィービー・W・コールフィールド
　フィービー・ウェザフィールド・コールフィールド殿
シャーリーへ回してちょうだい!!!!

シャーリーあなた射手座《サギタリウス》だと言った
けどただの雄牛座《タウルス》じゃないのうちへ
いらっしゃるときあなたのスケートを持って来てね

僕はD・Bの机に腰をかけたまま、そのノート・ブックを始めからしまいまで読んだ。たいして時間はかからなかったけど、こんなものなら僕は、フィービーのでも誰のでも、子供のノート・ブックだったら、一日じゅう、夜までぶっ通してだって読んでいられるんだ。子供のノート・ブックって奴には弱いんだよ。それから僕は、また一本煙草に火をつけた——それが最後の一本だった。きっとこの日一日で十個ずつ詰めたカートンを三箱ぐらいはあけちまったんじゃないかな。それからいよいよフィービーを起こしたわけさ。つまり、一生こんな机の上に坐ってるわけにいかないし、それに、いきなりおやじやおふくろがとびこんで来ないともかぎらなかったんで、そんなことにならないうちに、せめて、さよならぐらいは言っておきたかったからね。それでフィービーを起こしたのさ。

フィービーはいとも簡単に目をさます奴なんだ。つまり、どなったりなんかする必要はないんだよ。ベッドに腰を下ろして、「起きてくれ、フィービー」って言えば、それだけで、たいていだいじょうぶ、パッと彼女は目をさますんだ。

「ホールデン！」いきなり彼女はそう言った。そして僕の首やなんかに抱きついてきた。彼女はとても愛情がこまやかなんだ。つまり、子供にしては全く愛情がこまやかなんだよ。ときには、こまやか過ぎることがあるくらいなんだ。僕はちょっと接吻してやった。すると彼女は「いつ帰ったの?」って言うんだ。僕に会ったことをすごく喜んでるんだな。それはもうはっきりしてんだ。

「そんなに大きな声を出すなよ。いま帰ったばかしさ。で、君はどう、元気?」

「元気よ。あたしのお手紙着いた? あたし五ページも書いて――」

「うん――そんなに大きな声を出さないで――着いたよ。ありがとう」

彼女は僕に手紙を書いてくれたんだけど、僕には返事を書く機会がなかったんだ。手紙には、彼女の出る学校の芝居のことばかし書いてあった。ぜひ見に来てもらいたいから、金曜日に人と会う約束なんかしないようにと、そう言ってきてあったんだ。

「芝居のほうはどう?」と、僕は言った。「題はなんていうんだっけ?」

「『アメリカ人のためのクリスマス・ページェント』。いやな題ね。でもあたし、ベネディクト・アーノルドになるの。一番大きな役といっていいみたいなの」彼女はそう言った。いやあ、すっかり目をさましてやがんだな。こういう話をやりだすと、彼女はすっかり興奮しちゃうんだよ。「あたしが死にかけてるとこから始まるの。クリスマス・イヴに幽霊がやって来てね、あたしに、はずかしく思ったりなんかしてるんじゃないかってきくの。それはね、あたしが自分の国を裏切ったりなんかしたからなのよ。兄さん、見に来てくれる?」彼女はベッドの上にちゃんと起き上がってしまってるんだ。「そのことをお手紙に書いたのよ。来てくれる?」

「もちろん行くよ。必ず行くさ」

「パパは来れないの。飛行機でキャリフォルニアへ行かなきゃならないから」彼女はそう言った。チェッ、彼女はもう、完全に目をさましてるんだ。フィービーって奴は、完全に目をさますのに、たったの二秒ぐらいしかかかんないんだからな。ベッドの上にすっかり坐っちまってさ――ひざまずくみたいな格好をしちゃって――僕の手を握ってんだよ。「ねえ、ママのお話じゃ、兄さんは水曜日に帰るって。水曜日って言ったわよ」

「出るのが早かったんだ。そんなに大きな声を出さないで。みんなが目をさましちまうよ」

「いま何時？　帰りはうんとおそくなるって、そうママが言ったわ。パパといっしょにコネティカットのノーウォークのパーティに行ったのよ」と、フィービーは言った。「今日の午後、あたしが何をしたかあててごらんなさい！　なんていう映画見たか。さあ、あてて！」

「わかんないなあ――あのね。ママたち、言って行かなかった、何時に帰る――？」

「『お医者さん』ていうのよ」と、フィービーは言った。「リスター・ファウンデーションで開かれた特別の映画会なの。一日しかやらなかったのよ――今日がその一日きりの日だったの。ケンタッキーのお医者さんやなんかのお話でね、そのお医者さんが、びっこで歩けない子供に頭から毛布をかぶせるのよ。それから、そのお医者さんが刑務所に送られたりなんかするの。すばらしかったわ」

「ちょっと聞いてくれよね。ママたちは言って行かなかった、何時に――？」

「彼はかわいそうに思うのよね、そのお医者さんは。それでその女の子に頭から毛布をかぶせたりなんかして、窒息させるのよ。それから終身刑で刑務所に送られるの。でも頭から毛布をかぶせられたその子は、始終、その人を訪ねて行くの。そしてその人のやったことに対してお礼を言うの。お医者さんは安楽死をさせてやったわけよね。ただ、自分では、刑務所に送られてもしかたがないと思ってるのよ。だって、いくらお医者さんでも、神様のなさることを横取りしちゃいけないことになってるでしょう。あたしと同じクラスの子のおかあさんがいっしょに連れてってくれたのよ。アリス・ホームボーグっていう子。あたしの一番の親友。その子だけなの――」

「ちょっと待ってくれないか？」と、僕は言った。「僕は君に質問をしてるんだよ。ママたちは何時に帰るか言って行ったの、それとも言って行かなかったの？」

「時間は言って行かなかったわ。でもうんとおそくなるって。パパは汽車の心配をしなくてすむように車で行ったのよ。うちの車にね、ラジオがついたわよ！　でも、ママがね、運転中にかけちゃいけないって言うの」

僕はいくらか気が楽になってきた。つまり、うちに帰ってるとこをつかまるか、つかまらないか、くよくよ心配するのを、やっとやめたというわけだ。すごくそいつを考えたんだけど、つかまるときにはつかまるさ、と思ったんだ。

フィービーのようすは見せてやりたかったな。襟《えり》のとこに赤い象のついたブルーのパジャマを着てんだよ。象が彼女は大好きなんだ。

「じゃあ、いい映画だったんだね？」と、僕は言った。

「すばらしかったわ。ただね、アリスが風邪《かぜ》をひいててね、アリスのママが、しょっちゅう、寒けはしないかってきくんだもの。映画の最中によ。なんか大事なとこへ来ると、いつも、あたしにのしかかるように身体《からだ》をのばして、寒けはしないかってアリスにきくの。あたし、いらいらしちゃった」

それから僕はレコードのことを話したんだ。「あのね、君にレコードを一枚買ってあげたんだよ」そう僕は言った。「ただね、うちへ来る途中で、そいつをこわしちゃったんだ」そう言って、僕は、例のかけらをオーバーのポケットから取り出して彼女に見せたんだ。「酔っ払ってたんでね」

「そのかけらをちょうだい」と、彼女は言った。「あたし、しまっておくわ」そう言って彼女は僕の手からそのかけらを受け取ると、それをナイト・テーブルの引き出しの中にしまったんだ。彼女には僕も参るんだな。

「D・Bはクリスマスに帰るのかい？」僕はそう言った。

「帰るかもしれないし、帰らないかもしれないって、ママは言ってたわ。そのとき次第ですって。ハリウッドに残って、海軍兵学校《アナポリス》の映画を書かなきゃならないかもしれないの」

「アナポリスの映画だって！」

「恋愛物語やなんかなの。誰が出るかあててごらんなさい。なんていうスターか？　あててみてよ！」

「興味ないね。アナポリスだなんて。いったい、アナポリスのことなんか、D・Bは何を知ってるっていうんだい？　アナポリスがD・Bの書くような短編とどんな関係がある？」僕はそう言った。いやあ、こういうことを聞かされると僕は頭に来ちゃうんだな。ハリウッドのチキショウメ。「君、その腕どうしたの？」僕は彼女にそう言った。肘《ひじ》のとこに大きなバンソウコウを巻いてるのが目についたんでね。どうして目についたかというと、彼女のパジャマには袖がなかったからなんだ。「公園の石段を下りてたらね、同じクラスにいるカーティス・ウェイントローブっていう男の子が、あたしのとこをつきとばしたの」と、彼女は言った。「見せてあげましょうか？」そう言って彼女、バンソウコウをはがしにかかるんだ。

「ほっといたほうがいいよ。どうしてその子は君を突きとばしたりなんかしたんだい？」

「知らない。あたしがきらいなんでしょ」と、フィービーは言った。「あたしともう一人の女の子と、セルマ・アタベリーっていうんだけど、二人でその子のウィンドブレーカーにインクやなんかをいっぱいつけてやったから」

「そりゃよくないね。君は自分を何だと思ってる？——子供じゃないか！」

「いいことじゃないわ。でも、あたしが公園へ行くたんびに、その子ったら、どこへでもあたしの後をついて来るんだもの。いつだってついて来るのよ。いらいらしちゃう」

「たぶんその子は君が好きなんだよ。それだけなら何もインクを——」

「あの子になんか好きになってもらいたくないわ」と、彼女は言った。それからへんな顔をして僕を見たと思うと「ホールデン。どうして水曜日にうちへ帰らなかったの？」

「なんだって？」

いやあ、フィービーって奴は、一瞬たりとも油断がならないんだからなあ。彼女の頭を疑うような人間があれば、まずは気違いというもんだ。

「どうしてうちへ帰るのが水曜日でなくなったの？」彼女はそう言った。「まさか、学校を追い出されたりなんかしたんじゃないでしょうね？」

「だから言ったろう。早く帰してくれたんだ。学校が全部の——」

「追い出されたんだわ！　そうよ、きっと！」フィービーはそう言うと、拳《こぶし》で僕の脛《すね》をぶつんだよ。ぶちたいときには簡単にひとをぶつ子なんだ、彼女。「そうだわ！　まあ、ホールデンたら！」そう言って彼女は、手を口にあてたりなんかするんだな。全く、興奮しやすいんだ。

「追い出されたなんて、誰が言った？　誰も僕が——」

「そうだわ、そうにきまってるわ」そう言うと彼女はまた拳で僕をぶん撲《なぐ》った。それが痛くないなんて思う奴はどうかしてるね。「パパに殺されちゃうわよ！」彼女はそう言うと、ベッドの上にガバッと俯伏《うつぶ》せになって、頭の上から枕をかぶった。彼女はよくこれをやるんだ。ときどき、まるで気違いになることがあるんだよ。

「さあ、もうよせよ」と、僕は言った。「誰も僕を殺しやしない。誰も僕を——さあ、フィービー、そんなもの、頭からとれよ。誰も僕を殺しやしないよ」

ところが、彼女は枕をとろうとしないんだな。いやだってことをやらせることのできない子なんだ。そして「パパに殺されるわよ」って、そればかりを言いつづけてるんだ。枕なんかひっかぶってるもんだから、言ってることもよくわかんないんだよ。

「誰も僕を殺しやしないよ。頭を働かしてごらん。第一、僕はこっからいなくなるんだから。何をするかというとだね、しばらくの間、牧場かなんかで働くことになるかもしれないんだ。僕の知ってる子にね、じいさんがコロラドに牧場を持ってるのがいるんだ。そこへ行って雇ってもらうかもしれないんだ」そう僕は言った。「もし行くとすれば、君には、向こうから連絡やなんかをとるようにするからね。さあ。そいつを頭からどけてくれよ。さあ、フィービーったら。お願いだ。頼むからさ」

それでも彼女は枕をどけようとしないんだな。僕はなんとかして抜きとってやろうとしたけど、彼女の力はすごいんだよ。彼女とやり合ったら、こっちがくたびれてしまうんだ。いやあ、頭に枕をかぶっていようと思ったら、あくまで離しやしないんだから。「フィービー、お願いだ。さあ、顔を出してくれよ」僕はなんども繰り返してそう言った。「さあったら……ねえ、ウェザフィールドさん。顔を出しておくれ」

それでも彼女はもぐったままなんだ。理屈で言いきかしてさえ、だめなことがときどきある子なんだよ。で、仕方がない、僕は腰を上げると、居間へ入って行って、テーブルの上の箱から煙草を何本かつかみ出してポケットに突っ込んだ。僕のは一本もなくなってたからね。

## 22

戻って来てみると、彼女はちゃんと頭から枕を取りのけていた――こうなるだろうと、僕にはわかってたんだ――しかし、依然として僕のほうには顔を向けようとしない。仰向《あおむ》けに寝たりなんかしてるくせにね。僕は彼女が顔を向けてるほうの側へ回って行ってまた腰を下ろした。すると彼女は、反対側へ顔を向けるんだな。完全に僕をのけものにしてるのさ。僕があの剣やなんかをそっくり地下鉄の中に忘れたときの、ペンシーのフェンシング・チームの奴らにそっくりだったね。

「あのヘイズル・ウェザフィールドはどうした？」と、僕は言った。「あの子について、なんか新しい小説を書いた？　君が送ってくれた奴は旅行カバンに入ってるよ。駅においてあるけど。あれはとてもよかった」

「パパに殺されるわよ」

チェッ、彼女は、何かを気にしはじめると、とことんまで気にするんだからなあ。

「いや、そんなことはない。パパがやるのは、どんなに悪くても、また僕をどなりつけて、それから軍隊の学校へやるくらいが関の山さ。せいぜいがそのくらいのとこだ。それに、第一、僕は、こんなとこにいやしないんだから。よそへ行っちまうんだ。たぶん――そうだな、コロラドの牧場へ行くだろう」

「笑わせないでよ。馬にも乗れないくせに」

「誰が乗れないっていうんだい？　僕なら乗れるよ。間違いなく乗れる。二分間も教われば乗れるようになるんだ」と、僕は言った。「そいつをむしるのはおよし」彼女は腕にはった例のバンソウコウをむしってやがんだよ。「その髪の格好は誰が切ったの？」僕はそう言った。誰がやったのやら、彼女の髪がひどく間抜けな感じに切られてるのに、このときやっと気がついたんだ。いやに短いんだよ。

「余計なお世話よ」と、彼女は言った。ときどき彼女は、とても意地悪になることがあるんだ。全く意地が悪くなることがあるねえ。「兄さんは、また、全部の課目にみんな失敗したんでしょう」そう彼女は言った——とても意地の悪い口調でね。しかしまた、その言い方は、ある意味で少々おかしくもあったな。ときどき、まるで学校の先生みたいな口のきき方をするんだからね。まだちっちゃな子供なのにさ。

「いや、そんなことはない」と、僕は言った。「英語はパスしたよ」そう言ってから僕は、別になんの意味もなしに、フィービーのお尻《しり》をつねってやった。横を向いて寝てるもんだから、お尻がこっちに突き出してたんだ。まだお尻なんかないみたいな子供なんだけどさ。別に強くつねったわけじゃないんだけど、それでもフィービーは僕の手をひっぱたこうとした。しかしうまく行かなかったんだ。

それから、いきなり、彼女はこう言った。「ああ、兄さんたら、どうしてそんなことをしたのよ？」そんなことっていうのは、僕がまた退学になったことを言ってるんだ。その彼女の言い方を聞くと、僕はなんだか悲しくなっちゃった。

「ねえ、お願いだからフィービー、そんなことはきかないでくれよ。みんなからきかれてもううんざりなんだ」僕はそう言った。「理由ならゴマンとあるよ。あそこは僕が行った中でも最低の学校なんだ。インチキ野郎がいっぱいでさ。それから下司《げす》な野郎も。あんなに大勢、下司な野郎が集まってるとこなんて、君は見たことがないと思うよ。たとえばね、誰かの部屋でマンダンをやってるとするだろ。そこへ誰かが入って来ようとする。ところが、それがうすのろのニキビ面《づら》の奴だったりすると、誰も入れてやらないんだ。入りたがる奴があると、いつでも、みんながドアに鍵《かぎ》をかけちまうんだよ。それから、秘密の友愛会があってね、僕は弱虫だから、入るのはいやだなんて断われなかったけど、しかし、ロバート・アクリーっていうニキビ面の退屈な男がいてね、これが入りたがったんだ。何度も入ろうとしたんだけど、入れてやらないんだよ。それもただ、そいつが退屈な男でニキビ面だからという、それだけの理由なんだ。話すだけでもいやんなるよ。とにかく鼻もちならない学校なんだ。信じてくれよ、僕の言うこと」

フィービーはなんとも答えなかったけど、耳をすまして聞いていた。彼女の首筋の感じで聞いてることがわかったんだ。彼女はひとが何かを話してきかせるときには、必ず耳をすまして聞く子なんだ。そして、おかしなことに、二度に一度は自分が知ってることをまた聞かされたりするんだけど、それでも耳をすまして聞いてんだからなあ。ほんとなんだ。

僕はそれからもなおペンシーの話をしゃべりつづけた。なんだかしゃべりたくなったんだよ。

「いい先生が二人いたけどね、この人たちまでがインチキ野郎なんだな。スペンサー先生っていう、年よりの先生がいてね。奥さんはいつもホット・チョコレートやなんかをごちそうしてくれるんだ。二人ともほんとにいい人たちなんだけどね、校長のサーマーってのが、歴史の時間に教室へ入って来て、後ろの席に腰を下ろしたりしたときのスペンサー先生のようすが見物《みもの》なんだな。校長は、いつも、入って来ちゃ、三十分ばかし教室の後ろの席に坐ってんだよ。おしのびの視察とかなんとかいうもののはずなんだけどね、しばらくすると、後ろの席でそっくり返ったまんま、スペンサー先生の授業の途中に口を入れて、イカサない冗談をいっぱいとばしやがんだ。するとスペンサー先生は、サーマーの野郎がまるで王子様かなんかでもあるみたいに、にこにこケタケタ死ぬほど笑いやがんだからな、クソッタレメ」

「そんなにキタナイ言葉を使わないでよ」

「あれを見たら、君だってへどを吐くぜ。誓ってもいいね」僕はそう言った。「それから《先輩の日》だ。《先輩の日》っていうのがあってね、その日には、一七七六年（アメリカ独立宣言の年）の頃にペンシーを卒業したトンマどもが、全部、細君や子供や何から何まで引きつれてやって来て、そこらじゅうを歩き回るんだ。一人、五十ぐらいの年とった奴がいたけど、あいつなんか見せたかったな。何をやったかというとね、僕たちの部屋に入って来て、ドアをノックしてね、洗面所を使ってもいいかって、きくんだな。洗面所は廊下のはしっこにあるんだよ――だから、よりによって僕たちになぜきいたのか、僕にはわけがわかんないんだ。そして、そいつがなんて言ったと思う？　自分のイニシアルがまだ便所のドアに残ってるかどうか見たいって言ったんだぜ。そいつは便所のドアの一枚に、自分の間抜けであわれなくそたれイニシアルを彫りつけやがったんだってさ。九十年ぐらい前にだよ。それがまだあるか見たいって言うんだからな。それで、僕の同室の男と僕とで、そいつを洗面所まで連れてってやったよ。おまけに僕たちは、そいつが自分のイニシアルを捜しながら、便所のドアというドアをしらべる間、そこに立ってなきゃならなかったんだ。その間じゅう、そいつは僕たちに話しかけてきやがんだよ、ペンシーにいた頃は、わが生涯で一番幸福な時代であったとかなんとかいってね。そうして、僕たちの将来やなんかに対して、いろんな忠告を与えやがんだ。いやあ、憂鬱《ゆううつ》だったねえ！　僕は何もそいつが悪人だといってんじゃない——事実、悪人なんかじゃないんだから。しかし、人を憂鬱にするには悪人でなければならんということはないからな——善人だって人を憂鬱にできるんだから。誰かを憂鬱にするのに必要なことは、どっかの便所のドアに彫ったイニシアルを捜しながら、その間じゅう、いやったらしい忠告をいっぱい並べてやることさ——それさえやれば十分だよ。しかし、わからんな。あいつが、もし、あんなに息を切らしてなかったら、あんなにいやでなかったかもしれないんだ。そいつはね、階段をのぼっただけで、すっかり息を切らしてたんだよ。それで、自分のイニシアルを捜してる間も、ストラドレーターと僕に向かって、ペンシーから吸収できるかぎりのものを吸収するように説教しながら、あわれにも鼻の穴を滑稽《こっけい》なくらいふくらませて、苦しそうに息をしてやがったんだ。いや、フィービーよ。僕にはうまく説明できないな。僕はただ、ペンシーであったことが何もかもいやだったんだ。わけはどうしても説明できないな」

そのときフィービーが何か言ったけど、僕には聞きとれなかった。口の端をぺったり枕に押しつけてるもんだから、聞きとれやしないんだ。

「なんだって?」と、僕は言った。「口を離さなきゃだめだよ。口をそんなふうにしてたんじゃ、聞こえやしない」

「兄さんは世の中に起こることが何もかもいやなんでしょ」

彼女にそう言われると、僕はますます憂鬱になった。

「違う。違うよ。絶対にそんなことはない。だからそんなことは言わないでくれ。なんだって君はそんなことを言うんだ?」

「だってそうなんだもの。兄さんはどんな学校だっていやなんだ。いやなものだらけなんだ。そうなのよ」

「違う! そこが君の間違ってるとこなんだ——そこんとこだよ、君が間違ってるのは。どうしてそんなことを言わなきゃならないんだい?」そう僕は言った。いやあ、彼女からそんなふうに言われると、実に憂鬱だったなあ。

「そうだからそうだって言うのよ」と、彼女は言った。「一つでも言ってごらんなさい」

「一つでも? 僕の好きなものをかい?」と、僕は言った。「ああ、いいよ」

ところが困ったことに、僕はあんまり意識を集中することができなかった。意識って奴は、ときどき、集中しにくいことがあるもんでね。

「僕のうんと好きなものを言うのかい？」僕はそう言った。

ところが彼女は返事をしないんだな。ベッドの向こう端のとこにへんな格好して転がってんだよ。まるで千マイルも離れたとこにいるみたいな感じだった。「ねえ、教えてくれよ。僕のうんと好きなものを言うのかい、それともただ好きなものを言うのかい？」

「うんと好きなもの」

「よし、わかった」と、僕は言った。しかし、困ったことに、意識を集中することができない。思い浮かんだのは、あの、くたびれた古い麦わらの籠《かご》に金を集めて歩いてた二人の尼さんだけだった。特に、あの鉄縁の眼鏡《めがね》をかけたほうの尼さんだ。それから、エルクトン・ヒルズで知り合った男の子。エルクトン・ヒルズに、ジェームズ・キャスルという名の子がいてね、これが、フィル・ステービルっていう、とてもうぬぼれの強い生徒のことで、自分の言った言葉をがんとして撤回しなかったんだ。ジェームズ・キャスルは、そいつのことを、とてもうぬぼれの強い奴だって言ったんだよ。すると、ステービルのいやらしい仲間の一人が、それをステービルに告げ口したわけだ。そこで、ステービルは、うすぎたないろくでなしを六人ばかし連れて、ジェームズ・キャスルの部屋におしかけて行って、中に入ってドアに鍵をかけて、ジェームズ・キャスルに、言ったことを取り消させようとしたんだな。ところが相手はどうしてもうんと言わない。そこで奴らは手荒なことをやったんだ。どんなことをしたかは言うのもいやだ――あんまりいやらしいことなんでね――しかし、相手はそれでもやはり取り消そうとしなかったんだ、そのジェームズ・キャスルっていう生徒はさ。あいつは君にも見せたかったな。痩《や》せっぽちで、小さな、弱々しい男で、手首なんか鉛筆ぐらいの太さしかないんだよ。しまいに、そいつがどうしたかというとだな、自分が言ったことを取り消すかわりに、窓から飛び下りちまったんだ。僕はちょうどシャワーを浴びたりしてたんだが、その僕にさえ、そいつが外の地面にぶつかる音が聞こえたんだ。でも僕は、窓から何かが落っこちたんだと思ったんだ。ラジオとか机とかなんとかさ。まさか生徒やなんかとは思わなかったよ。それから、みんなが廊下を走って階段を駆け下りてゆく音が聞こえたんだ。それで僕も、バスローブをひっかけて階段を駆け下りてみると、石の段々の上にジェームズ・キャスルが倒れてたんだ。もう死んでてね、歯だの血だのがその辺に飛び散ってるんだ。誰もそばへ寄る者さえいないんだな。彼は、僕が貸してやったタートルネックのセーターを着てたよ。彼の部屋にいた連中に対して学校がとった処置といったら、ただ放校処分にしただけさ。刑務所にさえ行かなかったんだ。

それにしても、僕が思いついたことといったら、だいたいこんなことしかなかったんだな。朝の食事のときに会った二人の尼さんと、エルクトン・ヒルズで知り合ったジェームズ・キャスルという男の子と。ただ、おかしなことに、ジェームズ・キャスルという生徒は、実を言うと、知り合いという仲でさえなかったんだ。とても口数の少ない生徒でね。数学の時間はいっしょだったんだけど、彼は教室のずっと向こう端のほうにいた上に、立って答えたり、黒板へ書きに出たりといったようなことはほとんどなかったんだ。生徒の中には、立って答えたりも、黒板へ書きに出たりも、ほとんどしない奴が、ときどきいるだろう。僕が彼と話をしたのは、たった一度、僕の持ってるタートルネックのセーターを貸してもらえないかと、彼が頼んだ、あのときだけだったと思う。彼からそれを言われたとき、僕はもう少しでぶっ倒れそうになった。それほど僕は驚いたんだ。今でも覚えてるけど、そのとき僕は、洗面所で歯を磨いてたんだ。彼は、いとこが、彼をドライブやなんかに連れ出しにやって来るんだと言った。僕がタートルネックのセーターを持ってることを彼が知ってるってことさえ、僕は知らなかったんだ。彼について知ってることといったら、出席をとられるとき、彼の名前が僕のすぐ前だということだけだった。R・ケーブル、W・ケーブル、キャスル、コールフィールド——今でも覚えてるな。本当のことを言っちまえば、僕はもう少しでセーターを貸すのはよすとこだったんだ。あんまりよく知らない奴だったからさ。

「なに?」と、僕はフィービーに言った。僕に向かってなんか言ったんだけど、聞きとれなかったんだ。

「兄さんは一つだって思いつけないじゃない」

「いや、思いつける。思いつけるよ」

「そう、じゃあ言ってごらんなさい」

「僕はアリーが好きだ」僕はそう言った。「それから、今してるようなことをするのも好きだ。こんなふうに君といっしょに坐って、話をしたり、何かを考えたり——」

「アリーは死んだのよ——兄さんはいつだってそんなことばかり言うんだもの! 誰かが死んだりなんかして、天国へ行けば、それはもう、実際には——」

「アリーが死んだことは僕だって知ってるよ！　知らないとでも思ってるのかい、君は？　死んだからって、好きであってもいいじゃないか、そうだろう？　死んだからというだけで、好きであるのをやめやしないやね——ことにそれが、知ってる人で、生きてる人の千倍ほどもいい人だったら、なおさらそうだよ」

フィービーはなんとも言わなかった。何といったらいいか、言うべきことが思いつかないときには、彼女は黙っちまうんだ。

「それはとにかく、僕は今みたいなのが好きだ」と、僕は言った。「つまり、この今のことだよ。ここにこうして君と坐って、おしゃべりしたり、ふざけたり——」

「そんなの、実際のものじゃないじゃない！」

「いや、実際のものだとも！　実際のものにきまってる！　どうしてそうじゃないことがあるもんか！　みんなは実際のものをものだと思わないんだ。クソタレ野郎どもが」

「悪い言葉はよしてよ。じゃいいから、何か他のものを言って。兄さんのなりたいものを言って。たとえば科学者とか。あるいは弁護士とかなんとか」

「科学者にはなれそうもないな。科学はぜんぜんだめなんだ」

「じゃあ、弁護士は？　——パパやなんかのような」

「弁護士なら大丈夫だろう——でも、僕には魅力がないな」と、僕は言った。「つまりね、始終、無実の人の命を救ったり、そんなことをしてるんなら、弁護士でもかまわないよ。ところが弁護士になると、そういうことはやらないんだな。何をやるかというと、お金をもうけたり、ゴルフをしたり、ブリッジをやったり、車を買ったり、マーティニを飲んだり、えらそうなふうをしたり、そんなことをするだけなんだ。それにだよ。かりに人の命を救ったりなんかすることを実際にやったとしてもだ、それが果たして、人の命を本当に救いたくてやったのか、それとも、本当の望みはすばらしい弁護士になることであって、裁判が終わったときに、法廷でみんなから背中をたたかれたり、おめでとうを言われたり、新聞記者やみんなからさ、いやらしい映画にあるだろう、あれが本当は望みだったのか、それがわからないからなあ。自分がインチキでないとどうしてわかる？　そこが困るんだけど、おそらくわからないぜ」

僕の話したことがフィービーにわかったかどうか、あやしいもんだと思う。なにしろ彼女はまだ小さな子供なんだから。しかし、彼女は、少なくとも耳をすまして聞いてはいた。耳をすまして聞くだけでも聞いてくれる人がいれば、これはそうすてたもんでもないからな。

「兄さんはパパに殺されるわよ。きっと殺されるわ」彼女はそう言った。

しかし、僕は耳をかしてなかった。僕は別のことを考えてたんだ——別の馬鹿げたことを。「僕が何になりたいか教えてやろうか？」と、僕は言った。「僕が何になりたいか言ってやろうかな？　なんでも好きなものになれる権利を神様の野郎がくれたとしてだよ」

「なんになりたいの？　ばち当たりな言葉はよしてよ」

「君、あの歌知ってるだろう『ライ麦畑でつかまえて』っていうの。僕のなりたい——」

「それは『ライ麦畑で会うならば』っていうのよ！」とフィービーは言った。「あれは詩なのよ。ロバート・バーンズの」

「それは知ってるさ、ロバート・バーンズの詩だということは」

それにしても、彼女の言う通りなんだ。「ライ麦畑で会うならば」が本当なんだ。ところが僕は、そのときはまだ知らなかったんだよ。

「僕はまた『つかまえて』だと思ってた」と、僕は言った。「とにかくね、僕にはね、広いライ麦の畑やなんかがあってさ、そこで小さな子供たちが、みんなでなんかのゲームをしてるとこが目に見えるんだよ。何千っていう子供たちがいるんだ。そしてあたりには誰もいない――誰もって大人《おとな》はだよ――僕のほかにはね。で、僕はあぶない崖《がけ》のふちに立ってるんだ。僕のやる仕事はね、誰でも崖から転がり落ちそうになったら、その子をつかまえることなんだ――つまり、子供たちは走ってるときにどこを通ってるかなんて見やしないだろう。そんなときに僕は、どっからか、さっととび出して行って、その子をつかまえてやらなきゃならないんだ。一日じゅう、それだけをやればいいんだな。ライ麦畑のつかまえ役、そういったものに僕はなりたいんだよ。馬鹿げてることは知ってるよ。でも、ほんとになりたいものといったら、それしかないね。馬鹿げてることは知ってるけどさ」

フィービーは長いことなんにも言わなかった。が、やがて何か言ったと思ったら、それがまた「パパに殺されるわよ」と、それしか言わないんだな。

「殺されたって平気だよ」と、僕は言った。そしてベッドから腰を上げたんだ。何をしようと思ったかというと、アントリーニ先生という、エルクトン・ヒルズで英語を習った先生に電話をかけようと思ったんだ。先生はそのときはニューヨークに住んでたんだ。エルクトン・ヒルズはやめたんだよ。そして、ニューヨーク大学の英文学の先生になってたんだ。「電話をかけなきゃならないとこがあるからね」僕はフィービーにそう言った。「すぐ戻って来る。寝ちまっちゃだめだよ」僕は、居間のほうへ行ってる間にフィービーに寝られたらいやだと思った。寝やしないことはわかってたけど、とにかく念のためにそう言ったんだ。

ドアのほうへ歩いて行こうとすると、フィービーが「ホールデン！」と、言ったんで、僕は振り返った。

フィービーはベッドの上にすっかり起き上がっちまってるんだ。とてもかわいらしかったな。「あたしね、フィリス・マーガリーズっていう女の子からおくびのしかたを習ってるのよ。聞いて」僕は耳をすました。なんか聞こえたような気がしたけど、はっきりとは聞こえなかった。「うまいもんだ」と、僕は言った。それから居間へ入って行って、アントリーニという昔の先生のとこへ電話したのさ。

# 23

電話は簡単にかたづけた。かけてるとこへおやじたちにとびこんで来られては困ると思ったからね。もっとも、そんなことはなくてすんだけどさ。アントリーニ先生はとても感じがよかったな。来たいならすぐ来てもいいと言ってくれたんだ。先生も奥さんも、たぶん、寝てたんだと思う。だって、電話に出るまでにすごく時間がかかったんだから。真先に、どうかしたのかときかれたんで、僕は違うと答えた。でも、ペンシーをおっぽり出されたことは言った。先生には言ったほうがいいと思ったんだ。「おやまあ」と、先生は言ったね。とてもユーモアのある人なんだよ。そして、来たかったらすぐ来いと言ってくれたんだ。

アントリーニ先生というのは、これまでに僕が接した中で一番いい先生だったろうと思う。まだずいぶん若い人なんだ。兄貴のD・Bよりもたいして上じゃないだろう。そして、いっしょに冗談を言い合っても敬意を失わずにすむ人なんだな。前に話した、あのジェームズ・キャッスルっていう、窓から飛び下りた子を最後に抱き上げたのはこの人だったんだ。アントリーニ先生はジェームズ・キャッスルの脈をしらべたりしてたけど、自分の上着をぬいで彼の身体《からだ》にかぶせると、診療所までずっと抱いて行ったんだ。上着が血だらけになったけど、先生は気にもかけなかった。

D・Bの部屋に戻ってみると、フィービーはラジオをかけていた。スピーカーからはダンス音楽が流れてた。もっとも、女中に聞こえるといけないと思って、音を小さくしてたけどね。そのときの彼女のようす、君にも見せたいくらいだったな。掛け蒲団《ぶとん》をはねのけたベッドのまん中に、ヨガの行者みたいに脚《あし》を組んできちんと坐って、音楽に聞き入ってるんだ。参るよ、彼女には。

「さあ、ダンスしないか?」僕はそう言った。彼女がまだちっちゃな子供だった時分に、ダンスやなんかを教えてやったのは僕なんだ。彼女はとても優秀なんだ。僕が教えたのはほんのわずかのことで、大部分はひとりで覚えたんだから。ダンスのかんじんなとこはひとに教えられるもんじゃないんだな。

「兄さんは靴をはいてるじゃない」と、彼女は言った。

「靴はぬぐよ。さあ、やろう」

彼女は飛び出すようにしてベッドを下りると、僕が靴をぬぐのを待っていた。それから僕は、しばらく彼女と踊ったんだ。彼女はほんとにうまいんだなあ。僕は、元来、大人《おとな》が子供とダンスをするのはきらいなんだ。だって、たいていの場合、見られたもんじゃないからな。レストランやなんかで、いい年をした大人が、小さな子供をダンス・フロアに引っ張り出してるのを見かけるじゃないか。そんなとき、大人はうっかりして、子供の服の背中のとこをずりあげちまう。それでなくても、子供はろくに踊れやしないから、見られたもんじゃないんだな。しかし僕は、フィービーとひと中でそんな真似《まね》なんかしやしない。うちの中で遊び半分にやるだけさ。いずれにしても、彼女の場合は違うんだよ。彼女はほんとうに踊れるんだから。こっちが何をしても、ちゃんとついて来れるんだ。こっちの脚の長いのが邪魔にならないように、ぴったり抱いててやりさえすればね。こっちの動きにきちんと合わせるんだ。クロス・オーバーをやろうと、やぼくさいディップをやろうと、少々ジルバを入れたって、きちんと彼女は合わせるんだ。タンゴでさえ踊れるんだから。

僕たちは四曲ばかし踊ったけど、曲と曲との間の彼女がまたすごくおかしいんだな。ダンスの姿勢のままでじっとしてんだよ。口をきさえしないんだからね。二人ともそのままの姿勢でじっと立って、オーケストラが次の演奏を始めるまで待ってなきゃならないんだ。これには僕も参ったね。笑ったりなんかしてもいけないんだからね。

とにかく、僕たちは、四曲ばかし踊って、それからラジオを消したんだ。フィービーは飛び込むようにしてベッドに戻ると、掛け蒲団《ぶとん》の下にもぐりこんだ。「どう、あたしうまくなったでしょ？」と彼女は言った。

「たいしたもんだ」と、僕は答えた。そして、また、ベッドの上の彼女のそばに腰を下ろした。少し息切れがしてたな。あんまり煙草を吸ったんで、息が続かなくなってたんだ。彼女のほうはけろっとしたもんなのさ。

「あたしの額にさわってみて」不意に彼女はそう言った。

「どうして？」

「さわってみてよ。一度だけでいいの」

僕はさわってみた。けど、どうということもなかったね。

「とても熱っぽいでしょう?」

「いや。そのはずなのか?」

「ええ――あたしが熱っぽくしてんだもの。もう一度さわってみて」

僕はもう一度さわった。が、やはりなんとも感じない。でも「今度は熱っぽくなってきたみたいだ」と、僕は言った。彼女に劣等意識を持たせたくなかったからね。

彼女はうなずいて「温度計で計れないくらいに熱くすることだってできるの」と、言った。

「温度計ね。誰がそう言ったの?」

「アリス・ホームボーグがやり方を教えてくれたの。脚《あし》を組んで、息をとめて、何かうんと熱いものを考えるの。ラジエーターか何か。そうすると、額じゅうが熱くなって、手なんかやけどするくらいになるの」

これには僕も参ったね。僕は、とんでもない危険に驚いたみたいに、あわてて彼女の額から手を放してさ。「教えてくれてありがとう」と、そう言った。

「あら、兄さんの手なんかやけどさせやしないわよ。あんまり熱くならないうちにとめ――シーッ!」そう言うと、いきなり彼女は、ベッドの上に起き上がったんだな。

おかげで僕はきもを冷やしたね。「どうしたんだ?」と、僕は言った。

「入口のドアよ!」彼女は声をひそめて言うんだな「パパたちだわ!」

僕はすばやく立ち上がると、駆けて行って、机の明かりを消した。それから煙草を靴に押しつけて火を消すと、その吸いかけをポケットに入れた。それから煙を追い出そうと思って、その辺をやたらに手であおいだ——本当は煙草なんか吸っちゃいけなかったんだ。それから靴をひっつかむと、押入れに入ってドアをしめた。いやあ、心臓は気違いみたいに打ってたね。

おふくろが部屋に入って来る音が聞こえた。

「フィービー? あんなことはもうよしなさいね。明かりが見えましたよ、お嬢さん」

「おかえりなさい!」フィービーのそう言う声が聞こえた。「あたし、眠れなかったの。楽しかった、ママ?」

「すばらしかったわ」と、おふくろが言った。しかし、それが本心でないことはわかるんだな。おふくろはよそへ行ってもあんまり楽しめないたちなんだ。「どうしてまだ起きてたりなんかしたの? 寒かったんじゃない?」

「寒くなんかなかったわ。眠れなかっただけ」

「フィービー、あなた、ここで煙草を吸ってたんでしょう。ほんとのことを言ってちょうだい、お嬢さん」

「なんですって?」と、フィービーが言った。

「とぼけてもだめ」

「ちょっと一本、火をつけただけ。一口吸っただけよ。そして窓からすてちゃった」

「どうしてそんなことをしたのかしら?」

「眠れなかったからよ」

「そんなこと、ママはいやですよ、フィービー。ほんとにいやよ」と、おふくろが言った。「もう一枚毛布をあげましょうか?」

「これでいいわ。おやすみなさい!」フィービーの奴、早くおふくろを追っ払いたがってるんだよ。

「映画はどうだったの?」と、おふくろが言った。

「とてもよかった。ただ、アリスのママがね。映画の間じゅう、身体《からだ》をのり出して、寒けはしないかってきくんだもの。あたしたち、タクシーでうちへ帰ったのよ」

「ちょっと額にさわらせてね」

「あたし、病気なんかうつって来ないわ。アリスだって風邪《かぜ》もなにもひいてなかったんですもの。アリスのママだけなのよ」

「そう。じゃ、もうおやすみなさい。お食事はどうだったの?」

「最低」

「またそんな言葉! お父さまがなんて言ってらしたか、おぼえてるでしょう? 何が《最低》だったのよ? おいしいラム・チャップだったでしょう。ママがわざわざレキシントン街をずっと捜して――」

「ラム・チャップはいいんだけど、チャーリンが、何かを置くたんびに、あたしに息をかけるんだもの。食べ物やなんかにみんな息をかけるのよ。なんにでも息をかけるの」

「そう。おやすみなさいね。ママに接吻して。お祈りはしたの？」

「バスルームに入ってたとき、したわ。おやすみなさい！」

「おやすみ。すぐ眠るんですよ。ママは頭が痛くって」おふくろはそう言った。よく頭痛がするんだよ、おふくろは。ほんとなんだ。

「アスピリンを飲んだら？」と、フィービーが言った。「ホールデンは水曜日に帰るんでしょう？」

「ママの聞いてるとこではね。さあ、お蒲団《ふとん》の中に入って。ずっと奥までよ」

おふくろが出て行って、ドアのしまる音が聞こえた。僕は、それからなお、二分ばかしようすを見た上で、押入れを出たんだよ。ところが出たとたんに、フィービーとまともにぶつかっちまった。すごく暗かったとこへもってきて、フィービーのほうも、ベッドを抜け出して、僕に知らせに来ようとしたからなんだ。「痛かったろう？」と、僕は言った。今度はもう、おやじもおふくろも帰ってんだから、声を殺して言わなきゃなんないのさ。「そろそろ出かけなきゃいけないな」そう言って僕は、ベッドの端を捜し当てると、腰を下ろして靴をはきかけた。全くびくびくものだったね。それは僕も認めないわけにいかない。

「いま行っちゃだめよ」フィービーが小さな声でそう言った。「ママたちが眠ってしまうまで待って！」

「いや、今のほうがいい。今が一番いいチャンスだ」僕はそう言った。「ママはバスルームへ行くし、パパはラジオのニュースかなんかを聞くだろう。今が一番いいよ」僕は靴の紐《ひも》もうまく結べなかった。それほどひどくびくついてたんだ。といっても、うちにいるとこをつかまったら殺されるとかなんとか、そんなことを心配してたんじゃない。さぞ不愉快なことになるだろうと、それがいやだったからなんだ。「君はどこにいるんだ?」僕はフィービーにそう言った。何しろ暗くて、フィービーの姿も見えないんだな。

「ここよ」フィービーは言った。僕のすぐそばに立ってたんだ。それでも見えなかったんだ。

「僕の旅行カバンは駅においてあるんだよ」と、僕は言った。「それでね、フィービー。君、お金を持ってないかな? 僕はほとんどすっからかんなんだ」

「クリスマスのおこづかいだけよ。プレゼントやなんかを買う。でも、まだお買い物はぜんぜんしてないの」

「そうか」クリスマスのこづかいならば、もらうわけにはいかなかった。

「少しあげましょうか?」と、フィービーは言った。

「クリスマスのおこづかいをもらうわけにはいかないよ」

「少しなら貸してあげられてよ」彼女はそう言った。それから、D・Bの机のとこへ行って、ゴマンとある引き出しをあけ、中を手さぐりしてる音が聞こえたね。漆黒の闇《やみ》っていうかなあ、部屋の中は真暗なんだよ。「どっかへ行っちまうんなら、あたしの劇は見られないわね」と、フィービーは言った。そう言う彼女の声は、なんだかいつもと違ってるような気がしたな。

「いや、見に行くさ。どっかへ行くのはその後だ。僕が君の劇を見ないでいられると思うのかい？」僕はそう言った。「僕はね、たぶん火曜の夜までは、アントリーニ先生のとこにいるだろうと思う。それからうちに帰って来るよ。機会があれば、君に電話する」

「はい、これ」フィービーはそう言って、僕に金を渡そうとしたけど、僕の手のありかがわかんないのさ。

「どこだい？」

彼女は僕の手に金を渡した。

「おい、こんなには要《い》らないよ」と、僕は言った。「二ドルももらえば、それで十分だ。嘘じゃないよ――はい」そう言って僕は、それを返そうとしたんだが、彼女は受け取らないんだな。

「みんな持ってっていいの。あとで返してくれればいいわ。劇のときに持ってきて」

「いったい、いくらあるんだい？」

「八ドル八十五セント。あ、六十五セントだ。少し使ったから」

それから僕は、急に、泣きだしちまったんだな。とめようとしてもとまらないんだ。人に聞こえないようにはしたけど、でも泣いたことは事実なんだ。僕が急に泣きだしたもんだから、フィービーはすっかりたまげちまってね、僕のそばへ寄って来て、泣きやまそうとするんだけど、いったん泣きだしたら、そう簡単にとめられるもんじゃないからな。泣きながらも僕は、まだベッドに坐ってたんだ。フィービーは僕の首に腕をまわすし、僕もまた彼女の身体《からだ》に腕をまわしてたんだけど、やはり僕は長いこと泣きやむことができなかった。このまま息がつまって死ぬかどうかするんじゃないかと思ったな。いやあ、かわいそうに、フィービーの奴をすっかりおびえさせちまってね。窓が開いたりもしてたんで、フィービーの震えてるのが僕の身体にも伝わって来るんだ。だって、フィービーはパジャマしか着てなかったんだもの。僕は彼女をベッドに戻そうとしたけど、彼女はどうしても承知しないんだな。ようやく僕も泣きやんだけど、しかし、ずいぶん長い時間かかったよ。それからオーバーのボタンをかけたりなんかしたわけだ。僕は彼女にそのうち連絡をつけるからと言った。彼女は、僕がそうしたいなら、彼女のとこにいっしょに寝てもかまわないと言ってくれたけど、僕は、いや、むしろ出て行ったほうがいい、アントリーニ先生も待ってるはずだからと言った。それから、例のハンチングをオーバーのポケットから取り出して、彼女にやったんだ。彼女はそういうヘンチクリンな帽子が好きなんだよ。彼女は受け取ろうとしなかったけど、僕は無理やり受け取らせてやった。きっとあいつをかぶって寝たろうと思う。ああいう種類の帽子がほんとに好きなんだから。それから僕は、機会があれば電話するからともう一度言って、そして彼女と別れたんだ。

どういうわけか、入るときよりも家を出るときのほうがずっとやさしかったね。一つには、もうつかまったって平気だという気持になってたからかもしれない。ほんとに平気だったんだ。つかまえるなら、つかまってやるよ、そう思ってたな。ある意味じゃ、つかまえてもらいたいみたいな気持もなくはなかったね。

僕は、エレベーターは使わないで、下まで階段をおりて行った。裏階段をおりたんだ。ゴミ入れの罐《かん》がゴマンとあって、そいつにけつまずいて、もう少しで首の骨を折るとこだったけど、とにかく無事に表へ出たよ。エレベーター・ボーイには姿を見られもしなかったね。あいつは今でもまだ、僕がディックスタインさんのとこにいるものと思ってんだろう。

# 24

アントリーニ先生夫妻は、サトン・プレースにある、とてもしゃれたアパートに住んでいた。居間へ行くのに段々を二段おりて行くようになってたり、バーやなんかがついてるんだ。僕は何度も行ったことがある。というのは、僕がエルクトン・ヒルズをやめてから、先生は、僕がどうしてるかを見に、よくうちへ来て、夕食をいっしょに食べたりしたことがあるからなんだ。その頃の先生はまだ独身だった。それから、先生が結婚してからは、ロング・アイランドのフォレスト・ヒルズにあるウェスト・サイド・テニス・クラブへ出かけて、先生や奥さんと、たびたびテニスをやったんだ。奥さんがここのクラブに入ってたんでね。すごい金持なんだよ、この奥さんは。先生よりも六十ぐらいも年上なんだけど、二人の中はとてもうまく行ってるようだった。一つには、どちらも理知的なタイプだったからね、特に先生のほうが。ただ、人と会ってるとこでは、理知的というよりむしろ諧謔《かいぎゃく》を弄《ろう》するほうだったけど、その点ちょっとD・Bに似てるとこがあるんだ。奥さんのほうはきまじめだったな。相当ひどい喘息《ぜんそく》があってね。二人ともD・Bの小説は全部読んでいて——奥さんのほうもだぜ——D・Bがハリウッドへ行ったときなんか、先生が電話をかけてきて、D・Bに行くなと言ったんだ。それでも彼は行ったけどさ。アントリーニ先生に言わせると、D・Bのような作品の書ける人間がハリウッドへ行ったってしようがないって言うんだ。まさに僕が言った通りなんだよ、だいたいにおいて。

フィービーのクリスマスのおこづかいには、手をつけずにすむものなら全然手をつけずにおきたかったから、先生のとこまでも歩いて行くべきだったんだけど、外へ出るとへんな気持になっちゃってさ。目まいがするみたいなんだな。それで仕方がない、タクシーに乗ったんだ。乗りたくはなかったけど、乗ったんだな。そのタクシーを拾うのにさえ、えらい時間がかかったぜ。

エレベーター・ボーイの野郎が、やっと連れて上がってくれて、やれやれというとこでベルを鳴らしたら、戸口にはアントリーニ先生が出たんだな。バスローブにスリッパという格好で、片手にハイボールを持ってんだよ。先生は知的で皮肉な物の見方をする人でね、またなかなかののんべえでもあるんだ。「やあ、ホールデン!」先生はそう言った。「あきれたね、また二十インチものびたな。よく来てくれた」

「お元気ですか、先生? 奥さんはいかがです?」

「どっちもゴキゲンだよ。そのオーバーをもらおう」先生は僕のオーバーをぬがせて、その辺へかけてくれた。「僕はまた、君が生まれたばかりの赤ん坊を抱いて来るのかと思った。宿るに家なし、ってとこでね。まつ毛に雪なんかつけてさ」ときどき先生はすごく気のきいた冗談を言うことがあるんだ。先生は台所のほうを振り向いて大声でどなったね。「リリアン！　コーヒーはまだか？」リリアンというのは奥さんの名前なんだ。

「もうできててよ」奥さんも大きな声で返事をした。「ホールデンなの？　こんばんは、ホールデン！」

「こんばんは、奥さん！」

ここの家では、しょっちゅう、どなってなきゃならないんだ。だって、夫婦が同じ時に同じ部屋にいることが絶対ないんだもの。なんだかおかしかったね。

「まあ、かけろよ、ホールデン」先生はそう言った。少々酔っ払ってるのが歴然としてたな。部屋の中はまるでパーティの後みたいで、あちこちにグラスがあったり、ピーナツの入った皿があったりしてんだ。「ちらかっててすまんがね」と、先生は言った。「バッファローから来た女房の友だち仲間とさっきまでいっぱいやってたとこなんだ……バッファローから来たというよりバッファロー(野牛)そのものだな、実をいうと」

僕は笑った。奥さんが台所から大きな声で何か言ったけど、僕には聞きとれなかった。「奥さん、なんとおっしゃったんです？」と、僕は先生に尋ねた。

「いまそっちへ行くけど見ちゃいけないって言ったのさ。寝床から起きたばかりなんだよ。煙草どう？　もう吸ってるんだろう？」

「どうも」僕はそう言って、先生がさし出した箱から一本とった。「ときどき吸うだけですね。ほどほどというとこです」

「そりゃそうだろうとも」先生はそう言うと、テーブルの上にあった大きなライターを取り上げて火をつけてくれた。「そうか、君とペンシーも、とうとう別れたか」先生はそう言った。この先生は、いつも、こんなものの言い方をする人なんだ。ときにはそれがとてもおもしろく感じられることもあったけど、ときにはそうでないこともあったな。先生の場合、ちょっとばかし多すぎるんだよ。何も先生のことをウィットがないとかなんとか言ってんじゃないんだ——事実、ウィットはある人なんだから——しかし、「そうか、君とペンシーも、とうとう別れたか」というような言い方を、しょっちゅうされたんでは、やはりときには神経にさわることがあるよ。D・Bもときどきこれをやりすぎることがあるんだ。

「何がいけなかったんだ？」先生はそう言った。「英語はどうだった？　英語をしくじったなんて言おうものなら、さっさと出て行ってもらうからな、この若き作文の天才め」

「そりゃ、英語はちゃんと通りました。でも、たいていは講読だったんです。作文は学期の間にたった二つぐらい書いただけです」と、僕は言った。「でも、《弁論表現》をしくじっちゃって。必修で《弁論表現法》っていう単位があるんですよ。それを落としちゃったんです」

「どうして？」

「さあ、わかりません」僕はその話にはあまり立ち入りたくなかった。まだ、なんだか、目まいかなんかするような感じだったし、それに、急にひどい頭痛がしてきたんだ。ほんとなんだよ。しかし先生が興味を感じてるのがはっきりわかったから、少しばかり話すことにしたんだ。「その授業のときには、クラスの全員が一人一人立って何かしゃべらなきゃならないんです。なんでも好きなことでいいんですけどね。そして、その生徒がちょっとでも本題と無関係なことを言うと、できるだけ早く《脱線！》といってどなることになってるんです。これがどうも頭に来ちゃって。《F》でした、僕は」

「どうして？」

「さあ、わかりませんね。その《脱線》なんて言うのが神経にさわるんですね。でも、よくわかりません。困ることはですね、僕は、ひとが脱線するのを聞いてて、ちっともいやじゃないんですよ。そのほうがむしろおもしろいと思うんです」

「つまり、ひとが何かを話してくれるとき、要点をはずさずに話してもらいたくはない、というんだね？」

「いえ、違います！　要点やなんかははずさずに話してもらったほうがいい。でも、あんまり要点をはずさなすぎるのはいやなんです。どうもあやしいな。はじめからしまいまで要点をはずさずに話すっていうのがいやなのかな？　《弁論表現》で最高の点数をとった生徒たちは、はじめからしまいまで要点をはずさずにしゃべった連中なんです――その点は僕にも異存ないんですけど、リチャード・キンセラという生徒がいましてね、これはどちらかというと要点をはずすほうだったもんだから、みんなからいつも《脱線！》ってどなられてばかりいたんです。ひどかったですよ。だって、第一そいつはとても気の小さい男だったんです――ほんとに気が小さいんですよ――だから、自分の番が来ると、いつも唇がふるえてました。教室のずっと後ろのほうに坐ると、ろくに声も聞こえないくらいなんです。でも、唇のふるえがいくらかとまったときには、こいつの話が、僕は、他の誰のよりも好きでしたね。でも、こいつもこの課目はだいたい落第です。《Dの上》ですもの。しょっちゅう《脱線！》ってどなられてたからなんです。たとえば、彼のおやじさんがヴァーモント州に買った農場の話をしたことがあるんですけど、このときなんか、はじめから終わりまで、《脱線！》ってどなられつづけでした。先生は、ヴィンスン先生というんですけど、彼が、そこの農場やなんかで、どんな動物を飼い、どんな野菜を作ってるのか、そんなことを話さなかったというので、このときは《F》をつけたんですよ。では彼がどうやったのかといいますとね、リチャード・キンセラですよ、はじめはそういうことを話そうとしたんです――それから急に、おふくろさんがおじさんからもらった手紙のことを言いだしたんですよ。そのおじさんが四十二のときに小児麻痺になったとか、副木《ふくぼく》をあててる格好を見られたくないから、誰にも病院へ見舞いに来させなかったとかいうことをですね。そりゃ農場とはあまり関係がない――それは僕もみとめます――しかし、いい話だったんです。誰でもおじさんの話をする場合はいいもんですね。ことに、父親の農場のことを話しはじめておいてから、急に、おじさんのことにもっと興味をひかれて行くっていうのは、いいですよ。興奮してしゃべってる奴に向かって、《脱線！》ってどなってばかりいたりするのが、僕には不潔に思えるんです……でもわかりません。うまく説明できないんです」僕はそう言った。説明しようという気もあまりなかったんだ。一つには、急にひどい頭痛がしてきたしね。それに、先生の奥さんがコーヒーを持って入って来てくれないだろうかと、待ち遠しい気持でもあったんだ。こういうことが僕にはひどくいらいらするんだな——口ではコーヒーの用意ができたと言っておきながら、実際にはできてなかったりすることがさ。

「ホールデン……ひとつ、簡単な、多少しかつめらしい、教師根性まる出しの質問をするけどね。すべてのものには時と場合がある、とは思わないか？　もしも、はじめに父親の農場のことを話しだしたのならば、あくまで要旨を貫いて、それから次に、おじさんの副木《ふくぼく》の話に移る、と、そうやるべきだとは思わないかね？　もしくはだ、おじさんの副木のことがそんなに興味をそそる題目なのならばだよ、最初からそっちを題目に選ぶべきじゃなかったのかな——農場じゃなくて」

僕は、考えたり答えたりなんかする気には、どうもなれなかった。頭は痛いし、気分も悪かったんだ。実をいうと、腹まで少し痛かったんだよ。

「そうですね——そうかもしれない。たぶん、そうでしょう。たぶん、農場ではなく、おじさんのほうを題目に取り上げるべきだったんでしょう、それが一番興味のあることだったらですね。でも、僕が言いたいのはですね、たいていの場合は、たいして興味のないようなことを話しだしてみて、はじめて、何に一番興味があるかがわかるってことなんです。これはもう、どうしてもそうなっちゃうことがときどきありますよね。だから、相手の言ってることが、少なくとも、おもしろくはあるんだし、相手がすっかり興奮して話してるんだとしたら、それはそのまま話さしてやるのがほんとうだと僕は思うんです。僕は興奮して話してる人の話って好きなんです。感じがいいですね。先生は、そのヴィンスンっていう先生をご存じないんだからな。ときどき頭に来ちゃうことがありますよ。その先生もあのクラスの奴らも。しょっちゅう、統一しろ、簡潔にしろって、それぼかり言ってるんです。ものによってはそれができないものだってあるでしょう。つまり、ひとからそう言われたからって、なかなか簡潔にもできないし、統一もできないものがあると思うんです。先生は、そのヴィンスンっていう人をご存じないからなあ。そりゃ、いろんな知識やなんかは持ってるんだけど、あんまり頭のよくない人だってことはすぐわかるんです」

「コーヒーよ、みなさん、ようやく」と、奥さんが言った。そして、コーヒーやケーキやなんかをのせたお盆を持って入ってきた。「ホールデン、ちょっとでもあたしを見ちゃだめよ。ひどい格好なんだから」

「こんばんは、奥さん」僕はそう言って、立ち上がったりなんかしようとしたんだけど、アントリーニ先生がジャケットを摑《つか》んで、坐らせちまった。奥さんは頭にカールの金具をいっぱいくっつけていて、ルージュも何もつけてなかったんだ。あまりはなやかには見えなかったな。かなりふけて見えたみたいだった。

「これ、ここへ置いて行きますからね。手を出してよ、お二人とも」そう言って、奥さんは、邪魔なグラスを押しやるようにしながら、お盆を煙草テーブルの上にのせた。「ホールデン、お母さま、お元気？」

「はあ、元気です。ごく最近は会ってませんけど、最後に僕が――」

「あなた、ホールデンに要《い》るものがあったら、みんな用箪笥《だんす》に入ってますからね。一番上の棚よ。あたしはやすみますわ。すっかりくたびれちゃった」奥さんはそう言った。事実また、いかにも疲れてるようなようすだったんだ。「あなたがた、寝床はご自分でできるわね？」

「ああ、なんでも僕らでやるから、さっさとおやすみ」先生はそう言った。そして奥さんに接吻した。奥さんは僕におやすみと言って、寝室に入って行った。この二人は、いつだって、人のいるとこでも平気で接吻するんだよ。

僕はコーヒーを少し飲み、石みたいに堅いケーキを半分ばかし食った。だが、アントリーニ先生は、もう一杯ハイボールを飲んだだけなんだ。しかも、それをずいぶん強くして飲んでるのがわかるんだな。あれじゃ、気をつけないと、アル中になるかもしれない。

「二週間ばかり前に、君のおやじさんといっしょに昼食を食べたがね」藪《やぶ》から棒に先生はそんなことを言いだした。「君は知ってるか？」

「いいえ、知りませんでした」

「おやじさんが君のことをひどく心配しているのは、むろん、承知してるだろう？」

「それは知ってます。おやじが心配してることは知ってます」と、僕は言った。

「僕に電話をかける前に、どうやら、君んとこの校長から、長い手紙をもらったらしいんだな。要するに、君がてんでまるきり勉強しようとしないという意味の、いささか気になる手紙らしいんだ。

授業はボイコットする。どの授業にも準備しないでやって来る。総じて、全般的な――」

「僕がボイコットした授業なんてありません。そんなことはできないようになってるんです。たまに出席しなかった授業は二、三ありますけど、さっきお話した《弁論表現》なんかですね。でも、ボイコットしたものは一つもありません」

僕はこんな話にはぜんぜん気が乗らなかった。コーヒーのおかげで、胃の具合はいくらかよくなったけど、ひどい頭痛は相変わらず続いてたんだ。

アントリーニ先生はまた新しく煙草に火をつけた。やたらと煙草を吸うんだよ、この先生は。そのうちに、先生はこう言った。「率直に言って、僕は、君にどういったらいいかわからないんだよ、ホールデン」

「そうだろうと思います。僕はひどく話のしにくい人間なんです。それはわかってるつもりです」

「僕の感じでは、君はいま、恐ろしい堕落の淵に向かって進んでるような、そんな気がするんだけどね。正直言って、僕にはそれがどんな種類の堕落であるか……おい、君は僕の話を聞いてるのか?」

「はい」

先生がしきりと考えを集中しようとしてることは、よくわかったな。

「それは、たとえば、君が三十ぐらいになったとき、どっかのバーに坐りこんでいて、大学時代にはフットボールをやってたような様子をした男が入って来るたんびに憎悪をもやすといったような、そんなたぐいの堕落かもしれん。あるいはまた、『それはあいつとおれの間の秘密でね』といった言葉遣いをする奴に顔をしかめるぐらいの教育しかない人間にならないともかぎらない。さらにはまた、しまいにはどっかの会社におさまって、身近にいる速記者に向かってクリップを投げつけるような人間になってしまうかもしれない。そこのところはわからないんだ。が、僕の言おうとしてることは、わかってもらえるだろう?」

「ええ。よくわかります」と、僕は言った。事実また、よくわかったんだよ。「しかし、その、僕が人をきらうというのは先生の誤解です。フットボールの選手やなんかを憎悪するということです。それは本当に先生の誤解です。そんなに多くの人間をきらってるわけじゃありません。そりゃ、ちょっとの間は憎むかもしれない。ペンシーで知り合ったストラドレーターという奴だとか、もう一人のロバート・アクリーとかいう奴なんかですね。こういう連中のこと、たしかにときどきいやな奴だと思いました――それは認めます――でも、そういう気持はそんなに長く続かないんです。そこを僕は言いたいんですよ。しばらく二人に会わなかったり、向こうが僕の部屋に来なかったり、食堂で食事のときに二、三回顔を合わせなかったりすると、なんだか二人がなつかしいような気がしてくるんです。ほんとに、こう、なつかしくなってくるんですよ」

アントリーニ先生は、しばらくの間、なんとも言わなかった。が、立ち上がって氷の塊《かたまり》をとってグラスに入れると、また腰を下ろしたね。しきりと考えてるのがわかるんだな。が、僕は、この話の続きは、今でなく、明日《あす》の朝にしてもらいたいものだと、そればかりを願ってた。ところが先生は、いやに熱中してやがんだよ。とかく、こっちの気のすすまないときにかぎって、相手は話し合いをしたがるものなんだ。

「よし、わかった。今度は僕の言うことをちょっと聞いてくれ。……君の記憶に残るような言い方をしたいんだが、うまく言えないかもしれないけど、一両日のうちには手紙に書いて送るから、そしたらちゃんとわかるだろう。しかし、とにかくまあ、言ってみよう」先生は、また注意を集中してたけど、そのうちにこう言った。「君がいま、堕落の淵に向かって進んでると思うと僕は言ったが、この堕落は特殊な堕落、恐ろしい堕落だと思うんだ。堕《お》ちて行く人間には、さわってわかるような、あるいはぶつかって音が聞こえるような、底というものがない。その人間は、ただ、どこまでも堕ちて行くだけだ。世の中には、人生のある時期に、自分の置かれている環境がとうてい与えることのできないものを、捜しもとめようとした人々がいるが、今の君もそれなんだな。いやむしろ、自分の置かれている環境では、捜しているものはとうてい手に入らないと思った人々と言うべきかもしれない。そこで彼らは捜し求めることをあきらめちゃった。実際に捜しにかかりもしないであきらめちまったんだ。わかるかい、僕の言うこと?」

「ええ、わかります」

「ほんとか?」

「ほんとです」

先生は立ち上がって、また少しグラスに酒をついだ。それからもう一度腰を下ろした。が、ずいぶん長い間ひとことも話さなかった。

「君をおどかすつもりはないんだがね」先生はそう言った。「しかし、僕には、君が、きわめて愚劣なことのために、なんらかの形で、高貴な死に方をしようとしていることが、はっきりと見えるんだよ」そう言って先生はへんな顔をして僕を見た。「もし僕が君に何かを書いてやったら、君はていねいにそれを読んでくれるか？　そしてそれをしまっておいてくれるか？」

「ええ、もちろん」と、僕は言った。事実また、僕はその通りにやったんだ。そのとき先生が書いてくれた紙を、今でも僕は持ってんだから。

先生は、部屋の向こう側にある机のとこに歩いて行くと、立ったまま、一枚の紙に何かを書きつけた。それから戻って来て、その紙を手にしたままで腰を下ろしたんだ。「妙なことだけどね、これは専門の詩人が書いたものじゃないんだ。ウィルヘルム・シュテーケルという精神分析の学者が書いたものなんだ。こう言って――君、聞いてるのか？」

「はい、もちろんです」

「こう言ってるんだ『未成熟な人間の特徴は、理想のために高貴な死を選ぼうとする点にある。これに反して成熟した人間の特徴は、理想のために卑小な生を選ぼうとする点にある』」

先生は身を乗り出して、その紙を僕に手渡したんだ。僕は渡された紙にすぐ目を通したね。それからお礼やなんかを言って、ポケットにおさめたよ。ここまでしてくれるなんて、親切な人でなければできないことさ。実際そうに違いないよ。ただ、困ったことに僕は、そのとき、あんまり注意を集中したりしたくなかったんだ。急に、すごく疲れがでちまったんだな。

ところが先生のほうは、ちっとも疲れてないのがはっきりとわかるんだな。一つには相当酔ってたからでもあるけどね。「いまに君も自分の行きたい道を見つけ出さずにはいないと思う」なんて言いだしたんだ。「そのときには、そこへ向かって出発しなければいけない。しかも、すぐにだ。君には一分の余裕もないんだから。君の場合は特にだ」

先生が僕の顔をまっすぐに見たりしてるもんだから、僕はうなずいたよ。しかし、先生の言ってることがどこまで納得できたか、あやしいもんだった。かなりの自信ならあったけど、そのときは絶対だいじょうぶというところまでは行かなかったね。なにしろめちゃくちゃに疲れてたんでね。

「それから、これは君に言いにくいことなんだが、いったん君の行きたい道がはっきりと摑《つか》めたらだな、まず君のやるべきことは、学校に入るということだ。それはぜひそうしなければいけない。君は学生だ——そう思うのは君の気に入らないかもしれないけどね。君は知識と恋仲にある身なんだ。しかも、そのうち、君にもわかると思うんだが、いったんそのヴァインズ先生や《弁論表現》のたぐいを通り抜けてしまえば——」

「ヴィンスン先生です」と、僕は言った。先生がヴァインズ先生と言ったのは、ヴィンスン先生のつもりだったんだから。でも、途中で口なんかはさむんじゃなかったと思ったね。

「そうか——ヴィンスン先生だったな。いったんそのヴィンスン先生のたぐいを通りぬけてしまえばだ、その後は、君の胸にずっとずっとぴったり来るような知識に、どんどん近づいて行くことになる——もっとも、君のほうでそれを望み、それを期待し、それを待ち受ける心構えが必要だよ。何よりもまず、君は、人間の行為に困惑し、驚愕《きょうがく》し、はげしい嫌悪さえ感じたのは、君が最初ではないということを知るだろう。その点では君は決して孤独じゃない、それを知って君は感動し、鼓舞されると思うんだ。今の君とちょうど同じように、道徳的な、また精神的な悩みに苦しんだ人間はいっぱいいたんだから。幸いなことに、その中の何人かが、自分の悩みの記録を残してくれた。君はそこから学ぶことができる——君がもしその気になればだけど。そして、もし君に他に与える何かがあるならば、将来、それとちょうど同じように、今度はほかの誰かが、君から何かを学ぶだろう。これは美しい相互援助というものじゃないか。こいつは教育じゃない。歴史だよ。詩だよ」そう言って先生は言葉を切ると、大きく一口ハイボールを飲んだ。それからまた言いだした。いやあ、本当に興奮してたね、先生は。僕は先生を押しとめたりするような真似《まね》をしなくてよかったと思った。「僕は何も」と先生は言うんだ。「教育があり学識がある人間だけが世の中に価値ある貢献をすることができるなんて、そんなことを言うつもりはない。事実、そうじゃないんだから。しかしだ、教育や学識のある人間のほうが、潑剌《はつらつ》たる才智と創造的能力は最初からあるものとしてだよ——不幸にして、そういうのは少ないんだけどね——しかしその場合には、単に潑剌たる才智と創造的能力だけの人間よりも、はるかにはかり知れぬほどの価値をもった記録を後に残しやすい、と、こういうことは言えると思うんだな。そういう、教育や学識のある人間のほうが、自分の考えを表現するにも、だいたいにおいて、明確に表現するし、たいていは、自分の考えをとことんまでつきつめてゆく情熱を持っている。その上——これが一番大事な点だが——十中八九、そういう人のほうが、学識のない思想家よりも謙虚なものだ。わかるかね、僕の言うこと？」

「ええ、わかります」

それから、また、かなり長い間、先生は黙りこんでいた。君にそういう経験があるかどうか知らないけど、相手が考えこんでるのを前に見ながら、黙って坐って、口を開くのを待ってるのは、いささかつらいもんだぜ。本当だよ。僕は出かかるあくびをかみころしてばかしいたね。といっても別に、退屈だったとかなんとかいうんじゃない――そうじゃないんだ――ただ、急に、すごくねむくなったんだよ。

「学校教育には、他にもまだ、君の役に立つことがある。相当のところまでこれを続けて行けば、自分の頭のサイズはいくつかということが、わかりかけてくるんだ。何が自分の頭に合うか、それから同時に、何が合わないかということもたぶんね。しばらくするうちに、特定のサイズを持った自分のこの頭には、どんな種類の思想をかぶったらいいかということもわかってくる。一つには、そのために君は、自分に似合わない、自分にふさわしくない思想を、いちいちためしてみるという莫大な時間の浪費を節約できることにもなる。君は、自分の本当の寸法を知り、それに合わせて自分の頭にかぶるものをえらぶことができる」

そのとき、僕は、だしぬけにあくびをしちまったんだな。なんとも無作法な野郎だけど、どうにもしようがなかったんだ！

でも、アントリーニ先生は、ただ笑っただけだったね。そして「さあ、君の寝床をこしらえよう」

そう言って腰を上げたんだ。

先生の後について行くと、先生は用簞笥《だんす》のとこへ行って、一番上の棚から、シーツや毛布やなんかをおろそうとしたけど、それは無理な話だった。そこで先生は、まずハイボールを飲み、次にグラスを手に持ってたんだから、それを床の上に置き、それから寝具を取りおろしたね。僕はそれを寝椅子《いす》まで運ぶのを手伝った。寝床は二人してつくったけど、先生はあまり熱意がなかったな。何一つぴしっとくるんでくれないんだ。でも、僕は気にしなかった。立ったままでも眠れそうなほど、なにしろ疲れてたんだから。

「君の女性たちはどうしてる？」

「相変わらずです」いかにも愛想のない返事の仕方だったけど、僕はどうにも気がすすまなかったんでね。

「サリーはどうした？」先生はサリー・ヘイズを知ってたんだよ。前にいつか先生に紹介したことがあるんだ。

「元気です。今日の午後デートしたんです」チェッ、それがまるで二十年も前のような感じなんだな。「今ではもう、お互いに共通するとこが、あまり、なくなりました」

「えらくきれいな子だったな。あのもう一人の子はどうした？　君がいつか話してくれた、メイン州の？」

「ああ——ジェーン・ギャラハーですか。元気ですよ。明日《あす》、たぶん電話をかけると思います」

やがて寝床作りもすっかり終わった。「ここは全部君に提供する」アントリーニ先生はそう言った。「しかし、君はその君の脚《あし》をいったいどう処分するつもりかな」

「それならいいんです。僕は短いベッドに馴れてますから」と、僕は言った。「どうもありがとうございました。先生と奥さんは、ほんとに、今夜の命の恩人です」

「バスルームはどこか知ってるね。用があったらどなってくれ、僕はまだしばらく台所にいるから──明かりが邪魔になるかな？」

「いいえ──ゼンゼン。いろいろありがとうございました」

「よし、じゃあおやすみ、美男子クン」

「おやすみなさい、先生。いろいろありがとうございました」

先生が台所に出て行ったんで、僕はバスルームに入って、服やなんかをぬいだんだ。歯ブラシを持ってなかったから、歯を磨くわけにはいかなかったな。それにパジャマもないんだけど、アントリーニ先生もパジャマを貸してくれることは忘れたんで、僕はそのまま居間に引き返して、寝椅子のそばの小さな電燈を消すと、パンツだけで寝床に入った。その寝椅子は、僕にはひどく短すぎたけど、僕は実際、立ったまんま、まつ毛一つ動かさなくても眠れそうなくらいだったんだ。僕はほんの二、三秒だけ目をさましてて、その間にアントリーニ先生に言われたことを考えた。頭脳のサイズを知るとかなんとかいうことをさ。ほんと、先生は頭がいいんだな。でも僕は、とても目を開けてることができなくなって、間もなく眠っちまったんだ。

それからある事が起こったんだよ。そいつは口にするのもいやなことなんだ。

僕はいきなり目をさました。何時かも何もわかんなかったけど、とにかく目をさましたんだ。頭に何か、人間の手みたいなものがさわったような気がしたんだよ。いやあ、驚いたね、僕はほんとに胆《きも》をつぶしたたな。それが実は、アントリーニ先生の手だったんだよ。先生が何をしてたかというとだね、真暗な中で、寝椅子《いす》のすぐそばの床の上に坐って、僕の頭を、いじるっていうか、撫《な》でるっていうか、そんなようなことをしてたんだ。いやあ、ほんとに僕は、一千フィートばかしも跳《と》び上がったたな。

「何をしてるんですか？」と、僕は言った。

「何もしてやせんよ！　ただここに坐って、なんてきれいな――」

「とにかく、何をしてたんです？」僕はそう繰り返した。なんと言っていいのか、わからなかったんだ――すっかり転倒しちまってたんだよ。

「そんなに大きな声を出さなくてもいいだろう。僕はただ、ここに坐って――」

「とにかく、僕は行かなきゃなりませんので」僕はそう言った――いやあ、すっかりおびえちまったんだよ！　暗がりでズボンをはき出したけど、なかなかうまくはけないんだ、すごくおびえちまってたもんだから。学校やなんかで僕は、君がこれまでに会った誰よりも多く変態野郎を知ってるつもりだけど、そいつらがまた、僕のいるときにかぎってへんなまねをしやがるんだ。

「行かなきゃならないって、どこへ行くんだ？」と、アントリーニ先生は言った。先生はすごくさりげなく、落ちついた態度やなんかを示そうとしたけど、落ちついてなんかゼンゼンいなかったのさ。

それは信じてもらいたいね。

「駅に旅行カバンやなんかを置いてあるんです。あれをとりに行ったほうがいいと思うんです。身の回りの物を全部入れてあるんですから」

「そんなものは明日《あした》の朝でも大丈夫だ。さあ、もう一度寝なさい。僕も寝に行くから。いったいどうしたっていうんだ?」

「べつにどうもしませんけど、ただ、金やなんかを全部入れたカバンが一つあるんです。すぐ戻って来ます。タクシーを拾って、すぐ戻ります」僕はそう言った。いやあ、僕は、暗がりの中でひっくり返りそうになったね。「実をいうと、それは僕のじゃないんです。その金は。うちの母の金なんです。だから僕は——」

「ばかな真似《まね》はよせよ、ホールデン。そのベッドに戻りたまえ。僕ももう寝に行くよ。金なんて、朝まで置いといたって、だいじょう——」

「いえ、でたらめを言ってんじゃないんです。僕、もう行かなきゃなりません。ほんとです」身支度はだいたいもうすっかり整ってたけど、ただ、ネクタイだけが見つからない。どこへ置いてあったか、思い出せないんだな。だから、ネクタイをしないままで、ジャケットやなんかを着ちまったんだ。アントリーニ先生は、僕から少し離れた大きな椅子に坐って、僕のようすを見守っていた。暗かったりなんかしたから、先生の姿はあんまりよくは見えなかったけど、それでも僕を見守ってることは、ちゃんとわかったんだ。それに先生は、まだ酒を飲んでんだよ。信任あついハイボールのグラスを手にしてるのが、ちゃんと見えたんだから。

「君はほんとに変わった子だね」

「自分でもそうだと思います」と、僕は言った。ネクタイを捜すことさえたいしてしなかったな。ネクタイなしですますことにしたんだよ。「さよなら、先生」と、僕は言った。「いろいろありがとうございました。心からそう思ってます」

　僕は入口のドアまで歩いて行くと、先生もすぐ後からついて来た。そして、僕がエレベーターを呼ぶベルを鳴らしたときも、戸口から離れなかったね。先生が口に出した言葉といえば、ただ、僕のことを「ほんとに変わった子」だといったあの言葉を、もう一度繰り返しただけだった。《変わった》がきいてあきれるよ。それからも、先生は、エレベーターが来るまで、戸口のとこで待ってるんだ。僕は、一生のうちで、あの時ほど、エレベーターの来るのが長く感じられたことはなかったね。ほんとだよ。

　エレベーターを待ってる間、僕は何を言っていいやらわかんなかったし、おまけに先生が近くに立ってるもんだから、僕はこんなことを言ったんだ。「これから僕も良い本を読みはじめるつもりです。ほんとです」なんてね。つまり、なんか言わないわけにいかなかったからさ。全く当惑しちゃったな。

「カバンを受け取ったら、大急ぎでまたここへ戻って来るんだぜ。ドアのかけ金をかけないでおくからね」

「ありがとうございます。さよなら！」と、僕は言った。ようやくエレベーターが来た。僕はそれに乗って下へおりた。いやあ、身体《からだ》が気違いみたいに震えてやがんだよ。それに汗もかいててね。あんな変態っぽいことがあると、僕は馬鹿みたいに汗をかくんだな。あんなようなことは、僕には、子供の頃から二十回ほどもあったんだ。あれにはとてもがまんできないんだよ、僕は。

## 25

外へ出ると、ちょうど夜が明けかかる頃だったな。ずいぶん寒くもあったけど、ひどく汗をかいてたから、気持がよかったよ。

どこへ行ったらいいものか、見当もつかないのさ。また別のホテルへ行ったりして、フィービーの金を使っちまうのはいやだったしね。それで、しまいにどうしたかというと、レキシントン街まで歩いて行って、そっから地下鉄で中央停車場《グランド・セントラル》へ行ったんだ。僕のカバンはそこにあるんだし、あそこのイカレタ待合室にはベンチがみんなあるから、あそこで寝てやれと思ったんだ。そこで思った通りやったわけさ。しばらくの間は、あたりにあまり人はいないし、足を上げてのばしてることもできたから、そんなに悪くなかったけど、でも、この話はあんまりしたくない。そんなにいい感じじゃなかったな。やってみないほうがいい。ほんとだよ。わびしくなっちゃうぜ。

僕の眠ったのは、たった九時頃までだったな。というのは、百万もの人がその待合室に入って来はじめてさ、足をおろさなきゃならなくなったからなんだ。足を床に下ろしておいたんじゃ、よく眠れないんだよ、僕は。それで仕方なく起き上がったわけだ。例の頭痛はまだとれてないんだな。とれないどころか、かえってひどくなってるんだ。あんなにわびしい気持になったのは生涯にかつてなかったと思うな。

僕は、考えたくなかったけど、アントリーニ先生のことを考えだしちゃってさ。僕があそこで寝なかったりなんかしたことが奥さんにわかったら、先生はいったいなんて言うだろうと思ったね。でも、そのことはそれほど苦にはならなかった。アントリーニ先生は頭の回転の早い人だから、奥さんに言うことぐらい、うまいこと考え出せるとわかってたからな。うちへ帰ったとかなんとか、言ったっていいんだし。だから、その点はたいして苦にならなかったけど、本当に苦になったのは、目をさましたら、先生が僕の頭を撫《な》でたりなんかしてた、あのことなんだ。つまり、先生が僕に、ホモの手管みたいなことをしてるととった僕のほうが、あるいは誤解してたんじゃないかと、それが心配になったんだ。ひょっとしたら先生は、ただ、眠ってる子の頭を撫でるのが好きなだけなのかもしれないと思ったんだ。そういうことって、はっきり断定できるかね？ できないよな。僕は、自分で言ったように、旅行カバンを受け取って、先生の家へ引き返すべきじゃなかったかと、そんなことまで気になり出したんだ。つまり、かりに先生がホモだとしてもだよ、僕にとてもよくしてくれたことは間違いないというふうに思い始めたんだな。あんなにおそく電話をかけたのに、おこりもしないで、来たければすぐ来いと言ってくれた。めんどうがりもしないで、頭脳のサイズを発見しろとかなんとかいった忠告を与えてくれもした。それから、前に話したジェームズ・キャスルという生徒が死んだときに、死体のそばへ行ったのもあの先生ただ一人だけだったじゃないか。そんなようなことを考えたわけさ。そして、考えれば考えるほど、気が滅入《めい》って来た。つまり、先生の家へ引き返すべきじゃなかったのかと、そんな気がしてきたんだよ。ひょっとしたら先生は、別になんの意味もなく、ただ僕の頭を撫でていただけなのかもしれない。でも、考えれば考えるほどますます気が沈んで、頭は混沌《こんとん》となっていった。その上なお悪いことに、目までがひどく痛んできちゃってさ。寝が足りないもんだから、目がまるで焼けるように痛いんだ。おまけに、風邪《かぜ》までひいてるみたいだったけど、ハンケチ一枚持ってない。旅行カバンには何枚か入ってるんだけど、わざわざ金庫からとり出して、ひと前であけたりなんかするのはいやだったしね。

すぐ隣のベンチに、誰かが忘れて行った雑誌があったんで、僕はそいつを読みだした。雑誌でも読んでれば、しばらくの間でも、アントリーニ先生やその他のいろんなことを考えなくてすむと思ったんだ。ところが、僕の読みだした記事は、ますます僕の気持を滅入らせるのに役立ったようなものだったな。ホルモンのことしか書いてないんだよ。ホルモンの具合がよいと、顔から目からなにから、全体がどんなようすになるか、それがくわしく書いてあるんだが、僕のようすはぜんぜんそれと違うんだな。ちょうど、その記事に書いてある、ホルモンの調子が悪いほうの人間とそっくりなんだ。そこで今度は自分のホルモンのことが心配になりだしたね。それから別の記事を読んでみたら、そこには、癌《がん》があるかないかを見わける方法が書いてあった。口の中に、簡単になおらないただれがあったら、それはおそらく癌ができてる徴候だというんだ。ところが僕は、二週間ばかし前から、唇の裏側にただれができてたんだよ。それで僕は、自分にも癌ができかかってるんだと思ったんだ。全く気を引き立ててくれる雑誌だったよ。しまいに僕は読むのをやめて、散歩に出ちゃった。なにしろ癌があるんだから、二、三か月もしたら死ぬだろう、そう思ったのさ。いや、ほんとなんだから。死ぬものときめてしまったくらいだ。あんまりすばらしい気分じゃなかったな。

なんだか雨になりそうな空模様だったけど、とにかく僕は散歩に出かけることにした。一つには、まず朝飯を食わなきゃいけないと思ったんだ。腹はてんでへってなかったけど、それにしても何か食わなきゃいけないだろうと思ったんだ。せめて、多少なりとビタミンの含まれてるものを何か食わなきゃと思ったわけさ。そこで、安い食堂のある、ずっと東のほうをめざして歩きだした。あまり金を使いたくなかったんでね。

歩いて行く途中で、男が二人がかりで、トラックからでっかいクリスマス・ツリーをおろしてるとこを通りかかった。一人が相棒に向かって「このトーヘンボクを持ち上げてろよ！　持ち上げてろってば、コンチキショウ！」ってどなってた。クリスマス・ツリーのことを言うにしては、あまり上等な言いかたじゃなかったな。しかし、そのすさまじいとこがなんだかおかしくて、僕はちょっと笑いかけたんだ。ところが、それが僕としての最大の失策だったらしいんだな。だって、笑いかけたとたんに、吐きそうな気がしたんだよ。ほんとなんだ。実際、吐きかけたんだけど、吐かずに吐き気《け》はおさまったんだ。なぜだかわけはわかんない。非衛生的なものやなんかを食べたわけじゃないし、胃袋は、ふだん、とても丈夫なほうなんだから。とにかく、それはおさまったけど、僕は、何かを食えばもっと気分がよくなるだろうと思った。それで、みるからに安そうな食堂へ入って、ドーナツとコーヒーを注文したのさ。ただし、ドーナツのほうは食わなかったけどね。うまく飲みこめなかったんだ。実際、何かでひどく気が滅入《めい》ってるときは、ものを飲み込むってことが容易じゃないもんさ。でも、ウェイターはとてもいい奴だったね。金をとらずに、ドーナツを引きとってくれたんだ。僕はコーヒーだけ飲んで、その店を出ると、五番街のほうへ向かって歩きだした。

その日は月曜日で、クリスマスがもう近かったから、店はみんな開いてた。だから、五番街を歩くのは、そう悪くもなかったんだ。すっかりクリスマスっぽくなっちゃっててさ。あちこちの街角にはひげもじゃのサンタ・クロースが立って鈴を鳴らしてるし、救世軍の女の人も、例の口紅も何もつけない顔で、同じように鈴を鳴らしていた。僕は、昨日朝食のときに会ったあの二人の尼さんをそれとなく捜して行ったけど、その姿は見えなかったね。見つからないことはわかってたんだ。だって、あの人たちは、学校で教えるためにニューヨークへ来たと言ってたんだから。しかし、それでも僕は、二人を捜しながら歩いたんだ。とにかく、街は急にすっかりクリスマスっぽくなっていた。小ちゃな子供たちが百万人も、母親といっしょにダウンタウンにやって来て、バスに乗ったり降りたり、店から出たり入ったりしてたんだよ。フィービーがいないかな、と僕は思った。彼女はもうおもちゃ屋に入って夢中になるような年じゃないけど、でも、はしゃぎ回りながら雑踏を眺《なが》めるのは好きなほうなんだ。一昨年のクリスマスには、僕は彼女を連れてダウンタウンへ買物に出かけたんだが、あのときはすごく楽しかった。たしか、ブルーミングデールの店だったと思う。靴の売場へ行って、彼女の——つまり、フィービーの——嵐の日にはく、ひどくせいの高い編み上げ靴を買うようなふりをしたんだよ。紐《ひも》を通す穴が百万もあるみたいな、あれさ。気の毒に、店員はキリキリ舞いさせられちゃってね。だって、フィービーったら、二十足くらいもはいてみるんだよ。そのたんびに店員は、かわいそうに、一つの靴の紐を、上まで全部穴に通してしめなきゃなんないだろう。意地の悪いいたずらだけど、フィービーにはそれがおもしろくてたまんなかったんだ。結局、僕たちは、モカシンを一足買って、それをつけにしてもらった。それに対する店員の態度はとても感じがよかったな。僕たちがふざけていたことはわかってたろうと思うんだけど。だって、フィービーが、始終、くつくつ笑いだしてばかりいたんだもの。

とにかく、僕は、ネクタイも何もなしに、五番街を北に向かってどこまでも歩いて行ったんだ。すると、突然、とても気味の悪いことが起こり出したんだよ。街角《まちかど》へ来て、そこの縁石から車道へ足を踏み出すたんびに、通りの向こう側までとても行き着けないような感じがしたんだな。自分が下へ下へ下へと沈んで行って、二度と誰にも見えなくなりそうな気がするんだ。いやあ、こわかったねえ。君には想像できまいと思うよ。馬鹿みたいに汗が出てきてね——ワイシャツも下着も何も、ぐっしょりさ。そこで僕は、別なことをやりだしたんだ。街角《まちかど》へさしかかるたんびに、弟のアリーに話しかけてるつもりになって「アリー、僕の身体《からだ》を消さないでくれよ。アリー、僕の身体を消さないでくれよ。アリー、僕の身体を消さないでくれよ。お願いだ、アリー」と、そう言ったんだ。そして、身体が消えないで通りの向こう側まで行きついたとこで、アリーにお礼を言ったわけだ。ところが、次の街角まで行くと、とたんに、また同じことが起こるんだな。しかし、僕は歩きつづけて行ったんだ。立ち止まるのがこわいみたいだったんだと思う――でも、実を言うと、よく覚えてないんだよ。動物園やなんかを通り越して、六十何丁目というあたりへ行くまで立ち止まらなかったことは知っている。そこまで行って、あるベンチに腰を下ろしたんだ。ろくに息がつけなくて、まだ馬鹿みたいに汗をかいてたな。そこには、おそらく、一時間ばかしも坐ってたろうと思う。しまいに、何をする決心をしたかというと、どっか遠くへ行ってしまおうと決心したんだ。二度と家へは帰るまい、他の学校へも二度と行くまい、そう決心したんだな。フィービーにだけ会って、さよならやなんかを言って、クリスマスのおこづかいを返して、それからヒッチハイクで西部へ出発しよう、そう決心したわけだ。どんなふうにしてやるかというと、まず、ホランド・トンネルまで行って、通りかかった車に乗っけてもらって、次から次と乗りついで行けば、数日のうちに西部のどこかに着くだろう。そこはとてもきれいで、日はうららかで、僕を知ってる者は誰もいないし、そこで僕は仕事を見つけるつもりだったんだ。どこかのガソリン・スタンドに雇ってもらって、ひとの車にガソリンを入れたり、オイルをつめたりして働くことを考えた。でも、仕事の種類なんか、なんでもよかったんだ。誰も僕を知らず、僕のほうでも誰をも知らない所でありさえしたら。そこへ行ってどうするかというと、僕は啞《おし》でつんぼの人間のふりをしようと考えたんだ。そうすれば、誰とも無益なばからしい会話をしなくてすむからね。誰かが何かを僕に知らせたいと思えば、それを紙に書いて僕のほうへおしてよこさなきゃなんない。そのうちには、そんなことをするのがめんどくさくなるだろうから、そうなれば僕は、もう死ぬまで誰とも話をしなくてすむだろう。みんなは僕をかわいそうな唖《おし》でつんぼの男と思って、ほうっておいてくれるんじゃないか。彼らは自分の車のガソリンやオイルを僕に入れさせて、それに対する給料やなんかをくれるだろうから、僕はかせいだ金でどっかに小さな小屋を建てて、そこで死ぬまで暮らすんだ。小屋は森のすぐ近くがいい。が、森の中じゃだめだ。だって、小屋にはしょっちゅう陽がよくあたるようにしたいんだから。自分の食べ物は全部自分で料理するつもりだけど、そのうちに、結婚したりなんかしたくなったら、同じように唖でつんぼのきれいな娘に会って、二人は結婚することになる。娘は僕の小屋に来ていっしょに暮らすことになる。そして、僕に向かって何かを言いたいときには、彼女も他のみんなと同じように、紙にそれを書かなきゃならない。もしも子供が生まれれば、子供はどっかに隠しておく。そして本をどっさり買ってやって、僕たちだけで読み書きを教えてやればいい。

そんなことを考えてるうちに、僕はすっかり興奮しちまった。ほんとなんだ。唖でつんぼの人間のふりをするとこが正気の沙汰でないことは自分でもわかってたけど、でもやっぱし、それを考えるのは楽しかったんだ。が、とにかく、西部へ行く決心に嘘はなかった。まず第一にやりたかったのは、フィービーにさよならを言うことだった。そこで、僕は、いきなり、気違いみたいに走って通りを向こう側に渡ったんだ——そのとき、実を言うと、もう少しで殺されそうになったけどさ——そして文房具屋に入って、便箋と鉛筆を買ったんだ。僕の考えでは、彼女にさよならを言って、クリスマスのおこづかいを返してやるために、二人が落ち合う場所を彼女に知らせる手紙を書いて、それを僕が彼女の学校まで持って行って、校長室の誰かをつかまえて、それを彼女に渡してもらうつもりだった。ところが僕は、その便箋と鉛筆をポケットに入れると、彼女の学校まで急ぎに急いで歩きだしたんだな――あんまり興奮してて、そこの文房具店でなんか、手紙を書いてられなかったんだよ。彼女が昼食に家に帰る前に手紙を渡したかったし、それにはもうあまり時間がなかったから、急いで歩いたんだ。

彼女の学校がどこにあるかは、もちろん知ってたさ。だって、子供の時分に僕も通った学校なんだもの。学校に着いたときの気持は、なんだかへんな気持だった。中がどうなってたか、忘れちゃってるだろうと思ってたのに、やっぱしちゃんと記憶にあるんだな。僕が行ってた頃と、そっくりおんなじだった。昔とおんなじ大きな雨天体操場があったけど、ここは電球にボールが当たってもこわれないように金網がかぶせてあるもんだから、いつだって暗いんだ。床の上一面に、競技やなんかをやるための円が白いペンキで書いてあるのも相変わらずなら、ネットのとれたバスケットボールの古ぼけたゴールも昔のまんま――後ろの板と金の輪だけなんだな。

あたりには人影もなかったけど、それは休み時間でもなく、まだ昼食の時間でもなかったせいだろう。僕が見かけたのは小さな子供が一人だけだった。黒人の子で、便所へ行くとこだった。昔、僕たちがやったと同じように、便所へ行く許可やなんかを得てるということを示す木の札を、尻《しり》のポケットから突き出してたね。

まだ僕は汗をかいてたけど、もうそれほどひどくはなかった。僕は、階段のとこへ行って、いちばん下の段に腰を下ろすと、さっき買った便箋と鉛筆を取り出した。階段には、僕が通ってた頃とおんなじ臭いがただよってたな。誰かが小便をたらしたばかしみたいな臭いなんだ。学校の階段ってのは、いつも、そんな臭いがしてるもんさ。とにかく僕は、そこに腰を下ろして、こんな手紙を書いたんだ——

親愛なるフィービーへ
もう水曜日まで待っていられなくなったので、今日の午後、ヒッチハイクで西部へ出かけることになると思います。できたら、十二時十五分に美術博物館の入口のとこまで来てくれないかしら。君のクリスマスのおこづかいを返そうと思うから。まだたいして使ってません。

愛をこめて
ホールデン

彼女の学校はその博物館のすぐそばみたいなもんだから、彼女は、昼食をとりに家へ帰ろうと思えば、どっちみち、そこを通らなきゃなんないんだ。だから、まちがいなく会えると、僕にはわかってたんだよ。

それから僕は、誰かにその手紙を渡して、教室にいる彼女に届けてもらおうと思いながら、校長室まで階段をのぼって行った。手紙は誰にも開かれないように、十回くらいも折りたたんだんだな。学校には信用できる人なんていないからね。でもフィービーの兄だって言えば、間違いなく彼女に渡してくれることはわかってた。

ところが、階段をのぼって行く途中で僕は、急に、また吐きそうになったんだ。でも、吐きはしなかったけどさ。ちょっと腰を下ろしてたら、気分がよくなったんだ。ところがそこに腰を下ろしてるうちに僕は、気が狂いそうなほど腹の立つものを見ちゃったんだよ。誰かが壁に「オマンコシヨウ」って書いてあるんだな。これは頭にきちゃったね。フィービーやほかの小さな子供たちがこれを見るとこを考えたんだ。彼らは、いったい何の意味だろうと思うだろう。そのうちに誰か、いやったらしい子供が、その意味を——もちろん、すっかりゆがめちまって——知らせることになるんじゃないか。すると子供たちは、みんな、そのことを考えて、二日ばかしの間はそれを気にやんだりまでもしかねない。誰かが書いたにしたって、こんなものを書いた奴は、僕は殺してやりたくてしかたなかった。どっかの変態っぽいのんだくれが、夜中に小便でもしに学校へしのびこんで、こいつを壁に書いたんじゃないか、僕はそう思ったんだ。そして、僕は、そいつが書いてる現場をおさえた場合を想像して、そいつが血みどろになって死んじまうまで、そいつの頭を石の階段にたたきつけてやる自分の姿を想像した。しかし、また、僕にはそんなことをする度胸がないこともわかってた。それは自分にもわかってるんだ。そう思うと、僕は、いっそう気が滅入《めい》っちまったな。本当を言うと僕は、そいつを手でこすって消すだけの度胸さえもあやしかったんだ。消してるとこを先生にでも見つかったら、僕が書いたんだと思われるかもしれないからね。でも、結局のところ、消すことは消したけどさ。それから、校長室へ階段をのぼって行ったんだ。

校長の姿は見えなかったけど、百歳ばかしの年とった女の人が、タイプライターの前に坐ってたね。僕は4B―1にいるフィービー・コールフィールドの兄だといって、フィービーへ手紙を届けてもらえないだろうかと頼んだんだ。これは非常に大事な手紙で、母が病気になって、フィービーに昼食を用意してやれなくなったので、僕がフィービーと落ち合って、ドラッグ・ストアへ昼飯を食べに連れてってやらなければならないんだと言ってね。そのばあさんはとても親切にしてくれた。僕から手紙を受け取ると、隣の部屋から、もう一人の女の人を呼んで、その人に手紙を届けさしてくれたんだ。それから、その百歳ばかしのおばあさんと僕は、しばらくの間、とりとめのない世間話をしたんだな。その人はとても感じがよかったから、僕は、自分もこの学校へ通ったんだとか、兄も弟もそうだったとかと話したんだ。その人は僕に、今はどこの学校かときいたから、僕はペンシーと答えたけど、その人は、ペンシーのことをとてもいい学校だと言ったね。その彼女の見当違いを訂正してやることは、かりに僕にその気があったにしても、おそらくその力がなかったろうと思うな。それに、その人がペンシーをとてもいい学校だと思うんなら、そう思わせておくさ。百歳ばかしにもなった人に、新しいことを知らせるというのは、いい感じのもんじゃないからな。相手はそんなものを聞かされるのはいやなんだから。それからしばらくして僕はそこを出たんだが、おかしかったよ。その人も、僕に向かって「幸運を祈ってますよ!」って言ったんだ。ペンシーを出て来たときに、あのスペンサー先生が言ったのとそっくり同じにね。僕は、どこかを離れるときに、ひとから「幸運を祈る！」なんてどなられるのは大きらいなんだけどなあ。気が滅入《めい》っちゃうよ。

僕は、来たときと別な階段を下りたんだけど、そこの壁にもまた「オマンコシヨウ」が書いてあった。僕はもう一度手でこすって消そうとしたけど、今度のやつは、ナイフかなんかで、彫ってあるんだな。消したって消えるもんじゃない。そうでなくたって、絶望だね。かりに百万年かけて消して歩いたって、世界じゅうの「オマンコシヨウ」は半分だって消せやしないんだから。不可能というもんだよ。

運動場の時計を見ると、まだ十一時四十分にしかなってなかったから、フィービーと会うまでには相当の時間をつぶさなきゃならなかった。しかし僕は、とにかく、博物館まで歩いて行った。他に行くとこもなかったんだ。途中、電話ボックスに入って、西部へヒッチハイクで出かける前に、ジェーン・ギャラハーに電話してもいいなとも思ったけど、どうも気が進まなくてね。一つには、果たして彼女が休暇でもううちに帰ってるかどうか、それさえはっきりしなかったし。それで僕は、とにかく博物館まで行って、そこでぶらぶらしてたわけだ。

博物館の入口のドアを入ってすぐのあたりで、フィービーを待ちながらぶらぶらしてると、小さな子供が二人、僕のそばへ寄って来て、ミイラのあるとこを知ってるかと僕に向かってきいたんだな。その中の一人、僕にきいたほうの子は、ズボンの前がからあきなんだ。僕がそれを言ってやると、その子は、僕に話しかけたそのまんまの姿勢でボタンをかけやがんだよ——柱の陰かどっかへ行くこともしないんだからな。これには僕も参ったね。ふだんなら笑いだすとこだったけど、笑ったらまた吐きたくなるんじゃないかと思って、笑わなかったけどさ。「ミイラはどこにあるの？」その子はまたそう言うんだ。「あんた知ってる？」

僕はこの二人の子供を相手にちょっとばかし冗談を言った。「ミイラ？　ミイラって、何だい？」そう僕は一人にきいたんだ。

「知らないの？　ミイラだよ——あの死んでるやつ。トゥーンやなんかに埋められてんの」トゥーンだってさ。これには参ったね。トゥーム（墓）のつもりで言ってんだよ。

「君たちは二人ともどうして学校へ行かないの？」僕はそう言った。

「今日は学校がないんだ」最初から一人でしゃべってるほうの子供が言った。嘘《うそ》を言ってんだよ、それはもう間違いっこないんだ、イタズラ坊主めが。しかし、僕には、フィービーが現われるまで何もすることがなかったんで、彼らといっしょにミイラのある場所を捜してやることにした。昔の僕なら、ミイラがどこにあるか、ちゃんと知ってたんだけど、なにしろ、ここの博物館には、何年も来てなかったんでねえ。

「君たちはどっちもそんなにミイラがおもしろいの？」と、僕は言った。

「うん」

「君の友達は口がきけないの？」

「この子は友達じゃないよ。弟だよ」

「でも口はきけないの？」僕はさっきからひとこともしゃべらないその子のほうを見ながら「君は口がきけないの？」と、そう言った。

「きける」と、その子は言ったね。「しゃべりたくないんだ」

とうとう、ミイラのある場所が見つかったんで、僕たちはその部屋に入って行った。

「君たち、エジプト人が死んだ人をどうやって埋めたか知ってる？」僕は一人の子にきいた。

「ううん」

「そう、教えてあげよう。とてもおもしろいんだ。秘密の薬をしみこませた布《きれ》でね、死んだ人の顔を包んだんだ。そういうふうにするとね、お墓の中に何千年も埋めといても、顔がくさったりなんかしないんだ。そのやりかたは、エジプト人のほかには誰にもわからないんだよ。近代科学でもね」

ミイラのある場所へ行くには、ファラオの墓やなんかから持って来た石が横に積んである、とても狭い廊下みたいなとこを通って行かなきゃならなかった。そこはうすきみ悪いとこだったんで、僕の連れの二人の秀才たちは、あまりぞっとしないようすなんだな。僕にぴったりとくっついちゃって、ろくに口をきかなかったほうの子なんか、僕の袖にしがみついてるんだ。「もう行こうよ」その子は兄貴にそう言った。「ミイラなんかもう見たよ。さあ、早く」そう言うとその子は、くびすを返して逃げて行っちゃった。

「あいつ、とっても意気地《いくじ》なしなんだ」兄貴のほうはそう言うと「じゃあね！」と言って、同じように逃げ出して行ったね。

そうなると僕は、その墓場の中に一人だけ取り残された形になった。でもそれは、僕にはむしろ、ある意味でうれしかったんだ。そこはなにしろ落ちついて静かで、気持がよかったからさ。そのとき、不意に、僕が壁の上に何を見たか、それは君にも想像がつかないだろう。またもや「オマンコシヨウ」と書いてあったんだよ。石が積んである下の、壁のガラスになってるとこのすぐ下に、赤いクレヨンかなんかで書いてあったんだ。

これだから困るんだな。落ちついて静かな気持のいいとこなんて、絶対に見つかりっこないんだから。だって、そんなとこはないんだもの。君はあると思うかもしれないけど、ここと思うとこへ行ってみるがいい、君が見てないときに、誰かがこっそり寄って来て、君の鼻先に「オマンコシヨウ」と書いて行くにきまってんだから。そのうち、ためしてみたらいいさ。僕は、自分が死んで、墓地に埋められて、墓石やなんかが建てられた場合でさえ、墓石の上に《ホールデン・コールフィールド》と名前が書かれ、それから生まれた年と死んだ年とが書きこまれた、そのすぐ下に《オマンコシヨウ》と書かれるんじゃないかと、思ってるんだ。いや、実は、書かれるものとあきらめてるよ。

ミイラのある部屋から出て来てから、僕は便所に行きたくなった。実を言うと、多少下痢気味だったんだ。その下痢のほうはたいしたことなかったんだけど、他にえらいことがあったんだ。洗面所から出ようとしたときに、そこのドアまで行く直前のとこで、僕はちょっと気が遠くなったんだな。でも、運がよかったよ。倒れようによっては、床にぶつかったときに死んだかもしれなかったんだが、僕は横腹を下にしたような形に倒れたんだ。でも、へんだったな。気が遠くなった後では、かえって気分がよくなったんだ。ほんとなんだよ。倒れたんだから、腕は少し痛かったけど、でも目まいがするようなことはもうあまりなくなったな。

そのときは、十二時十分かそこらになってたんで、僕は入口のドアのとこに戻って、そこに立ってフィービーが来るのを待ったんだ。フィービーに会うのもこれが最後になるかもしれないと思ったね。つまり、血縁の者に会うのがさ。いつかはまた会うだろうけど、それは何年も先のことだな。三十五ばかしになったら帰るかもしれない。誰かが病気になって、死ぬ前に僕に会いたいなんて言った場合の話さ。でも、そんなことでもないかぎり僕は、小屋を離れて戻って来たりしないつもりだったんだ。僕は自分が戻って行ったときのようすまで頭の中に描いてみた。おふくろは、すっかり興奮しちまって、きっと泣きだすにきまってる。もう小屋へもどったりなんかしないで、うちにいてくれと頼むだろうけど、やっぱし僕は戻るんだ。しごくあたりまえのような態度でね。興奮するおふくろをなだめて落ちつかせて、それから居間の奥のほうへ歩いて行って、シガレット・ケースなんか取り出して、煙草に火をつける。いとも冷静にね。そしてみんなに向かって、気が向いたらそのうち訪ねて来て、なんて言うけど、決してぜひにとかなんとか言ったりはしないんだな。どんなことを言うかというと、フィービーに、夏休みやクリスマスの休暇や復活祭の休暇のとき遊びに来いと言ってやるんだ。それからD・Bにも、執筆するのに気持のよい静かな家が欲しかったら、しばらく出かけて来たらどうだと言ってやる。ただし、僕の小屋で書くのは短編や本だけで、映画の台本は書かせない。それから、僕を訪ねて来たら、インチキなことをすることまかりならんという規則をつくる。誰でも、インチキなことをやろうとする人間は、すぐ追い出すことにするんだ。

ふと、クローク・ルームの時計を見ると、もう一時二十五分前になっていた。あの学校のばあさんは、もう一人のあの女の人に、僕のことづてをフィービーに渡すなと言ったんじゃないか、そう思って僕は、たまんなく不安になってきた。ことによったら、焼けとかなんとか、言ったのかもしれない。本当に心配で心配でたまんなかったね。旅に出る前に僕は、ぜひともフィービーに会いたかったんだ。なにしろ、彼女のクリスマスのおこづかいやなんかを持ってたんだから。

とうとうフィービーの姿が見えた。入口のドアのガラス越しに見えたんだけど、どうしてそれがわかったかというと、彼女は僕のあのスットンキョウなハンチングをかぶってたんだよ——あの帽子なら、十マイルばかし先からだって、ちゃんとわかるからな。

僕は戸口を出ると、石段を下りて、彼女を迎えに行った。どういうわけか知らないけど、彼女は、大きな旅行カバンをさげてるんだ。ちょうど五番街を横切るとこだったけど、大きな旅行カバンを引きずるようにして持って来るんだな。いや、引きずることだって、ろくにできないくらいなんだ。もっと近づいてみると、それは僕の古い旅行カバンで、僕がフートンに行ってた時分に使ってた奴なんだよ。そんなものを彼女がどうするつもりなのか、僕には見当もつかなかった。「ハーイ」彼女はそばまで来ると、そう言った。そんな気違いじみたカバンなんか持って来るもんだから、すっかり息を切らしてるんだ。

「君は来ないのかもしれないと思ったよ」僕はそう言った。「そのカバンには、いったい、何が入ってるんだい？　僕はなんにも要らないよ。このまま出かけるんだから。駅においてあるカバンさえ持って行かないつもりなんだ。いったい、その中に何を入れて来たんだ？」

彼女はカバンを下におろすと「あたしの着る物よ」と、言った。「あたしもいっしょに行くつもりなの。いいでしょ？　いいわね？」

「なんだって？」と、僕は言った。彼女のその言葉を聞いたとき、僕はもう少しでぶっ倒れるとこだったね。誓ってもいいけど、本当なんだ。少し目まいがして、また気が遠くなったりするんじゃないかと思ったな。

「チャーリンに見つからないように、裏のエレベーターで降りて来たの。これ重くないのよ。中に入ってるのは、ドレスが二枚と、モカシンと、下着と、靴下と、その他のものが少しと、それだけなんだもの。ちょっと持ってごらんなさい。重くないから。ちょっと持ってみて……いっしょに行っちゃいけない？　ホールデン？　いいでしょう？　お願い！」

「だめだよ。おだまり」

僕は、すーっと気が遠くなりそうな気がした。つまり、フィービーにだまれとかなんとか言うつもりはなかったんだけど、でも、また気が遠くなりそうに思ったんだ。

「どうしていけないの？　おねがいよ、ホールデン！　あたし、なんにもしやしないわ――ただ、兄さんについてくだけ、それだけよ！　この着る物だって、兄さんがいやなら、持って行かない――ただ、あたしの――」

「なんにも持ってっちゃいけない。だって、君は行かないんだから。僕は一人で行くんだ。だから、黙って」

「お願いよ、ホールデン。お願いだから、あたしも行かせて。あたしは、とっても、とっても、とっても──兄さんには、ちっとも──」

「君は行くんじゃない。もう、黙るんだ！ そのカバンをよこして」僕はそう言って、彼女からカバンをとり上げた。もう少しで彼女を撲《なぐ》るとこだったな。一瞬の間だけど、彼女を撲ってやろうと思ったんだ。ほんとなんだよ。

彼女は泣きだしたね。

「君は学校のお芝居やなんかに出るはずだったろう？ あのお芝居でベネディクト・アーノルドになるはずだったじゃないか」僕はそう言った。とても意地悪な口調でそう言ったんだ。「どうするつもりなんだい？ 芝居に出たくないとでもいうのかい？」そういうと、彼女はいっそう激しく泣きだしたね。僕はいいきびだと思った。急に僕は、目玉がとけてしまうほど彼女を泣かしてやりたくなったんだ。彼女が憎らしいといっていいような気持だったな。もしも彼女が僕といっしょに遠くへ行っちまったら、あの芝居にはもう出られなくなるので、それが何より僕に彼女が憎らしいような気持を起こさせたんだと思う。

「さあ、おいで」と、僕は言った。そして、もう一度、博物館の階段をのぼりだした。どうするつもりだったかというと、彼女の持ってきたとんでもないカバンを、博物館のクローク・ルームへあずけてやろうと思ったんだ。そうすれば、彼女は、学校がひけてから、三時頃にそれをまた引き出せるわけだから。彼女がこんなものを持ってまた学校へ帰って行きっこないことは、わかってたんだ。「さあ、おいでよ」僕はそう言った。

ところが、彼女は、僕について階段をのぼって来ないんだな。どうしてもいっしょに来ようとしないんだ。でも、僕は、かまわずのぼって行って、クローク・ルームにカバンを持ちこんで、それを預けてから、また階段を下りて行った。彼女はまだ、さっきのままで歩道に立ってたけど、僕がそばへ行くと、くるりと回って背中を向けた。フィービーはこんなこともやれるんだ。やろうと思えば、ひとに背中を向けることもできるんだ。「僕はどこへも行きやしない。気が変わったんだ。だから、泣くのをやめて、おだまり」僕はそう言った。おかしかったのは、僕がそう言ったときには、フィービーはもう泣いてなんかいなかったんだ。それなのに僕は、やっぱしそう言ったんだな。「さあ、おいで。学校まで送ってってやろう。さあ、行こうよ。時間におくれるよ」

彼女はそれに返事も何もしようとしないんだな。僕は彼女の手をとろうとしたけど、彼女はとらせやしない。そのたんびに、僕のほうへ背中を向けてばかしいるんだ。

「昼のお食事はすんだの？　もうすんだんだろうね？」と、僕は言った。

彼女は返事をしようとしない。何をしたかというと、僕の赤いハンチング——僕が彼女にやったあれ——あれをぬいで、僕の顔にたたきつけるみたいにして投げてよこしたんだ。そうしておいて、また背中を向けやがった。これには僕も死にそうになったけど、でもなんにも言わなかった。ただ、落ちた帽子を拾い上げて、自分のオーバーのポケットに突っ込んだだけさ。

「さあ、おいでったら。学校まで送ってってあげるよ」僕はそう言った。

「学校へ戻るんじゃないもん」

彼女がそう言ったとき、僕はなんて言っていいかわかんなかった。二、三分の間、黙ってそこに立ってただけさ。

「学校へ戻んなきゃいけないよ。あのお芝居に出たいんだろう？　ベネディクト・アーノルドになりたいんだろうが」

「ちがう」

「ちがいやしないよ。ちがうもんか。さあ、いっしょに行こうよ」と、僕は言った。「第一、僕はどこへも行きやしない。そう言ったろう。僕はうちに帰るよ。君が学校へ戻ったら、すぐうちに帰る。まず、駅へ行って、カバンを受けとって、それからまっすぐに——」

「学校へなんか戻らないって言ったでしょ。兄さんはやりたいようにやったらいいわ。でも、あたしは学校へなんか戻らないから。だからもう黙って」彼女はそう言った。彼女に黙れと言われたのは、このときがはじめてだった。ぞっとしたな。ほんとにぞっとした。キタナイ言葉を浴びせられるよりももっといやな気持だった。彼女は相変わらず僕のほうを見もしない。そして、僕が彼女の肩やなんかに手をかけようとすると、そのたんびに、逃げるんだ。

「ねえ、少し散歩しないか？」と、僕はいった。「動物園までぶらぶら歩いて行かないか？　今日の午後は君を学校へ連れて行くのはやめて、いっしょに散歩することにしたら、そんな馬鹿な真似はやめるかい？」

それでも彼女は返事をしない。それで僕は同じことをもう一度言ったんだ。「今日の午後は学校をさぼって、ちょっと散歩してもいいことにするから、そんな馬鹿な真似はやめてくれるだろう？　明日からは、またいい子になって、学校へ行ってくれるよね？」

「行くかもしれないし、行かないかもしれない」彼女はそう言った。そして、通りを向こう側へいちもくさんに、自動車が来るか見てみもしないで、駆けて行っちまった。彼女はときどき気違いみたいになっちゃうんだな。

でも、僕は後を追わなかった。彼女のほうで僕の後からついて来ることがわかってたからね。それで僕は、その通りの公園側を、動物園をめざして、ダウンタウンのほうへ歩きだしたんだ。すると彼女も、向こう側の歩道をダウンタウンのほうへ向かって歩きだした。僕のほうへぜんぜん顔を向けなかったけど、おそらく、目のはしっこから、僕がどこへ行くか、注意して見てるにきまってるんだ。とにかく、僕たちは、そんな格好で、動物園までずっと歩いて行ったのさ。ただひとつ弱ったのは、二階建てのバスがやって来た時で、通りの向こうが見えず、彼女がどこにいるやらもわかんなくなった。でも、動物園のとこに来たときに、僕は大きな声でどなったんだ。「フィービー！　僕は動物園に入るよ！　君もおいで！」彼女は僕のほうを見ようとしなかったけど、僕の声が聞こえたことはわかってたんで、動物園に入る階段を下りかけながら振り返ってみると、フィービーは、通りを横切って、僕の後をついて来るとこだった。

いやな天気の日だったから、動物園にはあまり人はいなかったけど、あしかの池のまわりには、何人かの人が集まっていた。僕はそこを素通りしかけたけど、フィービーは足をとめて、あしかが餌をもらうのを見そうな気配がしたんだよ――ちょうど一人の男が魚を投げてやるとこだったんだ――それで僕も引き返したのさ。僕はフィービーといっしょになるいい機会だと思って、そばへ寄って行って、後ろに立って、両の肩に手を乗せようとした。ところが彼女は、膝をかがめて、僕の手からすりぬけちまいやがった――彼女は、その気になると、実に小意地の悪いまねでもやってのけるんだよ。彼女は、あしかが餌をもらってる間、ずっとそこに立ってたから、僕もそのすぐ後ろに立っていた。しかし、もう二度と彼女の肩に手をかけたりなんかはしなかった。だって、やれば、彼女はほんとうに僕から逃げて行ってしまいかねないんだから。子供ってのはおかしなもんで、うっかりしたことなんてできやしない。

あしかのとこを離れてからも、彼女は、僕と並んで歩こうとはしなかったが、それでもそんなに遠くへ離れもしなかった。僕たちは、歩道の上を両はしにわかれたみたいにして歩いて行ったんだ。あんまりいい感じじゃなかったけど、それでも、前みたいに、一マイルも離れて歩かれるよりはずっとよかったね。僕たちは、あの小さな丘の上の熊のとこへ行って、しばらく見てたけど、そこにはあんまり見るものがなかったな。たった一匹、北極熊だけが、外に出ててね。もう一匹の褐色の奴は、洞穴の中に入って、出て来ようとしないんだ。お尻《しり》のとこが見えるだけなんだ。僕のそばに、カウボーイの帽子を、ほとんど耳もかくれそうにしてかぶった小さな子供が立ってたが、父親に向かってしきりと言ってるんだ。「パパ、あの熊を外へ出してよ。ねえ、外へ出して」僕はフィービーの顔を見たけど、彼女はにこりともしなかったね。子供がおこってるときはすぐにわかるんだ。笑おうともなんともしないからね。

熊のとこを離れると僕たちは、動物園を出て、公園の中の狭い道を横切って、それから、いつも誰かが小便をしたばかしのような臭いのしてる、あの小さなトンネルの中を通って行った。そこはあの回転木馬のとこへ行く道なんだ。フィービーは、まだ、僕に口をきこうともなんともしなかったけど、並んで歩くようにはなっていた。僕は、べつに意味もなく、彼女のオーバーの背中のベルトに手をかけた。が、彼女はそれさえもやらせないんだな。「手をかけないでくれない、悪いけど」って言うんだよ。まだ僕のことをおこってたんだな。でも、前ほどではなかった。とにかく、僕たちは、回転木馬のとこにだんだん近づいて行ったんだ。すると、そこでいつもやってる間が抜けたみたいな音楽が聞こえだしたんだな。曲は『おお、マリー！』だった。今から五十年も前になるが、僕が子供の時分にも、あの歌をやってたもんさ。これが回転木馬のいいとこなんだ、いつも同じ歌をやってるってとこが。

「冬には回転木馬はしまってるんだと思ってたわ」と、フィービーが言った。彼女が口らしい口をきいたのは、これがはじめてだったんだ。きっと、僕に腹を立ててることになってるのを、忘れたんだろう。

「たぶん、クリスマスが近いからだろう」と、僕は言った。

僕がそう言っても彼女は黙ってた。おそらく、僕に腹を立ててることになってるのを思い出したんだよ。

「君、木馬に乗りたくないか？」と、僕は言った。乗りたいことはわかってたんだ。まだ彼女がほんの子供だった時分、アリーとD・Bと僕とで、彼女をいつも公園に連れて来たものだったけど、彼女は回転木馬に夢中だったんだ。木馬からおろすのが一騒動だったんだ。

「あたしじゃ大きすぎるわ」と、彼女は言った。僕は、返事なんかしないだろうと思ってたんだけど、彼女はしたんだよ。

「いや、そんなことはないさ。お乗りよ。待っててあげるから。お乗り」僕はそう言った。そのときはもう、回転木馬のとこに行きついてたんだ。数人の子供が乗ってたけど、たいていはうんと小さな子供たちで、数人の親たちが、外のベンチやなんかに腰かけて待っていた。僕は、どうしたかというと、切符を売る窓口へ歩いて行って、フィービーの切符を一枚買ったんだ。そしてそれを彼女に渡してやったんだ。彼女は僕のすぐそばに立ってたんで。「はい」と、僕は言った。「ちょっと待って――君のおこづかいの残りも渡さなくっちゃ」僕はそう言って、彼女が貸してくれた金の残りを返そうとしたんだ。

「それ、とっといて。あたしの代りにしまっといて」彼女はそう言った。そしてその後にすぐ続けて「お願い」と、言ったんだな。

これは気が滅入《めい》るもんだよね、ひとから「お願い」って言われるとさ。つまり、相手がフィービーだろうと誰だろうとだ。その言葉で僕はすごく気が滅入ったね。でも、金はまたポケットに戻したよ。「兄さんも乗らない？」彼女はそう言った。そして、なんだかへんな顔をして僕を見てるんだ。もうあまり僕のことをおこってる顔ではなかったな。

「僕は今度にするよ。君を見ててあげる」と、僕は言った。「切符は持ってるね？」

「ええ」

「じゃあ、行っておいで——僕はここのベンチにいるから。君を見ててあげる」僕はベンチのところへ行って、腰を下ろした。するとフィービーは、回転木馬のほうへ歩いて行って台の上にあがったんだ。それからぐるっとまわりを歩いて来た。つまり、ひと通りまわりを回ってみたわけだ。それから、大きな、褐色の、くたびれたみたいな、古い木馬にまたがったんだよ。やがて木馬は回り始めた。僕は回って行く彼女の姿を見守っていた。フィービーのほかに、乗ってる子は五、六人しかいなかった。そして演奏してる曲は『煙が目にしみる』だったけど、とてもジャズっぽい、おかしな演奏のしかただったな。子供たちはみんな例の金色の輪を摑《つか》もうとしてるんだ（金色の輪を摑まえると無料でもう一度乗れる）。フィービーもやっぱし同じことをやってたんで、僕は木馬から落ちやしないかと心配でなくもなかったけど、何も言わず、何もしないで、黙ってやらせておいた。子供ってものは、かりに金色の輪なら輪を摑もうとしたときには、それをやらせておくより仕方なくて、なんにも言っちゃいけないんだ。落ちるときには落ちるんだけど、なんか言っちゃいけないんだよ。

回転がとまると、彼女は木馬をおりて、僕のとこへやって来た。「今度は、いっぺん、兄さんも乗って」と、彼女は言った。

「いや、僕はただ、君を見ててあげるよ。僕は見てるだけでいいんだ」僕はそう言って、彼女の金の中からまたいくらか出して渡してやった。「はい。もう少し切符を買っといで」

彼女はその金を受け取ると「あたし、もう兄さんのことおこってないのよ」と、言った。

「わかってる。さあ、急いで――また動きだすよ」

そのとき彼女はいきなり僕に接吻したんだよ。それから片手をさし出してたが、「雨だわ。雨が降りだしたわ」と、言ったんだ。

「わかってるよ」

それから彼女がどうしたかというと――僕はほんとに参っちゃったんだけど――僕のオーバーのポケットに手を突っ込んで、例の赤いハンチングを取り出して、そいつを僕にかぶせたんだ。

「君はいらないの？」と、僕は言った。

「しばらくかぶってていいわ」

「よし、わかった。でも、もう急がなくっちゃ。乗りそこなうよ。君の木馬に乗れなかったりしたら困るぜ」

それでも彼女はまだ行かないんだな。

「さっき言ったの、あれ本気？　もうほんとにどこへも行かないの？　あとでほんとにおうちへ帰かな「そうかい？」彼女はそう言った。

「そうだよ」と、僕は答えた。事実、ほんとにそのつもりだったんだ。僕はフィービーに嘘《うそ》はつかなかった。後になって実際にうちへ帰ったんだから。「さあ、急がなくっちゃ」と、僕は言った。「もう動きかけてるよ」

彼女は走って行って切符を買うと、回転木馬のとこへ戻って行ったが、ちょうどそれが間に合った。それから彼女は、ぐるっとまわってまた自分の馬のところへ行き、それに乗ると、僕に向かって手を振った。僕もそれにこたえて手を振ったのさ。

雨が急に馬鹿みたいに降りだした。全く、バケツをひっくり返したように、という降り方だったねえ。子供の親たちは、母親から誰からみんな、ずぶぬれになんかなってはたいへんというんで、回転木馬の屋根の下に駆けこんだけど、僕はそれからも長いことベンチの上にがんばっていた。すっかりずぶ濡れになったな。特に首すじとズボンがひどかった。ハンチングのおかげで、たしかに、ある意味では、とても助かったけど、でもとにかく、ずぶ濡れになっちまった。しかし、僕は平気だった。フィービーがぐるぐる回りつづけてるのを見ながら、突然、とても幸福な気持になったんだ。本当を言うと、大声で叫びたいくらいだったな。それほど幸福な気持だったんだ。なぜだか、それはわかんない。ただ、フィービーが、ブルーのオーバーやなんかを着て、ぐるぐる、ぐるぐる、回りつづけてる姿が、無性にきれいに見えただけだ。全く、あれは君にも見せたかったよ。

# 26

僕が話そうと思うのはこれだけなんだ。うちへ帰って僕がどうしたかとか、どうして病気やなんかになったかとか、この病院を出たら秋からどこの学校へ行くことになってるかとか、そういうことも言ってもいいんだけど、どうも気が進まないんでな。ほんとなんだ。いまんとこ、そういうことにはあまり興味がないんだよ。

多くの人たちが、ことに、この病院にいる精神分析の先生なんかがそうだけど、今度の九月から学校に戻ることになったら、一生懸命勉強するかって、始終僕にきくんだな。そんなの、実に愚問だと思うんだ。だって、実際にやるまでは、どんなようなことになるか、わかる方法があるかね？　答えは否だよ。思うだけなら、勉強しようと思うよ。でもわかりゃしないよね。だから、そんなのは絶対に愚問だよ。

D・Bは、他の連中にくらべればまだましだけど、それでもやっぱしいろんなことを訊いてばかしいるんだ。先週の土曜日には、今彼が書いてる新しい映画に出るはずのイギリスの女のひとを連れて、車ではるばるやって来たよ。そのひとは、ちょっときどってたけど、でもとてもきれいなひとだった。それはとにかく、そのひとが、ずっと向こうのもう一つの翼にある手洗いへ行ったときに、D・Bは、僕がいままでながながと君に話してきた事を全部ひっくるめて、どう思ってるかってきいたんだな。実を言うと、どう思ってるのか、自分でもわかんないんだよ。大勢の人に話したのを、後悔してるんだ。僕にわかってることといえば、話に出てきた連中がいまここにいないのが寂しいということだけさ。たとえば、ストラドレーターやアクリーでさえ、そうなんだ。あのモーリスの奴でさえ、なつかしいような気がする。おかしなもんさ。誰にもなんにも話さないほうがいいぜ。話せば、話に出てきた連中が現に身辺にいないのが、物足りなくなって来るんだから。

# 解説

もう二年以上も前になるが、アメリカの月刊誌『エスクァイア』（一九八一年十二月号）に、"*Catcher Comes of Age*" と題する記事が載ったことがある。とりたてて言うほどの斬新な内容ではなかったが、その中で「長年にわたって、若い反逆者たちに、その人生を左右するような影響を与えてきたこの作品も、今や三十歳という成熟の年齢に達した」という指摘に接したとき僕は、なるほど、*The Catcher in the Rye* も出版以来もう三十年か、といった感慨を覚えざるを得なかった。あれが出たのは一九五一年、朝鮮戦争のさなかであった。

最初サリンジャーが持ち込んだ出版社からは、主人公が「クレージー」だと評されて突き返されたこの小説が、ボストンのリトル・ブラウン社の手で出版されたとたんに評判になり、にぎやかな毀誉褒貶の渦の中でみるみるうちに売れ行きをのばし、たちまちにして出版社の予測をはるかに上廻る出版部数を記録したことは既によく知られているところであろう。その後も作者は、それまでに発表した二十九篇の短篇小説の中から九篇を選んで一本にまとめた『ナイン・ストーリーズ』（一九五三）を上梓し、引き続き週刊誌『ニューヨーカー』に短篇小説「フラニー」（一九五五）、「大工よ、屋根の梁を高く上げよ」（一九五五）、「ゾーイー」（一九五七）、「シーモア――序章――」（一九五九）を発表したばかりか、一九六一年には前記の「フラニー」と「ゾーイー」とを合わせて一本をつくり、六三年にはその余の二篇をいっしょにした形の単行本を刊行してもいるからして、その頃のサリンジャーは、アメリカの読書人たちの意識に、しょっちゅうその存在を印象付けていたわけで、しかも、「フラニー」を初め、グラース家の七人兄弟姉妹《きょうだい》の誰彼を主人公にした上記四つの作品は、いずれも技巧の限りをつくした、きわめて異色ある繊巧な達成ばかりである上に、それぞれが独立した短篇小説としての完結性を持つと同時に、互いに他を補足し合いながら全体として一つの大きな長篇小説の世界を構成するという結構をも備えていたものだからして、それらは「グラース・サーガ」と通称されたりしながらますます話題を呼び、賛否両論の批評とともに一般読者の関心をいやが上にも煽り立てて、サリンジャーは一時、アメリカ文学界の人気作家となった観があったことも、これまた周知のところであろうと思う。

しかしながら、それぞれの作品の魅力にとらえられた読者たちの胸中には、作者とその作品に寄せる異常なまでの愛情と期待とが湛えられているというのに、以後サリンジャーのペンからは、長い間にわたって新しい作品は生まれなかった。一九六五年になってようやく、六年ぶりの新作短篇「一九二四年ハプワス十六日」が『ニューヨーカー』に掲載されたとはいうものの、それから後は再び沈黙、何の音沙汰もないままに、はや二十年近くもの長い長い歳月が流れているのである。いや、作品だけではない。作者そのものの動静すらも皆目見当がつかなくなった。

一九一九年一月一日、ハムの輸入を業としていたユダヤ人の父と、スコッチ・アイリッシュの母との間にニューヨーク市で生まれたサリンジャーは、この大都会の喧噪と雑沓の中で人目にさらされることなくその人間形成期を過ごしたのであったが、『キャッチャー』の出版を契機に突如として襲来し始めた好奇と穿鑿の目の執拗さに堪えかねて、一九五三年、いわば世の「響きと怒り」から逃れるように、その居をはるか北方ニュー・ハンプシャー州の小邑コーニッシュに移したが、それからは、屋敷の周囲に高い柵を廻らして人目を避け、隠遁者にも似た生活を送っているという風評が伝ってくるのがせいぜいで、作者そのものが世人の眼前からほぼ完全に姿を消してしまった感じなのである。

もっとも、一九七四年には、『ナイン・ストーリーズ』に彼があえて収録しなかった残余の短篇小説を、作者に無断で出版したサンフランシスコの学生グループに、サリンジャーが電話で抗議してきたという『ニューヨーク・タイムズ』の記事を読んだことはある。一九八〇年には、マイケル・クラークソンというカナダのあるニュース雑誌の記者が前年に書いたサリンジャー探訪の小文を読む機会に恵まれた上に、おそらくはその記者がそのとき隠し撮りしたものと思われる二葉のサリンジャーのスナップ写真を見ることもできた。それから例のジョン・レノンを射ったチャプマンという男、その男の上着のポケットに *The Catcher in the Rye* のペーパーバックが入っていたという新聞記事を読んだ記憶もあることはある。いずれも、サリンジャーに対する関心が今なお熾烈であることを窺わせるものかもしれないが、なにせ、それが僕の手にしている情報のすべてであるばかりか、アメリカの敏腕な探訪記者でさえも、それ以上のことは知らないありさまなのだ。

もともと正体を人前にさらすことを極端に嫌うサリンジャーではあったけれども、これほど徹底して、これほど長くその消息すらが世間の耳目から隠され続けているならば、移り気な世間の関心はいつしか冷えて、さすがのサリンジャーももはや忘れ去られるのではあるまいかと、僕は秘かに懸念していたのである。

ところが先の『エスクァイア』の記事は、この長篇小説が今なお出版当初と同じ売れ行きを続けていることをも伝えていた。三十年といえば一世代だが、その記事の筆者も言うように、この作品は世代から世代へと読みつがれ語りつがれながら、読者各自の胸に生き続けてゆくだけの生命を持っているのであろう。もはや近代古典《モダン・クラシックス》の仲間入りを果したと見てもよいのではあるまいか。独りアメリカだけではない。イギリスはいうまでもなく、フィンランド、ドイツ、フランス、イタリー、ポーランド、イスラエル、チェコ、それにソヴェートでも翻訳出版されて著しい反響を呼んだそうだ。ということは、この作品が、国境を越えて、現代の文明世界の広大な地域にわたるさまざまな人たちに訴える魅力を備えている証拠であり、ここに描かれている主人公の姿には、人種や社会制度や歴史の相違を越えて、現代人一般の共感を呼ぶ普遍的なものが造形されているということである。

作品の基本的性格を単純化して言えば、子供の夢と大人の現実との衝突ともいえるだろう。いつの世にも、どこの世界にもある不可避的現象だ。純潔を愛する子供の感覚と、社会生活を営むために案出された大人の工夫との対立。子供にとって、夢を阻み、これを圧殺する力が強ければ強いほど、それを粉砕しようとする反撥力は激化してゆくだろう。主人公ホールデンの言葉や行動が誇張にみちて偽悪的なまでにどぎついのは、大人が善としし美としている因襲道徳や、いわゆる公序良俗なるものの欺瞞性を何とかしてあばこうとする彼の激情の所産である。仮面が身についた大人の常識からすれば、たしかに正気の沙汰とは思えぬ所業であり、ひんしゅくすべき野卑な言葉をまきちらす要注意人物かもしれない。そういう観点からこの作品を禁書目録にのせた学校も地方当局もあったし、逆にまた、心理学その他の教材に使用している教師も少なくないと聞く。しかし、「幸運を祈るよ」と歴史のスペンサー先生に言われて、反射的に嫌悪を感じ、自分ならばそんなことは絶対に言わないだろうと思うホールデンの感覚は、たとえば、葉書などに「ご多幸を祈る」と書くことに抵抗を感じたことのある日本人ならば、容易に理解することができるはずだ。祈りもしないのに祈ると言い、祈る対象すら持たぬ人間が祈ると書く――その無神経、そのインチキさ。更には「幸運とは何か」、相手の「幸運を祈る」とは具体的にどういうことか、それを考えもしないで安易に口にする無責任さ。これがもし、相手を罵倒するなり、揶揄するなり、相手にマイナスを与えるような、従って自分もそのため不利になるような場合なら、あるいは許容されるかもしれない。しかし、相手にプラスを与える性質の言葉を、自分の真意以上の効果を孕ませて口にするのはいやらしい。ホールデンの反撥の基本的なものはここにある。だから、この感覚、この反撥が理解できれば、この小説は一挙にわかるはずだ。

ところが、ホールデンの住む世界には、そうした彼の思考と感情に共感する人間はいなかった。そこで彼は、

「孤独だ」「気が滅入った」と繰り返しながらも、心のつながりを求めて遍歴を続けるわけである。何度も何度も電話をかけようとしたり、折りあるごとに「ことづて」を伝えてもらおうとするのは、彼のこの気持を示す象徴的な動作だが、その遍歴の過程において、彼の接触する大人の世界の実体が、彼という触媒の作用によって、ふだんは見せない意外な姿であらわれても来る。

その際作者はホールデンを、あの王様の裸を暴露した子供のような、単なる〈イノセンス〉の化身としては設定していない。もちろん子供の夢に全身をひたしている少年ではある。だから、たとえば、自分の金で買った金魚だからと誰にも見せない子供の話などを読むと、「これには参ったね」と文句なく降参してしまうし、妹のフィービーはもちろん、博物館で会う子供でも、スケート靴をはいている少女でも、教会帰りの少年でも、およそ子供には全身的共感を彼は示す。しかし、同時に彼は、大人の心事を見てとるだけの精神的成長をすでにとげている面をもあわせ持っている。サーマー校長でも、オッセンバーガーでも、前に兄のガール・フレンドだったリリアン・シモンズでも、すべてその心の動きを彼によって正確に見抜かれている。「幸運を祈る」といわれることに嫌悪を催した彼が、生きて行くためには「お目にかかれてうれしい」と、うれしくもなんともないときでも、言わなければならないのだとあきらめている姿は、彼が大人の世界に入りかけていることをたくみに示す叙述である。図式化して言い直せば、彼は子供の世界にありながら、大人の世界に片足突っこんだ不安定な姿勢で立っているともいえるし、彼という一個の人間の中に、子供の夢と大人の現実とが混在しているともいえるだろう。十六歳の彼の頭の半分が白髪で一杯だというのは、彼の精神状態を象徴的に示している。

そういう彼だから、背のびの意味でも、好んで大人の世界に入りたがる。しかし、大人の正体はある程度見抜けても、大人たちが巧妙に、あるいは狡猾に案出した現実処理の方法は十分に会得していない。だから、大人ならばコンヴェンションに従って上手にすりぬけてゆくところを、彼は自分独自の方法で対処するか、方法も見つからぬままに体ごとぶつかるしかない。その結果、大人でも子供でもがあかすことのできない現実の意外な姿があきらかになってゆくわけだ。「見なれた場面を、常とは変わった、興味をひく視点から写し出すこと」がピカレスク小説の一つの特徴であってみれば、これは現代の一種のピカレスク小説ということもできるだろう。個性ゆたかな主人公が自分の体験を自分の口から語って聞かせるという趣向をも含めて、アメリカでは遠くマーク・トウェーンの『ハックルベリー・フィンの冒険』に先蹤を見るし、日本ではさしずめ漱石の『坊っちゃん』あたりに最も卑近な同類を見ることができる。

その際、ホールデン少年が最も敏感に嗅ぎわけて、最も烈しい嫌悪と侮蔑を示すのは、彼のいわゆる「インチキ」なもの、「いやらしいもの」であることは前にのべたが、既成の価値観にしばられず、かといってみずからの価値観も確立されていない彼にとって、これが法律上の罪や倫理的な悪などであろうはずはなく、単なる嘘やごまかしでさえなくて、精神の下劣さ低俗さ、根性のきたなさ、そこから来る糊塗、欺瞞、追従といった性質のものである。その不潔さを、思弁的に決定するのではなくて感覚的に感じとり、反射的に反撥するのだから、ことは明快で迅速で、まことにすがすがしい風が全篇を吹きぬけることになる。しかも歯切れのよいきわめて個性的な文体のリズムが、主人公の一方的な自己主張や言動の矛盾などを孕みながら、いやが上にも作品の魅力を増大せしめていることもつけ加えなくてはなるまい。

この文体――ホールデンが自分の体験を語ってきかせる、その言葉つき――これは、五〇年代アメリカのティーン・エージャーの口調を実に的確に捕えていると推賞され、遠い将来には、この時代の口語を探る絶好の資料としても読まれるであろうと評されているものだけに、これを日本語に訳すことは至難であり、それを承知しながらあえてこの難事に挑戦した私の暴挙が、果たしてどこまで原文の感じを移すことに成功しているか、それは大方の判断にまつほかはない。

最後に一言、使用したテキストにふれておこう。テキストにはこの作品を初めて出版したアメリカの Little, Brown and Company の本を使用した。わざわざこれをことわるわけは、この小説には他にイギリスの版があって、それとこの初版本との間には、かなりの相違があるからである。この相違の生まれたゆえんに疑問を持った僕は、直接作者に問い合わせたのだが、エージェントからの返事によると、イギリス版の改変は先方が勝手にやったことで作者の関知しないところだから、翻訳はアメリカ版によるべきであるということであった。相違の実体を考えると、「先方が勝手にやった」だけでは腑に落ちないふしもあるのだけれど、それを解明する手だてを持たない僕としては、エージェントから上のように言われた以上、全面的にアメリカ版に従うより他に途はなかったわけである。

なお、本書は最初、《新しい世界の文学》シリーズの一冊として刊行されたものだが、このたび《Uブックス》の中に加えられることになったのを機会に、かねて気になっていた訳文の不備を及ぶ限り補正したつもりであることを附言する。

一九八四年四月

訳者

白水uブックス　51

ライ麦畑でつかまえて

訳者 © 野崎《のざき》　孝《たかし》

発行者　川村雅之

発行所　株式会社 白水社

東京都千代田区神田小川町 3-24

振替 00190-5-33228　〒101-0052

電話 (03) 3291-7811 (営業部)

(03) 3291-7821 (編集部)

1984年5月20日第 1 刷発行

2001年3月20日第82刷発行

本文印刷　理想社

表紙印刷　集美堂

製　　本　加瀬製本所

Printed in Japan

ISBN 4-560-07051-2

J. D. Salinger : *The catcher in the rye*

# 白水*u*ブックス

本体670円〜本体1262円

*u*1〜*u*37 シェイクスピア全集 全37冊 小田島雄志訳

*u*38〜*u*50 チボー家の人々 全13巻 ロジェ・マルタン・デュ・ガール 山内義雄訳 店村新二解説

*u*51 ライ麦畑でつかまえて サリンジャー／野崎 孝訳（アメリカ）

*u*52 十三の無気味な物語 ヤーン／種村季弘訳（ドイツ）

*u*53 ブロディーの報告書 ボルヘス／鼓 直訳（アルゼンチン）

*u*54 オートバイ P・ド・マンディアルグ／生田耕作訳（フランス）

*u*55 若きWのあらたな悩み プレンツドルフ／早崎守俊訳（ドイツ）

*u*56 母なる夜 ヴォネガット／池澤夏樹訳（アメリカ）

*u*57 ジョヴァンニの部屋 ボールドウィン／大橋吉之輔訳（アメリカ）

*u*58 *u*59 交換教授上・下 ロッジ／高儀 進訳（イギリス）

*u*60 *u*61 コレクター上・下 ファウルズ／小笠原豊樹訳（イギリス）

*u*62 旅路の果て バース／志村正雄訳（アメリカ）

*u*63 ブエノスアイレス事件 プイグ／鼓 直訳（アルゼンチン）

*u*64 *u*65 走れウサギ上・下 アップダイク／宮本陽吉訳（アメリカ）

*u*66 城の中のイギリス人 P・ド・マンディアルグ／澁澤龍彦訳（フランス）

*u*68 呪い ウィリアムズ／志村正雄・河野一郎訳（アメリカ）

*u*69 東方綺譚 ユルスナール／多田智満子訳（フランス）

*u*70 スターン氏のはかない抵抗 フリードマン／沼澤洽治訳（アメリカ）

*u*71 フランス幻想小説傑作集 窪田般彌・滝田文彦編（フランス）

*u*72 ドイツ幻想小説傑作集 種村季弘編（ドイツ）

*u*73 イギリス幻想小説傑作集 由良君美編（イギリス）

*u*74 アメリカ幻想小説傑作集 志村正雄編（アメリカ）

*u*75 日本幻想小説傑作集I 阿刀田 高編（日本）

*u*76 日本幻想小説傑作集II 阿刀田 高編（日本）

*u*77 超男性 ジャリ／澁澤龍彦訳（フランス）

*u*78 ナジャ ブルトン／巖谷國士訳（フランス）

*u*79 アルゴールの城にて グラック／安藤元雄訳（フランス）

*u*80 ヘリオガバルス アルトー／多田智満子訳（フランス）

*u*81 イレーヌ アラゴン／生田耕作訳（フランス）

*u*82 狼の太陽 P・ド・マンディアルグ／生田耕作訳（フランス）

*u*83 黒い美術館 P・ド・マンディアルグ／生田耕作訳（フランス）

*u*84 燠（おきび）火 P・ド・マンディアルグ／生田耕作訳（フランス）

*u*85 異端教祖株式会社 アポリネール／窪田般彌訳（フランス）

*u*86 水蜘蛛 ベアリュ／田中義廣訳（フランス）

*u*87 笑いの侵入者—日本ユーモア文学傑作選I 阿刀田 高編（日本）

*u*88 笑いの双面神—日本ユーモア文学傑作選II 阿刀田 高編（日本）

*u*89 笑いの遊歩道—イギリス・ユーモア文学傑作選 澤村灌・高儀 進編（イギリス）

*u*90 笑いの錬金術—フランス・ユーモア文学傑作選 榊原晃三・竹内廸也編（フランス）

*u*91 中国幻想小説傑作集 竹田 晃編（中国）

*u*92 朝鮮幻想小説傑作集 金学烈・高演義編（朝鮮）

*u*93 笑いの新大陸—アメリカ・ユーモア文学傑作選 沼澤洽治・佐伯泰樹編（アメリカ）

*u*94 スペイン幻想小説傑作集 東谷穎人編（スペイン）

*u*95 悲しき酒場の唄 マッカラーズ／西田 実訳（アメリカ）

白水*u*ブックス

本体670円〜本体1262円

u96 笑いの共和国—中国ユーモア文学傑作選　藤井省三編（中国）
u97 笑いの三千里—朝鮮ユーモア文学傑作選　金学烈・高演義編（朝鮮）
u98 鍵のかかった部屋（アメリカ）　オースター／柴田元幸訳
u99 インド夜想曲（イタリア）　タブッキ／須賀敦子訳
u100 食べ放題（アメリカ）　ヘムリー／小川高義訳
u101 君がそこにいるように（アメリカ）　レオポルド／岸本佐知子訳
u102 フロベールの鸚鵡（イギリス）　バーンズ／斎藤昌三訳
u103 ひと月の夏（イギリス）　J・L・カー／小野寺　健訳
u104 セルフ・ヘルプ（アメリカ）　ムーア／干刈あがた・斎藤英治訳
u105 ダブル／ダブル　リチャードソン編／柴田元幸・菅原克也訳
u106 僕が戦場で死んだら（アメリカ）　オブライエン／中野圭二訳
u107 これいただくわ（アメリカ）　ラドニック／小川高義訳
u108 10½章で書かれた世界の歴史（イギリス）　バーンズ／丹治愛・丹治敏衛訳
u109 あそぶが勝ちよ（アメリカ）　ラドニック／松岡和子訳
u110 聖なる酔っぱらいの伝説（ドイツ）　ロート／池内　紀訳
u111 木のぼり男爵（イタリア）　カルヴィーノ／米川良夫訳
u112 雪白姫（アメリカ）　バーセルミ／柳瀬尚紀訳
u113 笑いの騎士団—スペイン・ユーモア文学傑作選　東谷穎人編（スペイン）
u114 不死の人（アルゼンチン）　ボルヘス／土岐恒二訳
u115 遠い水平線（イタリア）　タブッキ／須賀敦子訳
u116 ひそやかな村（イギリス）　D・ダン／中野康司訳
u117 天使も踏むを恐れるところ（イギリス）　フォースター／中野康司訳
u118 もしもし（アメリカ）　ベイカー／岸本佐知子訳
u119 聖女ジャンヌと悪魔ジル（フランス）　トゥルニエ／榊原晃三訳
u120 ある家族の会話（イタリア）　ギンズブルグ／須賀敦子訳
u121 さくらんぼの性は（イギリス）　ウィンターソン／岸本佐知子訳
u122 中二階（アメリカ）　ベイカー／岸本佐知子訳
u123 イン・ザ・ペニー・アーケード（アメリカ）　ミルハウザー／柴田元幸訳
u124 フェルマータ（アメリカ）　ベイカー／岸本佐知子訳
u125 逆さまゲーム（イタリア）　タブッキ／須賀敦子訳
u126 かもめ（ロシア）　チェーホフ／小田島雄志訳
u127 ワーニャ伯父さん（ロシア）　チェーホフ／小田島雄志訳
u128 三人姉妹（ロシア）　チェーホフ／小田島雄志訳
u129 桜の園（ロシア）　チェーホフ／小田島雄志訳
u130 レクイエム（イタリア）　タブッキ／鈴木昭裕訳
u131 最後の物たちの国で（アメリカ）　オースター／柴田元幸訳
u132 豚の死なない日（アメリカ）　N・ペック／金原端人訳
u133 続・豚の死なない日（アメリカ）　N・ペック／金原端人訳
u134 供述によるとペレイラは……（イタリア）　タブッキ／須賀敦子訳
u135 縛り首の丘（ポルトガル）　ケイロース／彌永史郎訳
u136 人喰い鬼のお愉しみ（フランス）　ペナック／中条省平訳

白水 *u* ブックス